J. H. Gelernter

Spiel des Deserteurs

Ein Captain-Grey-Roman

England, 1803. Eine französische Invasionsflotte steht kurz davor, die Strände Südenglands zu stürmen, als Joseph Leclerc, ein Mitglied aus Napoleons innerstem Kreis, den britischen Marinegeheimdienst kontaktiert. Er hofft, mit brisanten Informationen nach London überlaufen zu können, denn das internationale Schachturnier in Frankfurt gibt ihm die seltene Gelegenheit, Frankreich unauffällig zu verlassen. Der Geheimdienst schickt seinen besten Spion – und Schachspieler – Captain Thomas Grey, um die Flucht des Franzosen nach England zu arrangieren. Doch Greys Mission ändert sich dramatisch, als Leclerc verlangt, dass seine pronapoleonische Tochter ihn begleitet und erwartet, dass Grey nicht nur als Geleitschutz, sondern auch als Entführer fungiert.

J.H. (Josh) Gelernter lebt in Connecticut. ›Jagd nach Vergeltung‹, der erste Band der Thomas-Grey-Reihe, war sein Debütroman.

J. H. GELERNTER

SPIEL DES DESERTEURS

EIN CAPTAIN-GREY-ROMAN

AUS DEM ENGLISCHEN
VON SUSANNE JUST

dtv

MIX
Papier aus verantwortungsvollen Quellen
FSC® C019821
www.fsc.org

Deutsche Erstausgabe 2023
2023 dtv Verlagsgesellschaft mbH & Co. KG, München

Titel der amerikanischen Originalausgabe:
›Grey's Gambit‹
(W. W. Norton & Company, New York 2022)

Umschlaggestaltung: Lisa Höfner | buxdesign, München
Umschlagmotiv oben: Thomas Luny, Bombardment of Algiers,
Private Collection/© Royal Exchange Art Gallery at Cork Street,
London/Bridgeman Images
Umschlagmotiv unten: Jean-Louis Ernest Meissonier,
The Chess Players/Hamburger Kunsthalle,
Hamburg/Bridgeman Images
Satz: C.H.Beck.Media.Solutions, Nördlingen
Gesetzt aus der Stempel Garamond
Druck und Bindung: Druckerei C.H.Beck, Nördlingen
Printed in Germany · ISBN 978-3-423-21870-2

Dieses Buch ist mit Hochachtung

Yusaku Maezawa

gewidmet

In der Hoffnung, jemand möge ihm ausrichten, dass ich für eine kurzfristige Mondfahrt zur Verfügung stehe.

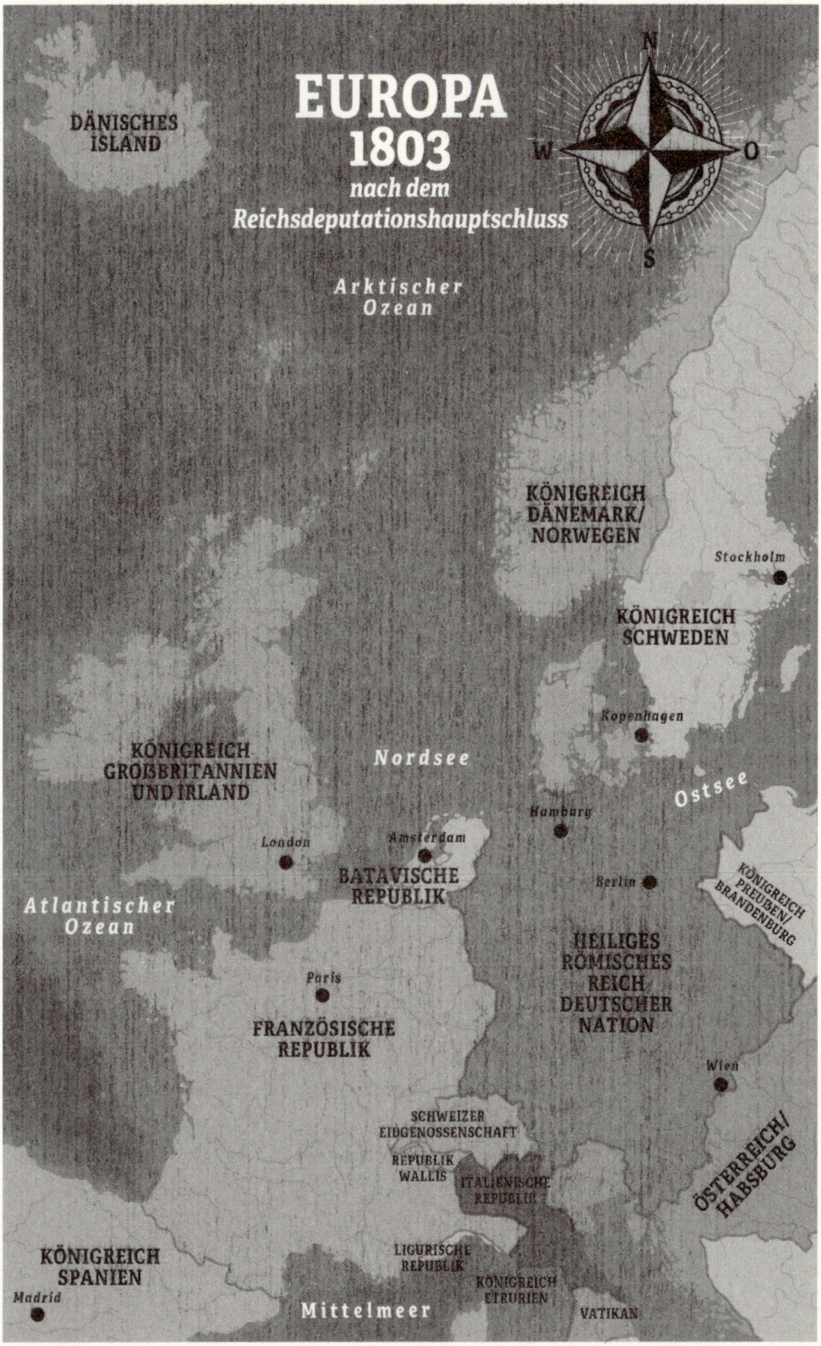
EUROPA
1803
nach dem
Reichsdeputationshauptschluss
N
W
O
S
DÄNISCHES
ISLAND
Arktischer
Ozean
KÖNIGREICH
DÄNEMARK/
NORWEGEN
Stockholm
KÖNIGREICH
SCHWEDEN
Kopenhagen
KÖNIGREICH
GROßBRITANNIEN
UND IRLAND
Nordsee
Ostsee
Hamburg
London
Amsterdam
BATAVISCHE
REPUBLIK
Berlin
KÖNIGREICH
PREUßEN/
BRANDENBURG
Atlantischer
Ozean
HEILIGES
RÖMISCHES
REICH
DEUTSCHER
NATION
Paris
FRANZÖSISCHE
REPUBLIK
Wien
SCHWEIZER
EIDGENOSSENSCHAFT
REPUBLIK
WALLIS
ITALIENISCHE
REPUBLIK
ÖSTERREICH/
HABSBURG
KÖNIGREICH
SPANIEN
LIGURISCHE
REPUBLIK
KÖNIGREICH
ETRURIEN
Madrid
Mittelmeer
VATIKAN

I

22. November 1803
Bei Thineh, an der Nordküste Sinais

Um von England nach Indien zu reisen, umrundet man einmal mit einem Schiff die Südspitze Afrikas, verbringt vier Monate auf hoher See, wenn die Winde vorteilhaft wehen, und sechs Monate, wenn nicht.

Wenn man keine sechs Monate übrighat, oder nicht einmal vier, kann man eine Durchquerung des Landesinneren beim Isthmus von Suez wagen.

Vorausgesetzt, man findet Schiffe, die einen von einem zum anderen Ende bringen, und man hat Glück und begegnet entlang Ägyptens schlecht gesicherter Ostgrenze keinen barbarischen Sklavenhändlern, könnte man die Reise von Großbritannien zum Britischen Raj um die Hälfte verkürzen – von einer zweimonatigen Reise war auch schon berichtet worden. Auf den Befehl des Amtes der Admiralitäts- und Marineangelegenheiten Seiner Majestät hin war es die Überlandroute, auf der Thomas

Grey mit einer Eilmeldung nach Indien gereist war. Er war als königlicher Postbote in den Dienst beordert worden, um Briefe des Geheimdienstes Seiner Majestät in London zum Generalmajor Seiner Majestät Wesley irgendwo östlich von Bombay zu bringen, wo dieser an der Spitze einer anglo-indischen Armee stand.

Grey erreichte Wesley bei Assay und nach einer kurzen Verwirrung, weil der General seinen Namen unergründlicherweise von Arthur *Wesley* zu Arthur *Wellesley* hatte ändern lassen, wurden die Briefe zugestellt. Nun war Grey auf dem Nachhauseweg, mit einem Antwortschreiben und einem Bericht von Wellesley für Whitehall. Grey nahm dieselbe Überlandroute des Isthmus, diesmal in umgekehrter Richtung. Und endlich näherte er sich der letzten Etappe seiner Reise.

Nachdem er über das Rote Meer zum Mittelmeer gekommen war – vom Suez-Hafen durch die Sinai-Wüste bis zur Küstenstadt Thineh –, saß Grey nun bequem an einem Strand, weniger als eine Meile östlich vom östlichsten Arm des Nildeltas entfernt. Der Sand war warm und die Brandung sanft; Grey aß ein Fladenbrot, das er in Dattelhonig dippte, und sah der Fregatte Seiner Majestät *Juno*, 32, dabei zu, wie sie hundert Yards vor der Küste vor Anker ging. Grey wurde gerade mit seinem Frühstück fertig, als die *Juno* damit fertig wurde, ihre Achter-Jolle herabzulassen. Es war früher Morgen, kurz nach Tagesanbruch am vereinbarten Datum, zur vereinbarten Stunde des ersten geplanten Rendezvous-Versuchs der *HMS Juno* mit Mr Grey. In einer Woche hätte es einen zweiten Versuch und in der Woche darauf einen dritten gegeben. Aber, sehr zu Greys eigener Zufriedenheit – er war ein Mann, dem Wettrennen Freude bereiteten – hatte er die *Juno* nach Thineh um fast zwei Tage geschlagen.

Bei Suez hatte Grey zwei Kamele erworben – das zweite, um den Beduinen zu tragen, der ihn führte – und den Isthmus in der wunderbar kurzen Zeit von drei Nächten und zwei Tagen überquert. Vier Tage waren normalerweise Standard, doch das Wetter war entgegen der Jahreszeit kühl gewesen, was bedeutete, dass die Männer nicht nur bei Nacht, sondern auch bei Tag reiten konnten, abgesehen von der Stunde vor Mittag und den zwei Stunden danach. Jeden Tag, als die Sonne ihren Zenit erreichte, breiteten Grey und sein Führer ein Schatten spendendes Tuch aus und schliefen die wenigen Stunden über, die Kamele neben ihnen. Vielleicht war es kindisch, aber schlafende Kamele schafften es immer, Grey zu amüsieren – ihre eigenartige Weise, sich auszuruhen, indem sie ihre gebogenen Hälse und spindeldürren Beine in willkürliche Richtungen abspreizten, wirkte immer, als wären sie Stoffpuppen, die von einem hohen Gebäude heruntergefallen waren. In jedem Fall hatten die kurzen Zwischenstopps Grey dabei geholfen, zwei Tage im Voraus in Thineh anzukommen. Dankbar hatte er die Kamele dem Beduinen als Geschenk überlassen – der sich zwar nicht wegen des kühlen Wetters rühmen konnte, aber trotzdem ein sehr liebenswerter Bursche war, der Grey während der Reise mit Geschichten über archäologische Ausgrabungsstätten der Franzosen unterhalten hatte: Einer seiner Cousins war bei Napoleons Expedition als Übersetzer mit dabei gewesen (der Beduine sprach zwar kein Englisch, sein Französisch war jedoch, genau wie Greys, perfekt). Dieser Cousin war zu der Zeit in Rosetta gewesen, als der große Stein entdeckt worden war; diese Geschichte hatte Grey besonders interessiert. Als er London nämlich vor vier Monaten verlassen hatte, war der Stein Gesprächsthema in ausnahmslos jedem Club und Kaffeehaus gewesen; gerade erst war die Übersetzung des griechischen Teils des Steins veröffentlicht worden.

Grey fragte sich, ob wohl irgendjemand während seiner Abwesenheit die Hieroglyphen entziffert hatte. In den Büroräumen des Geheimdienstes – im Admiralitätsgebäude, neben dem großen Paradeplatz Horse Guards Parade – war kaum ein Mann zu finden, der nicht mit einem Bleistift das Oberflächenrelief des Steins auf Papier durchgepaust und diese Frottage samt eines aufgeschlagenen Griechisch-Wörterbuchs daneben auf seinem Schreibtisch liegen hatte. Greys guter Freund Aaron Willys – der Stabschef des Vorsitzenden des Marinegeheimdienstes, Sir Edward Banks – war gezwungen gewesen, eine neue Karriere aus dem Konfiszieren der Dinger zu machen und die Geheimdienstmänner zurück an ihre Arbeit zu beordern. Willys persönlich hatte Greys Frottage (die er im Montagu House Museum selbst durchgepaust hatte) mit einem Stumpen verbrannt. Zwischen Daumen und Zeigefinger hatte Willys das hauchdünne, brennende Papier baumeln lassen und Grey angebrüllt, ob der Gentleman denn wüsste, dass gerade ein scheiß Krieg herrschte?

Bei der Erinnerung musste Grey lächeln. In jedem Fall hatte er die Kamele dem Beduinenführer überlassen, der die Freundlichkeit erwiderte, indem er Grey einlud, die übrige Wartezeit bis zur Ankunft der *Juno* bei dem Zeltlager seiner Familie zu verbringen. Sein Stamm kampierte zu dieser Jahreszeit an den Ufern des Nils, ein paar Meilen südwestlich von Thineh. Grey hatte dankbar angenommen und einen halben Tag sowie eine ganze Nacht die ausgezeichnete Gastfreundschaft der Beduinen genossen.

Auch bei dieser Erinnerung lächelte Grey.

Gerade kam die Jolle, ein fünfeinhalb Meter langes Boot mit sechs Ruderern, die sich zusammen gegen die Strömung in die Riemen legten, über die Sturzwellen. Grey stand auf, rollte die Hosenbeine hoch und watete – mit verstauten Stiefeln und seinen Siebensachen über der Schulter – hinaus, um ihr entgegenzugehen.

»Sind Sie Mr Grey, Sir?«, fragte ein junger Leutnant am Heck des Bootes, während zwei der Ruderer in der Brandung standen und das Boot festhielten, bis Grey angekommen war.

»Das bin ich, Sir«, antwortete Grey, warf seinen Seesack einem der Ruderer mit trockenen Füßen zu und zog sich über das Seitendeck aus dem hüfttiefen Wasser.

»Ich bin Hopper, Sir«, stellte sich der Leutnant vor, dann sagte er zu den Ruderern in der Brandung: »Stoßt ab.«

»Erfreut, Ihre Bekanntschaft zu machen, Mr Hopper«, erwiderte Grey. Die zwei Männer in der Brandung schoben die Jolle wieder hinaus über die Sturzwellen und wurden von ihren Kameraden an Bord gezogen, dann ruderten sie alle zusammen auf die *HMS Juno* zu. Der ganze Vorgang ging auf vorzügliche Weise effizient vonstatten, und Grey hatte gerade genug Zeit, seine Jacke anzuziehen und sich halbwegs präsentabel zu machen, bevor auch schon die Ruder am Fallreep hochgezogen wurden. Grey erklomm die Strickleiter mit der Leichtigkeit eines Mannes, der viele Jahre auf hoher See verbracht hatte – für die erste Dauer seines Arbeitslebens war er einer der Marinesoldaten in rotem Mantel gewesen, welche die Besatzung aller englischen Kriegsschiffe vervollständigten.

Da Grey vom Marineoffizierskorps für den Marinegeheimdienst rekrutiert worden war, behielt er der Höflichkeit halber weiterhin den Rang eines Kapitäns bei, ein Titel, den er nur selten benutzte – Diskretion war als Spion nun mal besser. Da er nun, wie sonst auch immer, als Mr Grey reiste, unterließ er es, auf dem Achterdeck zu salutieren und schüttelte stattdessen dem Kapitän der *Juno* die Hand, der ihn am oberen Ende der Landungstreppe begrüßte.

»Eine Freude, Sie an Bord zu haben, Mr Grey. Ich hoffe, wir haben Sie nicht warten lassen.«

»Ganz im Gegenteil, Captain Crowther, Ihre Pünktlichkeit ist tadellos. Ich danke Ihnen, dass Sie mich aufnehmen.«

»Sicher doch, Mr Grey. Kann ich Ihnen einen Tee anbieten?«

»Danke, ja«, antwortete Grey.

»Mr Burnes«, wandte sich Crowther an einen jungen

Leutnant auf dem Achterdeck, »wenn die Jolle hochgehievt ist, lichten Sie den Anker und setzen Sie den Kurs Richtung Norden, bis das Land außer Sicht ist, dann West zu Nord. Sie haben die Verantwortung über das Deck.«

Captain Crowther führte Grey in die Kapitänskajüte, welche die gesamte Breite des hintersten fünfeinhalb Meter langen Kanonendecks einnahm, womit diese auf jedem Kriegsschiff der einzige Innenraum war, den man eventuell als geräumig bezeichnen konnte. Auch wenn die der *Juno* Grey und Crowther dazu zwang, leicht den Kopf einzuziehen.

»Bitte nehmen Sie doch Platz«, bat Crowther und setzte sich selbst auf die Backskiste. »Mein Tisch und meine Stühle mussten letzte Nacht nach unten geräumt werden, da Wind aufgekommen ist. Mit dem Tee sollten sie wieder hochgebracht werden.«

So war es auch, und während Captain Crowther Karten und Papiere wieder auf seinem Schreibtisch sortierte, nippte Grey an seinem Tee und bedauerte es, keine letzte Tasse Kaffee mehr getrunken zu haben, bevor er sich von seinen Beduinen-Gastgebern verabschiedet hatte.

»Wie ich meinen Befehlen entnehme –«, begann Crowther, wurde aber von einem Klopfen an seiner Kabinentür unterbrochen. »Herein«, antwortete er.

»Bitte um Verzeihung, Sir«, sagte ein Seekadett von ungefähr zwölf Jahren, »Mr Solomon berichtet, dass alle Säcke mit rotem Korn trocken sind und nur einer mit weißem feucht, und Mr Bibble berichtet, dass das Wasser nur noch fünfzehn Zentimeter im Welldeck steht.«

»Sehr gut, Mr Matthews; wenn es ganz abgelaufen ist, lassen Sie Mr Burnes für das Frühstück alle Mann an die Pumpen schicken. Und sagen Sie Walpole, dass er einheizen und eine warme Mahlzeit servieren kann.«

»Ja, Sir. Danke, Sir.«

»Obwohl man niemals damit falschliegt, lieber zu viel als zu wenig Disziplin und gute Manieren an den Tag zu legen«, belehrte Crowther seinen jungen Seekadetten, »ist in diesen Fällen ein bloßes ›Ja, Sir‹ ausreichend.«

»Ja, Sir. Danke, Sir.«

Der Junge errötete, und der Kapitän lächelte milde. »Und jetzt ab mit Ihnen, es gibt Arbeit zu erledigen.«

»Ja, Sir.«

Crowther schenkte sich eine zweite Tasse Tee ein und setzte sich Grey gegenüber. »Es ist sein erstes Mal auf See, und verständlicherweise ist er immer noch nervös. Er muss sich noch etwas mausern. Jedenfalls … wo war ich gerade?«

»Sie hatten Ihren Befehlen etwas entnommen«, erinnerte ihn Grey.

»Ach ja: Wie ich meinen Befehlen entnehme, tragen Sie Depeschen mit sich, aber diese – meine Befehle – lassen es offen, ob es sich dabei um offizielle Eilmeldungen handelt oder nicht. Das soll heißen, ich muss wissen, ob ich anordnen soll, jede Kontaktaufnahme von anderen Schiffen mit dem Signal ›Zustellung von Nachrichten‹ abzublocken.«

Für zwei königliche Schiffe, die sich auf See trafen, war es normal, ihren Verpflichtungen nachzukommen und zu klären, welcher der Kapitäne den höheren Rang besaß. In diesen Fällen war es nicht ungewöhnlich, dass der höhere Offizier dann den ihm unterstellten einlud – das heißt, ihm befahl –, mit allen möglichen Neuigkeiten, die er vielleicht hatte, herauszurücken, die Chronometer abzugleichen und Post einzusammeln. Der einzige Umstand, unter dem ein Schiff der königlichen Marine so einen Befehl ignorieren konnte (oder jeglichen Befehl, den ein höherer Kapitän vielleicht aussprach), war, wenn es gerade eine Nachricht zustellte. Dann konnte eine Schaluppe die Anordnung eines Dreideckers unter dem Kommando zweier Admirale missachten. Natürlich war das ein Signal, von dem Kapitäne gerne Gebrauch machten.

Grey dachte einen Augenblick lang nach und trank einen kleinen Schluck Tee. »Ja«, entschied er. »Ich glaube, das wäre gerechtfertigt.«

»Sehr gut«, antwortete Crowther. »Mr Winthrop«, rief er, und die Tür wurde von einem Marinesoldaten geöffnet, der draußen stand.

»Ja, Sir?«

»Lassen Sie Mr Hopper rufen.«

»Ja, Sir«, gehorchte der Marinesoldat und schloss die Tür wieder.

Die Briefe von Wellesley, die Grey bei sich trug, betrafen die Bemühungen von Napoleons Frankreich, den Stillstand in seinem Krieg mit England zu brechen. Nachdem Frankreich den Rest Europas unterworfen hatte, hatte es einen schnellen Sieg über das Vereinigte Königreich erwartet – und warum auch nicht? Trotz der Mobilisierung von Armeen als Antwort auf den Jakobinischen Terror hatten die Alliierten rasch Belgien, die Niederlande, das Piemont, die Schweiz und Italien verloren; die Erste und Zweite Koalition wurden beide gleichermaßen zu Stücken zerschlagen und bloß Napoleons Entscheidung, die französische Armee ins Landesinnere zu lenken, um die Diktatur der Jakobiner durch seine eigene zu ersetzen, hatte Wien und Berlin bis jetzt die Guillotine erspart. Europa östlich des Rheins hatte ein französisches Reich westlich des Rheins akzeptiert, vorausgesetzt, dass es auch dortblieb. Nur das Vereinigte Königreich Großbritannien und Irland lehnten es ab, sich zu unterwerfen und den Boden vor den Füßen des jungen Bonaparte zu küssen.

Im Moment standen die britischen Inseln alleine da – die letzte Großmacht, die sich weigerte zu glauben, dass sich der kleine Korse hinter dem Rhein abgrenzen würde, und die nicht bereit war, eine Welt unter seiner Herrschaft zu akzeptieren. Glücklicherweise hatten Gerüchte einer französischen Invasionsflotte England noch vor der Flotte selbst erreicht – und jetzt musste sich diese einer stark aufgerüsteten Südküste stellen –, übersät mit Martello-Belagerungstürmen, die scheinbar im Stundentakt von den Ingenieuren Seiner Majestät hochzogen wurden und hinter denen eine neue Heimatarmee aus fünfzigtausend Reservisten stand.

Trotzdem konnten die Türme und Soldaten bloß standhalten, wenn die Königliche Marine wie seit 1066 den englischen Ärmelkanal kontrollierte. England konnte nur auf den Stränden gewinnen, wenn es die Meere unter seiner Kontrolle behielt. Der Korse selbst hatte sich dazu recht offen geäußert und vor seiner »Englandarmee« verkündet, die schon gespannt darauf wartete, ihre Armada von Landungsbooten zu besteigen: »Wenn wir für sechs Stunden die Herren über den Ärmelkanal sind, dann sind wir auch Herren über die Welt.«

Aber die Königliche Marine wich nicht von der Stelle. Und jetzt versuchte Napoleon, sie zum Zurückweichen zu zwingen, indem er woanders auf der Welt Feuer legte, die England mit viel Zeit und Aufwand würde löschen müssen. Wellesley und seine indischen Alliierten hatten den General Pierre Cuillier-Perron und das Maratha-Reich für den Moment unter Kontrolle. Und das Parlament erhielt den Frieden mit den Vereinigten Staaten aufrecht, sogar als Napoleon Louisiana an die Amerikaner verkaufte, zusammen mit einem beträchtlichen Teil Nordamerikas, den England für sich beanspruchte. Doch sogar so war es nur eine Frage der Zeit. Entweder würde England Alliierte finden, die es ihm ermöglichen würden, eine zweite Front zu eröffnen – ein Landkrieg auf dem Kontinent –, oder ein Sturm würde schon eines baldigen Tages das Ärmelkanal-Geschwader so weit von seinem Blockadekurs abtreiben, dass die französische Invasionsflotte aus dem Hafen schlüpfen konnte. Dann würde der Einmarsch beginnen, und England wäre gezwungen, in einem hässlichen, teuren Verteidigungskrieg auf den Stränden und den Landeplätzen zu kämpfen, in den Feldern, den Straßen und in den Hügeln, bis das Königreich entweder unterworfen oder verhungert wäre oder einen blutigen, blutigen Pyrrhussieg erzwungen hätte.

Es war bloß eine Frage der Zeit. Außer, England schaffte es, eine Dritte Koalition zu bilden und Napoleon dazu zu zwingen, selbst in einem Verteidigungskrieg zu kämpfen.

»Sir?«, erkundigte sich Leutnant Hopper und öffnete die Tür zur Kapitänskajüte.

»Richten Sie Mr Burnes aus, dass er jedes Signal mit ›Zustellung von Nachrichten‹ beantworten und seinen Kurs halten soll. Sobald wir nach Westen abdrehen, setzen Sie das volle Segel, und halten Sie sich ebenfalls bereit, die Leesegel anschlagen zu lassen.«

»Sehr wohl, Sir.«

»Großartig«, sagte Crowther zu Grey, nachdem sich Hopper wieder zurückgezogen hatte. »Großartig. Wir sollten es in null Komma nichts zurück zum Felsen von Gibraltar schaffen und von dort aus dann nach England. Kann ich Ihnen etwas zum Frühstück anbieten?«

2

Die Reise gen Westen durch das Mittelmeer verlief schnell und reibungslos; es stellte sich heraus, dass die Levante, welche die *Juno* unmittelbar bevor Grey an Bord kam, durchgeschüttelt hatte, der letzte starke Wind war, den das Schiff östlich von Gibraltar erleben würde. Die *Juno* hielt nur kurz am Felsen, um Wasser zu laden und einen Limettensaft von suspekter Natur zu ersetzen, segelte dann hinaus auf den Atlantik, umrundete das Kap Trafalgar und fuhr Richtung Norden, entgegen einer unwesentlichen Strömung, wobei sie durch die Westwinddrift, die von einem nautischen Strich achterlicher als querab her wehte, sogar schneller als zehn Knoten war.

England war vielleicht noch eine Woche entfernt, und Greys Verlangen nach Haus und Herd wurde nur leicht von dem Bedauern getrübt, das er immer am Ende einer Seereise verspürte. Nachdem er so viele seiner prägenden Ausbildungsjahre auf hoher See verbracht hatte, war es ihm ein Leichtes, wieder in die Schiffsroutine zu verfallen, sich wieder davon zu lösen allerdings nicht. Da sie glatt dahinsegelten, waren die Decks frei, sodass die Marinesoldaten exerzieren konnten und Grey sie damit verwöhnt hatte (wobei es eigentlich angemessener wäre zu sagen, dass sie *ihn* damit verwöhnt hatten), an den militärischen Übungen mit den Entermessern teilzunehmen – Fechten und Zweikampf auf dem Vorderdeck – und die Baker Rifles herauszuholen. Danach hatte sich Grey auf das Achterdeck zurückgezogen, wo er an der Heckreling lehnte und ›Über die Flora von Lappland und den Boden, auf dem sie gedeiht‹ las, von einem Botaniker namens Kefauver, mit dem Grey bekannt war. Er hatte soeben ein langes Kapitel über *Cladonia rangiferina*, die ›Rentierflechte‹ beendet, von der sich die Huftiere der Tundra prinzipiell ernähren. Gerade wollte er mit der Erörterung zu dem phosphorhaltigen Boden fortfahren, auf dem diese Flechten wachsen, als ein Ruf von oben aus dem Fockmast ertönte: »An Deck! Segel auf Steuerbord querab!«

Alle Augen richteten sich nach Osten, auf den Golf von Biskaya und Frankreich – obwohl weder Frankreich noch der Horizont, hinter dem es sich tatsächlich verbarg, zu sehen war. Ungefähr zehn Meilen entfernt, nahe über dem Wasser, waberte ein dichter Nebel, über dem sich eine Front aus Gewitterwolken auftürmte. Das Wetter im Golf war traditionsgemäß schrecklich, also überraschte das niemanden – allerdings ließ der Anblick eines Segelschiffs Richtung Westen, das aus dem Sturm herausfuhr, dieselbe Idee in den Köpfen aller Männer auf der *Juno* aufkommen: Das musste ein Blockadebrecher sein, der aus Rochefort herausgeschlüpft war, zweifelsohne ein

Schmugglerschiff, voll bis unters Deck mit Wein und Kognak; wenn das kein gottloses, jakobinisches Glück war, aus einem Sturm heraus geradewegs in die Arme eines englischen Kriegsschiffs zu segeln.

Aber dann kam den auf dem Achterdeck der *Juno* auf und ab gehenden Offizieren noch ein zweiter Gedanke: Augenscheinlich stellten sie gerade Nachrichten zu. Gab ihnen das den Spielraum, Schmuggler aufzugreifen?

»Mr Grey: Auf ein Wort, bitte, wenn Sie so freundlich wären«, bat Captain Crowther, der an der leewärtigen Reling stand. Als Grey sich ihm näherte, um sich zu ihm zu stellen, zogen sich die anderen Offiziere auf die luvwärtige Seite zurück, um ihnen den Anschein von Privatsphäre zu vermitteln.

»Mein ständiger Befehl lautet«, erklärte Crowther Grey, »jeden Blockadebrecher, dem ich begegne, als Prise zu nehmen oder zu versenken. Allerdings unterliegen meine Befehle in diesem Falle den Ihren. Wenn Sie glauben, dass die Briefe, die Sie mit sich führen, keine Seeschlacht oder keinen Tag Verspätung riskieren können, müssen Sie mir das jetzt sagen.«

»Könnte ich mir kurz Ihr Fernrohr ausleihen, Captain?«

»Sicher.«

Grey hielt sich das Fernrohr ans Auge und besah sich das französische Schiff genauer, das vielleicht sechs Meilen leewärts lag und in der Vergrößerung auch nicht viel deutlicher zu sehen war als mit bloßem Auge. Trotzdem konnte Grey zwei Masten und ein Rahsegel ausmachen.

»Eine Sloop mit Briggtakelung, Sir?«

»Das glaube ich zumindest, Mr Grey.« Damit wäre es ein ziemlich aufwändiges Schmugglerschiff. Aber natürlich gab es da noch die andere Möglichkeit.

»Eine Kriegs-Sloop, Sir?«

»Möglich, Mr Grey.«

»Die vielleicht selbst Nachrichten zustellt?«

»Denkbar, Mr Grey.« Grey betrachtete sie noch einen Augenblick länger, schob dann das Fernrohr zusammen und gab es dem Kapitän zurück.

»In diesem Falle, Captain Crowther«, sagte Grey, »sollten wir sie uns schnappen.«

Crowther lächelte und konnte nicht widerstehen, Grey vertraulich auf die Schulter zu klopfen. Er wandte sich an seine Offiziere auf der Luvseite, von denen alle angestrengt versucht hatten, dem Beschluss zu lauschen.

»Alle Mann auf ihre Posten, Mr Burnes. Klarmachen zum Gefecht.«

Jetzt lächelte Burnes. »Sehr wohl, Sir.« Er wandte sich an den Bootsmann am hinteren Ende des Achterdecks und bellte: »ALLE MANN AUF IHRE POSTEN.«

Der Bootsmann wiederholte den Ausruf, der Marinesoldat neben ihm vollführte einen Trommelwirbel, der das Schiff zur Aktion aufrief, und alle Mann machten sich rasch an die Arbeit. Ohne Zweifel traf das auch an Bord des französischen Schiffs zu, obwohl dessen Offiziere eine schwierigere Entscheidung zu fällen hatten. Rochefort war sogar bei klarem Wetter ein schwer anzulaufender Hafen; wenn das Ufer auf der Leeseite im Nebel lag, war er tödlich. Das und die Tatsache, dass man ein zweites

Mal an einem englischen Blockadeschiff vorbeimusste, ließen der Sloop keinen Raum, um sich zurückzuziehen. Die einzige Frage, die es für sie noch zu klären gab, war, ob sie nach Norden oder Süden fahren sollte. Grey war sich sicher, dass ihre Offiziere in diesem Augenblick über die Segelqualitäten der *Juno* diskutierten: Ob sie achterlicher oder vorlicher als querab verhältnismäßig schneller wäre; ob Norden oder Süden die bessere Fluchtchance darstellte.

Aber sie schienen sich damit alle Zeit der Welt zu lassen – sie waren immer noch auf ihrem ursprünglichen Kurs, geradewegs auf die *HMS Juno* zu. Könnten sie einen Kampf in Betracht ziehen? Sicher nicht, überlegte Grey. Wenn es eine Kriegs-Sloop wäre, könnten sie vielleicht zehn oder zwölf oder sogar vierzehn Kanonen mit sich führen, keine davon schwerer als knapp zwei Kilo, was eine komplette Breitseite mit der Stärke von gerade einmal zwölfeinhalb Kilo ausmachte. Die *Juno* konnte mehr als acht Mal so ein Gewicht in Metall abfeuern. Ihre Breitseite, die Karronaden auf dem Achter- und Vorderdeck eingeschlossen, lag ungefähr in der Größenordnung von hundertvier Kilo. Hundertvier gegen zwölfeinhalb. Und mehr als zweihundert Männer gegen weniger als neunzig. Nein, ein Kampf käme für die Franzosen einem Selbstmord gleich.

Sie kamen jedoch immer noch auf sie zu. Mit keiner hohen Geschwindigkeit – vielleicht fünf Knoten. Aber nichtsdestotrotz taten sie es. Bald schon war die Sloop nahe genug, sodass mit dem Fernglas ein paar Details zu erkennen waren. »Batavische Farben, Sir«, meldete Leutnant Hopper, der Decksoffizier war und sein eigenes Fernglas auf die Sloop gerichtet hatte.

»Sehr gut«, entgegnete Crowther. Ganz hinten auf dem Achterdeck trug gerade eine unerfahrene, zur Arbeit im Mittelschiff eingeteilte Landratte einen Hühnerkäfig die Kajütstreppe hinunter; Grey hörte, wie der Mann lautstark kommentierte – für den Fall, dass es seinen Kameraden noch nicht aufgefallen war: »Mit den Holländern ham wir aber doch gar kein' Krieg.«

»Halt den Mund, Nibley«, gab ein Steuermann zurück. »Ihre Farben heißen gar nichts; bring die verdammten Vögel runter, sonst mach ich dir selbst gleich Beine.«

Tatsächlich bedeuteten ihre Farben nichts – jedes Schiff konnte auf legitime Weise in der Hoffnung, den Feind zu verwirren, unter falscher Flagge segeln, solange es seine echten Farben zu erkennen gab, bevor es einen Schuss abfeuerte. Das war gang und gäbe; bald schon würde die batavische Flagge verschwunden und die Trikolore oben sein.

Und so war es auch.

»Batavische Flagge eingeholt, Sir. Französische Flagge wird gehisst.«

Die Franzosen hielten immer noch auf sie zu. Grey kniff die Augen zusammen, um sie besser sehen zu können.

»Sir ...«, sagte Hopper einen Augenblick später. »Ich war mir nicht – das heißt, ich bin mir nicht ganz sicher –, aber ich glaube – zuerst dachte ich, dass die Flagge bloß falsch herum im Wind flattert –, aber ich glaube, Sir, dass ihre Farben umgekehrt sind. Rot innen und Blau außen.«

Mit zwei Schritten war Captain Crowther neben ihm. Um keine Zeit zu verlieren, nahm er sich das Fernrohr des Leutnants – »Mit Ihrer Erlaubnis, Mr Hopper« – und spähte für bessere Sicht durch die Linse.

»Sie haben recht, Leutnant.« Er gab das Fernrohr zurück, drehte sich mit hinter dem Rücken verschränkten Händen um und sah dabei leicht enttäuscht aus. »Nun gut, wir werden sie zwar immer noch als Prise nehmen, aber einen Kampf wird es heute nicht geben, Mr Grey. Sie segeln unter dem Seenotsignal.«

Er wandte sich an den Steuermann. »Halten Sie diesen Kurs. Genau auf sie zu.«

Es dauerte nicht viel länger als eine halbe Stunde, bis sie die französische Sloop in Seenot erreicht hatten – Crowther ließ die *Juno* so schnell sie nur konnte übers Wasser fliegen und die Segel immer wieder neu trimmen, um jedes kleine bisschen Geschwindigkeit aus der steifen westlichen Brise herauszuholen. Kein Seemann, der etwas taugte, würde je den Fall eines Schiffs in Seenot weniger dringlich behandeln als die Aussicht auf ein Prisengeld. Grey dachte über den seltsamen Ehrenkodex auf hoher See nach – es war die Pflicht und auch oft die Freude eines Marinesoldaten, jeden Feind, dem er vielleicht begegnete, zu bekämpfen und auch manchmal zu töten. Allerdings musste derselbe Feind nur um Hilfe bitten, und ihm würde mit dem Eifer einer Krankenschwester geholfen werden, die nichts von Flaggen und Kriegen verstand; nur, dass alle Männer Brüder waren.

Als sich die *Juno* den Franzosen näherte, wurde langsam der Grund für ihre Seenot sichtbar: Ihre Segel hingen alle schief; Geitaue waren gerissen, und der Stoff flatterte im Wind. Ihre Takelage war verheddert und hing lose herunter, und die Decks – die aus der Entfernung seltsam nackt ausgesehen hatten – waren nun sichtlich mit ausgestreckt daliegenden Körpern übersät. Ein Mann, vermutlich der französische Schiffsarzt, bewegte sich zwischen ihnen hindurch. Als die Schiffe in Rufweite waren – ungefähr zehn Yards voneinander entfernt und parallel mit der jeweiligen Steuerbord-Breitseite zueinander, rief Crowther hinüber: »Ahoi, *le sloop francaise … Que-est-que le … trouble. Avec vous?*«

Auf der französischen Sloop antwortete ein Unteroffizier in gebrochenem Englisch – der Navigator, wie Grey annahm.

»Monsieur, während dem Sturm wurden wir schrecklich durchgerüttelt, der Wind kam vom Land und machte das Meer sehr kurz und sehr wütend. Wir konnten es nicht mit den Wellen aufnehmen, Monsieur, und wurden herumgeworfen. Schlimm herumgeworfen. Der Kommandeur und der Leutnant können nicht stehen, sind nicht wach. Der Kadett ist tödlich. Mit gebrochenen Händen und Beinen, wir haben nicht genug Männer, um das Schiff wieder zum Fahren zu bringen.«

»Wir schicken unseren Schiffsarzt und eine Prisenmannschaft herüber«, antwortete Crowther, »und werden uns an Ihrem Bug und Heck vertäuen; werft Eure Taue herüber.«

Die Mannschaft der *Juno* stand immer noch auf ihren Kampfposten; mit ausgefahrenen Kanonen und den Decks klar zum Gefecht. Crowther gab nun den Befehl, die Schiffe von hinten beginnend aneinander zu befestigen und die französische Sloop zu vertäuen. Die Mittelschiff-Matrosen und Vorderdecksmänner der *Juno* fingen Affenfäuste, die verknoteten Enden von Wurfleinen, von ein paar französischen Mannschaftsmitgliedern auf, die noch auf den Beinen waren und diese herüberwarfen; mit deren Hilfe beförderten sie dann schwere französische Palstek-Knoten herüber, deren Schlaufen, eine nach der anderen, an *Junos* Ankerwinde festgemacht wurden. Die Mittelschiff-Matrosen machten sich an die Arbeit und drehten die Ankerwinde, wodurch sich die Seile spannten und die Schiffe aneinandergezogen wurden; schließlich befestigten sie die Palstek-Knoten an *Junos* Poller und die beiden Schiffe waren nur noch drei Meter voneinander entfernt.

Da die französische Sloop – deren Name jetzt genannt worden war: die *Marianne* – ein viel kleineres Schiff war, lag ihr Achterdeck nur knapp höher als das Kanonendeck der *Juno*; eine Landungsbrücke wurde von ihrem Hauptdeck zur Eingangspforte von *Junos* Kanonendeck gelegt. Leutnant Hopper und eine Handvoll Matrosen gingen voraus, gefolgt von *Junos* Schiffsarzt, dessen Offizieren und einer Notmannschaft, die nun langsam von dem englischen Schiff auf das französische überging.

Hopper sollte das Kommando übernehmen; da die

französischen Offiziere verhindert waren, würde es der Navigator sein (er war der befehlshabende Franzose), der Hopper das Kapitänsschwert darbieten würde – die Zeremonie, welche die französische Kapitulation formell besiegelte.

Der Navigator zog das Schwert aus seiner Scheide und hielt es Hopper auf beiden offenen Handflächen hin, damit dieser es entgegennehmen konnte. Hopper steckte seine Pistole in den Gürtel und streckte den Arm danach aus. Doch da legte der französische Navigator plötzlich seine rechte Handfläche oben auf den Griff des Schwertes, umklammerte es fest und rammte es dann in Hoppers Bauch. Und damit brach die Hölle los.

Die verwundeten Franzosen, die das Hauptdeck übersäten, erwachten aus ihrer Notlage und erhoben sich, wie durch ein Wunder geheilt; ungefähr ein Dutzend trugen Musketen und Pistolen bei sich, die sie auf die Prisenmannschaft auf der Laufplanke, auf die Matrosen auf dem Landungssteg der *Marianne* und auf die Offiziere der *Juno* auf dem Achterdeck abfeuerten. Ein paar der Invaliden rannten zu *Mariannes* Kanonen, die offensichtlich präpariert und geladen waren – schnell wurden sie ausgerichtet und abgefeuert, direkt in *Junos* eigene Geschützpforten, wodurch sieben ihrer dreizehn Steuerbord-Kanonen zerstört und mit einem Streich vielleicht dreißig Männer der Geschützmannschaft getötet wurden. An Bord der *Juno* herrschte Chaos, da ein Großteil der Männer ihre Gefechtsposten verlassen hatten – einige rannten zurück auf ihre Plätze, andere zu den Waffenschränken, und weitere schnappten sich Handspeichen und Belegnägel und rannten los, um die Enterer, die jetzt über die Laufplanke nach oben in *Junos* Kanonendeck strömten, damit zurückzudrängen.

Die Geschützmannschaften der *Marianne* luden in Windeseile nach, während die der *Juno* zurück zu ihren oder anderen Kanonen rannten, die noch abgefeuert werden konnten. *Junos* erste Schüsse, die vom Vorder- und Achterdeck abgegeben wurden, krachten in die *Marianne*, kurz darauf gefolgt von einem einzelnen Zwölfpfünder vom Kanonendeck. Die überlebenden Geschützmannschaften der *Marianne* erwiderten den Kugelhagel und setzten drei weitere von *Junos* Geschützen außer Gefecht.

Dies waren die letzten Schüsse der *Marianne*; die *Juno* verpasste ihr noch drei weitere Kugelsalven – machte Roheisen und Streichhölzer aus ihren Kanonen und dem Vorderdeck –, bevor klar wurde, dass die übrige Mannschaft an Bord des französischen Schiffs nur noch wenige Mann zählte. Der Kampf wurde nun Mann gegen Mann fortgeführt und fand auf *Junos* Kanonendeck statt.

Und er war blutig. Obwohl die Franzosen zahlenmäßig weit unterlegen waren, hatten sie das Überraschungsmoment auf ihrer Seite; die ersten Männer der *Marianne*, welche die Laufplanke passiert hatten, schlachteten zwanzig von *Junos* Männern mit Schwertern, Spießen und Äxten ab, bevor die sich auch nur besinnen konnten, und noch ein weiteres Dutzend, bevor sie sich bewaffnen konnten. Der Chancenvorteil der *Juno* hatte sich von zwei zu eins auf drei zu zwei verschlechtert und schwand weiterhin, während die Franzosen einen gut geplanten und unfassbar kriminellen Hinterhalt ausführten.

Grey war die ganze Zeit über mit den Offizieren der *Juno* auf ihrem Achterdeck gestanden und hatte Hopper dabei zugesehen, wie er die französische Kapitulation annehmen wollte. Als Hopper getötet wurde – als die Franzosen das Feuer eröffnet hatten –, griff Grey nach seinem Schwert – das er nicht trug, weil er namentlich ein Gast auf Crowthers Achterdeck gewesen war und deshalb keine Uniform getragen hatte. Er wandte sich dem hinteren Ende des Decks zu, wo eine kleine Waffentruhe vor dem Steuerrad stand. Dort erblickte er den Unteroffizier der Matrosen der *Juno*, der aus einem Nackenschuss blutete und bewusstlos dalag. Grey schnappte sich den Entersäbel aus seiner schlaffen Hand und drehte sich wieder zurück zur Reling. Da sich die französische Entermannschaft auf die Aktion vorbereitet hatte, war sie schon zum größten Teil drüben. Grey griff nach dem Segel des Besanmasts, zog sich hinauf auf die Reling und sprang, anderthalb Meter nach links und drei Meter nach unten, auf die Laufplanke zwischen den beiden Schiffen.

Er stürzte mitten in das letzte Dutzend der französischen Enterer hinunter, stieß bei der Landung einen von der Planke ins Wasser und fiel dem Mann fast hinterher, schnappte sich aber das Hemd eines zweiten Franzosen, um sich daran festzuhalten, und warf den Mann dann seitlich seinem Freund nach. Nun brachte Grey den Entersäbel zum Einsatz – der Kampf zwischen einem erfahrenen

Fechter und einer Gruppe überhitzter Matrosen war nicht fair. Es war Grey ein Leichtes, dem ersten Mann, der auf ihn zugerannt kam und dabei wild einen Bootshaken schwang, damit in den Bauch zu stoßen. Als er ins Wasser fiel, erstach Grey den nächsten; der riss im Fallen Greys Säbel mit sich und zwang ihn dazu, diesen in einem bestimmten Winkel zurückzuziehen und mit der Rückhand nach dem nächsten Mann zu schlagen, wodurch er dessen Kopf glatt von den Schultern abtrennte.

Der Franzose, der als Nächstes dran war, trug einen langen Spieß, mit dem er frontal nach Grey stach. Grey lehnte sich zur Seite, fiel fast rücklings ins Meer, griff nach dem Schaft der Lanze und zog sie ruckartig in Richtung der *Juno* auf sich zu, womit er sich selbst Halt verschaffte und den Franzosen ungelenk nach vorne taumeln ließ. Grey presste sich mit dem Ellbogen die Lanze an die Seite und warf den Mann seitlich ins Wasser. Dies war der letzte Enterer, der von der *Marianne* aus herüberkam. Nun wandte sich Grey den Rücken der Männer zu, die es schon hinübergeschafft hatten. Er zückte erneut sein Schwert, um sich auf den nächsten der Männer zu stürzen, die sich ihren Weg über die Planke auf das Kanonendeck der Juno erzwungen hatten – da er aber merkte, dass er unfähig war, einen Mann hinterrücks zu erstechen – sogar einen, der das Seenotsignal als Tücke nutzte, etwas, das so weit unter der Würde liegt, sodass davon ausgegangen werden könnte, es existierte nur in der Hölle –, schnappte er sich diesen stattdessen am Kragen und warf ihn von der Planke. Noch ein Mann im Wasser, noch einer und noch einer – bis einer hinter sich etwas bemerkte und Grey hörte. Und zwar mitten in der Kakophonie aus Schreien; den Schreien seiner Kameraden, die ins Meer zwischen den Schiffen fielen, oder vielleicht deren Rufen, während sie sich abmühten, sich an Griffen oder Trümmern oder auch an leblosen Körpern festzuhalten – wenige europäische Seemänner konnten schwimmen –, darum kämpfend, nicht unter eines der beiden auf und ab schaukelnden Schiffe gesogen oder, noch schlimmer, zwischen ihnen zermalmt zu werden. Dieser nächste französische Enterer drehte sich mit einer erhobenen Axt in der Hand um; als Grey seinen Säbel nach oben riss, trennte er ihm den Arm mit der Axt ab und stieß ihn im Schwung nach unten ins Meer.

Grey war nun am Ende der Laufplanke zur *Juno*, mit allen Franzosen vor ihm an Bord; von oben vom Achterdeck hörte er Geschrei; er ließ das Schwert in den Gürtel gleiten, griff nach den Püttings am Heck und hievte sich hinauf. Während er sich Hand um Hand weiter nach oben zog, rutschte er allerdings mit den Füßen an der Seite des Schiffs ab, und diese baumelten in der Luft – mit den Füßen tastete er nochmals nach den Püttings, zog sich dann auf die Reling und darüber und schließlich zurück aufs Achterdeck. Ein paar der Franzosen waren über die hintere Schiffsluke nach oben gelangt und attackierten gerade die wenigen Männer, die immer noch beim Steuerrad standen. Leutnant Burnes hieb, stieß und parierte wie ein Irrer mit seinem Schwert in der Hand und hielt so ein halbes Dutzend Männer der *Marianne* in Schach; hinter ihm versuchte der klägliche Rest einer Geschützmannschaft eine der hinteren Karronaden nach vorne zu bringen.

Grey eilte Burnes zu Hilfe, und der Steuermann drehte sich vom Steuerrad weg, um einem Mann der *Marianne*, der vom Mittelschiff aus hochgeklettert war, eins überzuziehen. In der nächsten Sekunde schrie eine Stimme hinter ihnen »RUNTER, RUNTER«, Burnes schnappte sich den Steuermann am Gürtel und zog ihn hinunter aufs Deck. Grey fiel flach neben ihn auf den Boden, und über ihren Köpfen riss ein Kettenschuss blutige Löcher in den französischen Angriff, zerfetzte Brustkörbe und trennte Arme, Beine und Köpfe ab.

Ein schrecklich entstellter Mann stolperte in Höllenqualen und instinktiv nach nur dem kleinsten Trost suchend rückwärts auf die Reling zu, die in der Nähe seines Schiffs war. Grey folgte ihm und erlöste ihn von seinem Elend; gleichzeitig gellte ein Schrei von irgendwo unter ihnen – eine englische Parole, irgendein wahnsinniger Hurraschrei –, und in Greys Brust regte sich etwas: Vielleicht wendete sich das Blatt nun langsam. Mit Burnes auf den Fersen folgte Grey einer Spur aus geronnenem Blut die hintere Schiffsluke hinunter und stürzte sich in die immer kleiner werdende Menge aus Franzosen. Die standen nun zusammengedrängt vor dem Landungssteg, hinter dem Hauptmast, und schienen zu wissen, dass sie in einer verlorenen Schlacht kämpften. Erneut stieß jemand mit einem weiteren langen Spieß frontal nach Grey – wieder machte er einen Schritt zur Seite und zog am Schaft. Der Lanzenstoßer wurde nach vorne gerissen, und Burnes stach ihm zweimal in die Lungen. Als der Mann Blut spuckte, löste sich ein französischer Offizier aus der Gruppe seiner Männer und eilte auf den Landungssteg zu, mit den Händen bedeckte er eine tiefe Wunde in seinem Bauch. Grey trat nach vorne, um ihm hinterherzujagen; im selben Moment wurde Grey hinterrücks festgehalten, nach hinten gewuchtet und, sich halb drehend, auf ein blutiges, zusammengerolltes Tau geworfen. Es war Burnes, der ihn zurückgerissen hatte – die Franzosen hatten eine Kanone von ihrem Halterungstau losgeschnitten, die an ihm vorbeirauschte und eine Spur der Verwüstung aus überrollten Körpern hinterließ. Da wogte das Schiff zur Seite, wodurch die lose Kanone gerade langsam genug wurde, damit ein Dutzend Engländer sie aufhalten und zur Seite umwerfen konnte, bevor sie noch durch eine Luke und den Laderaum darunter stürzen und ein Loch in die Unterseite von *Junos* Schiffsbauch reißen konnte.

Burnes zog Grey wieder hoch auf die Füße. »Danke«, rief Grey, bevor er durch die Eingangspforte auf die Laufplanke rannte, um hinüber auf das französische Schiff zu gelangen. Der flüchtende französische Offizier hinterließ eine dicke Blutspur. Dieser konnte Grey sogar trotz der Splitter von Planken und Fetzen der Takelungen folgen, welche die Kanonen und Karronaden der *Juno* verursacht hatten. Die Spur führte hinauf zum Achterdeck der *Marianne*, auf ihr Poopdeck – an Leutnant Hoppers Leiche vorbei – und in die Kapitänskajüte. Hier war der Offizier, auf Händen und Knien, und wühlte in den Überresten eines Schreibtischs, offensichtlich auf der Suche nach etwas.

Grey konnte jetzt erkennen, dass der Offizier der französische Kapitän war. Er konnte nicht anders, als erfreut über die Zerstörung seiner Privatkabine zu sein. Der Offizier hatte ein aussichtslos schwaches Blatt gehabt und versucht, durch Betrug zu gewinnen. Er hatte bekommen, was er verdiente. Die zweifelsohne einst wunderschön geschwungenen Heckfenster waren pulverisiert worden – oder besser gesagt, ungefähr ein Drittel des Poopdecks war in die Kapitänskajüte gestürzt. Kanonenkugeln rollten in beinahe fröhlichen Kreisen von Backbord nach Steuerbord, von Steuerbord nach Backbord, wie riesige Murmeln in einer Schachtel. Grey stieg vorsichtig über die wogende Flut aus Kugeln auf den Kapitän zu, der immer noch die Überreste seines Schreibtischs durchsuchte.

Sein Schwert hatte er halb erhoben, jedoch mehr zur Warnung als zur Drohung.

»Herr Kapitän«, sagte er auf Französisch, »Sie werden verstehen, dass Ihre Schandtat mich davon abhalten wird, Ihre Kapitulation zu akzeptieren, deshalb muss ich Sie bitten, Ihre Hände auf den Kopf zu legen und mich zurück zum Schiff Ihrer Majestät *Juno* zu begleiten.«

Der Kapitän ignorierte ihn; steckte bis zu den Ellbogen in seinem früheren Schreibtisch und tastete nach etwas. Grey legte die Kante seines Schwertes an den Hals des Kapitäns.

»*Monsieur le capitaine*«, warnte er erneut. »*Que cherches-tu?*«

Der Kapitän unterbrach seine Suche und schaute zu Grey auf.

»*Tes bras*«, zischte Grey. Langsam zog der Kapitän die Arme aus den Überresten seines Schreibtischs. Mit dem Ellbogen hob er einen Teil einer schweren Eichenschublade seitlich hoch, sodass er in der Bewegung mit dem rechten Arm etwas zu fassen bekam.

Grey drückte ihm die Klinge des Säbels in den Hals. »*Doucement.*«

Der Kapitän zog seine Arme jetzt noch langsamer zurück. Grey erwartete, dass er mit der rechten Hand eine Pistole oder einen Degen herausziehen würde. Als sie zum Vorschein kamen, umklammerten sie allerdings einen breiten, flachen Leinenbeutel. Ein Beutel von der Größe und Form eines großen Quartos.

Alle Kriegsschiffe – englische, französische oder sonstige – führten einen mit Wachs versiegelten und mit Blei beschwerten Leinenbeutel mit sich, der ein Buch mit privaten Signalen enthielt. Die Signale erlaubten es den Kriegsschiffen, Freunde von Feinden zu unterscheiden; das Wachs schützte es vor Wasserschäden; das Blei sollte es versenken, wenn eine Prise bevorstand. An der Stelle des französischen Kapitäns hätte Grey diesen vor der erzwungenen Kapitulation über Bord geworfen. Aber natürlich hatte der nie wirklich beabsichtigt, zu kapitulieren.

»Fallen lassen«, befahl Grey und drückte ihm die Schwertklinge fester in den Hals. Da spuckte dieser nach Grey und warf gleichzeitig den Leinenbeutel aus dem gähnenden Loch in der Hinterseite der Kajüte.

In einer einzigen fließenden Bewegung schlitzte Grey

dem Kapitän den Hals auf und ließ das Schwert fallen. Er hob eine herumrollende Kanonenkugel vom Boden auf, ging mit drei Schritten auf das zerborstene Heck der *Marianne* zu und sprang ins Meer.

Ungeachtet italienischer Astronomen ist Wasser keine Luft und schwerere Objekte fallen darin schneller. Die Kanonenkugel und Greys Hände, die sie umschlangen, kamen zuerst auf dem Wasser auf; der Rest seines Körpers folgte, und die zwölf Pfund schwere Eisenkugel zog ihn sofort in einer verblüffenden und immer höheren Geschwindigkeit nach unten.

Grey blinzelte und versuchte, seinen Blick unter Wasser zu fokussieren; das Wasser war klar und die Sonne stand hoch über seinem Kopf – sie ließ das weiße Leinen sechs oder vielleicht sieben Meter unter ihm aufleuchten.

Die mit Blei beschlagenen Buchdeckel zogen es nach unten. Aber Greys Bleikugel war schneller. Er kam näher. Doch jetzt schwand das Licht langsam – der Beutel verwischte zu einem dunklen, blauen Fleck vor schwarzem Hintergrund. Grey nahm eine Hand von der Kugel; von dem Blei wurde sein Körper jetzt straff in einer geraden Linie von seiner linken Hand über seine seltsam verdrehten Hüften bis hin zu seinem schlackernden rechten Bein nach unten gezogen. Mit der rechten Hand griff er nach dem Beutel …

Es war jetzt dunkel, kohlrabenschwarz. Grey fuhr mit der Hand durch das Wasser vor ihm, wo er dachte, dass der Beutel sein müsste … knapp hinter seinen Fingerspitzen … war er zu weit gesunken? Hatte er ihn verpasst? Schwarz in schwarz, kein Licht, er hatte keine Orientierung mehr.

Er spürte, wie etwas die feine Haut zwischen seinem Daumen und Zeigefinger streifte. Schnell schloss er die Finger darum. Es war der Beutel mit dem Signalbuch. Sofort ließ er die Kanonenkugel fallen. Das Blei in dem Beutel war nicht so schwer, als dass es ihn hinunterziehen würde, aber es schien schwer genug zu sein, um seinen Auftrieb zu verhindern. Wo war überhaupt oben? Er drehte den Kopf hin und her. Dort vor ihm war ein kühler Schimmer zu sehen, wie ein Himmel kurz vor Tagesanbruch, in der Mitte ein stecknadelgroßer Lichtpunkt. Das war die Oberfläche. Er klemmte sich den Beutel zwischen die Zähne – spürte, wie sie sich in das Wachs bohrten –, nestelte mit den Fingern nach dem Kragen seines Hemds und der Jacke, zog sie sich über den Kopf, trat seine Stiefel weg und streifte sich die Hose ab. Er spürte, wie sein Körper langsam zu dem Punkt aus Licht auftrieb, nun, da er leichter war. Er trat aus, ruderte mit den Armen, tiefe, lange Züge. Der kleine Lichtpunkt wurde zu einem Fischauge, und nach ungefähr einer Minute durchbrach Greys Kopf die Wasseroberfläche.

Instinktiv schnappte er nach Luft; ließ den Beutel zwischen den Zähnen los und fing ihn behutsam mit beiden Händen auf. Einen kurzen Moment lang ließ er sich auf dem Rücken treiben.

Jubel brandete hinter ihm auf. Er drehte sich um. Dieser galt aber nicht ihm, sondern den französischen Farben –

den verkehrten französischen Farben –, die auf der *Marianne* eingeholt wurden. Wie seltsam – er hatte die Schlacht beinahe vergessen. Mit langen, leichten Zügen schwamm er zu *Mariannes* Fallreep und kletterte langsam hinauf, rutschte mit seinen bestrumpften Füßen ab, da er an dem Holz keinen Halt fand, zog die Strümpfe aus, kletterte weiter und hievte sich mit dem französischen Beutel zwischen den Zähnen, aber ansonsten unversehrt wie an dem Tag seiner Geburt, an Deck.

Es war nicht das erste Mal, dass Grey mit etwas weniger Kleidung am Leib als zuvor aus tiefem Wasser kam. Nacktheit gab keinen Anlass zu Kommentaren unter Männern, die unzählige Jahre lang Schulter an Schulter schliefen, jeder mit gut dreißig Zentimeter Platz, um seine Hängematte aufzuhängen, und schon so lange des Prinzips der Privatsphäre beraubt, dass es genauso gut zu einem anderen Leben hätte gehören können. Grey ging auf den nächsten, saubersten toten Franzosen zu und – ein schnelles Gebet für den Toten murmelnd; der Vorstellung abgeneigt, einen Mann anscheinend nach Beute zu durchsuchen – barg eine Jacke, die größtenteils frei von Blut war, und band sie sich um die Lenden. In dem Pulk aus Engländern, die jetzt leicht unorganisiert auf dem Deck der *Marianne* herumwanderten, fiel ihm der junge Matthews ins Auge, und er winkte ihn zu sich herüber.

»Könntest du dir einen Weg zum Segelraum bahnen und mir ein Hemd und eine Hose aus meinem Seesack holen? Und mir sagen, wo ich Captain Crowther finden könnte?«

Der junge Matthews salutierte vor Grey und antwortete: »In der Kapitänskajüte, Sir.«

»Welcher?«

»Der französischen, Sir, bitte um Verzeihung.«

»Danke, Matthews. Und jetzt los mit Ihnen.« Matthews rannte über die Planke zur *Juno* hinüber, und Grey ging zurück zu der zerstörten französischen Kajüte.

Captain Crowther – dessen Uniform schlimm zerrissen und blutverschmiert war, dessen Gesicht und Gliedmaßen aber alle an ihrem angestammten Platz zu sein schienen – stand über die Leiche des französischen Kapitäns gebeugt da. Leutnant Burnes fühlte nach einem Puls.

»Keiner, Sir«, stellte Burnes einen Augenblick später fest.

»Gentlemen«, brachte sich Grey in die Unterhaltung mit ein. Burnes und Crowther sahen ihn an, bemerkten kurz seinen Mangel an Kleidung und wandten sich dann wieder der Leiche zu. Burnes, dachte Grey, zeigte den leisesten Anflug eines amüsierten Lächelns. Grey fuhr fort: »Ich war gezwungen, ihn zu töten, fürchte ich, im Versuch, das hier zu bewahren.« Grey hielt den Leinenbeutel hoch. Crowther nickte.

»Auch gut, Mr Grey«, sagte er. »Wenn er überlebt hätte, hätte ich ihn wegen Piraterie hängen lassen.« Der englische Kapitän schüttelte den Kopf – »Noch nie in meinem Leben …« – und verstummte dann. Er betrachtete den toten Mann mit Zufriedenheit, aber noch viel mehr mit Verwunderung.

3

Drei Wochen später in London

Grey saß am Schreibtisch in seinem Büro im Alten Admiralitätsgebäude, wie es nun immer häufiger genannt wurde. Der Großteil der Marineabteilung hatte sein neues Lager im Somerset House aufgeschlagen, und abgesehen von den Wohnungen und Besprechungsräumen, die für die Lords der Admiralität weiterhin unterhalten wurden, sowie den Sitzungssälen für den Marinerat, wurde das Alte Admiralitätsgebäude – Admirality House – jetzt immer mehr zu einer Privatangelegenheit des Marinegeheimdienstes.

Grey hatte Zeit, über die schrittweise Veränderung in Londons Aufteilung der Regierungsbehörden nachzusinnen, weil er sonst nichts zu tun hatte. Und das war kein Versäumnis. Vor fünf Tagen war er nicht nur mit Briefen von Wellesley (geborener Wesley) nach London zurückgekehrt, sondern auch mit einem neuen französischen Signalbuch (das fünfhundert Mal sein Gewicht in Gold wert war, wegen des Schadens, den es beim Feind anrichten konnte) und verschlüsselten Nachrichten, die mit dem Signalbuch in seinem wächsernen Leinenbeutel versteckt gewesen waren. Als Grey diese übergab, hatte man ihm gesagt, er solle sich für einen neuen Auftrag bereithalten, der bevorstand. Er hatte sich um den Post-Rückstau von vier Monaten gekümmert und war gerade dabei zu entscheiden, ob er zur Admiralitätsbibliothek hinunterschlendern sollte, wo er vier Monate der Geschehnisse durch britische, amerikanische und kontinentale Zeitungen aufholen konnte, oder ob er vielleicht noch einen Ausflug zum Stein von Rosetta wagen sollte, um eine neue Frottage anzufertigen. Er zog auch in Betracht, für heute Schluss zu machen und nach Marsh Downs, seinem Zuhause in Sheerness, aufzubrechen. Es war der 24. Dezember, und in Westminster herrschte bereits eine bestimmte Feiertags-Schläfrigkeit, außerdem war es ein ziemlich langer Ritt nach Kent. In dem Glauben, einen guten Entschluss gefasst zu haben, legte sich Grey gerade einen Plan für seine Vorgehensweise zurecht, laut dem er nach dem Versuch, für den Weihnachtstag ein paar der veralteten Ausgaben der *Times* aus der Bibliothek zu entleihen, zu den Downs aufbrechen würde – indem er vielleicht seine neue Armbanduhr als Sicherheit hinterlegte (seine alte Breguet, die der Sekretär im Archiv sehr bewundert hatte, war im Golf von Biskaya untergegangen). Seine Überlegungen wurden allerdings vom Stabschef Aaron Willys unterbrochen, der im Türrahmen erschien.

»Ich bin gekommen, um Sie nach Hause zu schicken,

Tom«, verkündete er Grey mit einem bewundernswerten Timing. »Und ich komme mit Neuigkeiten. Die Männer von der Dechiffrierung sind immer noch dran, bisher ohne große Fortschritte, aber sie sind zu dem Schluss gekommen, dass das Siegel und die Unterschrift in der Tat genau das sind, was sie zu sein scheinen. Nämlich Briefe vom Schreibtisch Bonapartes, in seiner eigenen kleinen, korsischen Handschrift verfasst. Ich überbringe Ihnen Sir Edwards Kompliment dafür, dass Sie sie sichergestellt haben.«

Sir Edward Banks: der Vorsitzende des Marinegeheimdiensts. Seit seiner Rückkehr nach London hatte Grey noch keine Audienz bekommen, was ihn überraschte. Sir Edward war im Großen und Ganzen kein warmherziger Mann, aber er hatte eine gewisse Zuneigung für Grey, weswegen dieser sich über Willys' Funktion als Mittelsmann zwischen ihnen wunderte.

»Zusammen mit seinen Glückwünschen überbringe ich auch einen Auftrag: Gehen Sie über Weihnachten nach Hause und verschaffen Sie sich Erholung. Echte Erholung. Für Körper und Geist. Verbringen Sie eine Woche auf den Downs und werden Sie dann nächsten Sonntagmorgen um acht Uhr in der Downing Street Nummer 10 vorstellig.«

»Nächsten Sonntag also, ja?«, fragte Grey. »Ich liege nicht falsch in der Annahme, dass das der Neujahrstag ist?«

»Sie liegen nicht falsch. Aber die Regierung wird doch nicht wegen eines Feiertags geschlossen, Tom. Ich werde morgen ja auch da sein.«

»Na ja, das sollte Sie wohl kaum weiter stören, Aaron.«

Willys gähnte und zuckte mit den Schultern. »So lauten jedenfalls die Befehle von Sir Edward, Tom – stehen Sie am ersten Januar um acht Uhr gut erholt vor der Tür des Premierministers. Haben Sie schöne Weihnachten, und meine besten Empfehlungen an Mrs Hubble und Canfield.«

»Aber mein Lieber, Sie können doch jetzt nicht wirklich beabsichtigen, mir vorzuenthalten, weswegen ich zu Nummer 10 geschickt werde?«

»Ich fürchte doch. Aber Sie werden es schon bald herausfinden.«

Der hochwohlgeborene Herr Zeitungswächter konnte nicht dazu bewegt werden, auch nur eine einzige Ausgabe herauszurücken – es hatte angefangen zu regnen, und er dachte nicht einmal daran, seine Sammlung eventuell aufgeweicht sehen zu müssen. Grey war bisher bei Buttle's untergekommen, einem Club, der für seinen Freund und Geschäftsmann Pater ganz nah an ein Zuhause heranreichte. Als Grey auf dem Weg aus der Stadt hinaus kurz dort anhielt, konnte er Mathers, den Portier, dazu verleiten, ihm einen Teil der *Times*-Sammlung des Clubs mitzugeben, durch die sich Grey seit seiner Rückkehr nach London gelesen hatte. Mathers lehnte es strikt ab, eine Sicherheit entgegenzunehmen – Breguet oder Sonstiges – und sagte bloß, dass er sich, wie immer, auf Greys Diskretion in der Angelegenheit verließe, aber wäre es Mr Grey denn nicht vielleicht lieber, wenn Mathers ihm einen Einspänner rufen ließe, um ihn nach Osten nach Sheerness zu bringen? Es wäre ein weiter Weg, um ihn im Regen zu reiten. Grey dankte Mathers, lehnte aber ab und fragte stattdessen, ob für den Silvesterabend ein Zimmer für ihn freigehalten werden könnte, wenn eines zur Verfügung stünde. Das könnte es, sagte Mathers, woraufhin sich Grey mit den zusammengefalteten Ausgaben der *Times* unter seinem Unterhemd und seinem bescheidenen Gepäck in den Satteltaschen verabschiedete. Die meisten seiner Sachen waren bereits, oder besser gesagt, ständig, auf Marsh Downs, weil Grey sich weigerte, eine Unterkunft in der Stadt zu unterhalten oder sich einzugestehen, dass die Länge des Ritts eine erforderte.

Da Grey gut zu Pferd war, schlug er zu keiner Gelegenheit einen Ritt aus – obwohl er das neue Pferd, das Canfield für ihn ausgewählt hatte, bei Weitem zu klug fand und es folglich immer dazu neigte, Greys Herrschaft abzulehnen und sich seine eigene Route durch den Verkehr der Metropole zu bahnen. Canfield würde ihm das zwar noch austreiben, aber in der Zwischenzeit fragte sich Grey, ob er nicht einfach ein Nickerchen im Sattel machen und das Tier sich selbst nach Hause navigieren lassen sollte. Und wenn sie in Gloucestershire landen sollten, würde sich das Pferd dann nicht dumm vorkommen? Na gut, nein, das würde er vielleicht lieber nicht tun.

Die Abenddämmerung brach bereits an, als sie Marsh Downs erreichten. Obwohl er die Downs seit der Jahrhundertwende besaß, wäre das sein erstes Weihnachten hier. Und das zweite Weihnachten ohne seine Frau. Dies versetzte ihm einen stechenden Schmerz, wenn er daran dachte, dass ihre Liebe zu diesem Haus dessen Kauf zu einem der glücklichsten Augenblicke seines Lebens gemacht hatte, an die er sich erinnern konnte.

Grey bemerkte kaum, wie Canfield nach dem Halfter griff.

»Guten Abend, Mr Grey, Sie sind ja früher dran, als wir erwartet haben – Mrs Hubble wird sich so freuen, sie war den ganzen Tag lang krank vor Sorge darüber, dass Sie es niemals nach Hause schaffen würden, nicht rechtzeitig zu Weihnachten; dass diese Sklaventreiber, wie sie die Beamten in Whitehall nennt, Sir, Sie Tag und Nacht durcharbeiten und nie für die aufrichtigen Freuden, die ihrer Meinung nach jedem anständigen Engländer zustehen, freigeben würden. Wie hat sich Casca gemacht, Sir?«

Laut Canfield brachte es Unglück, den Namen eines Pferds zu ändern; daher war es heidnischer Unsinn, den man getrost ignorieren konnte. Er ließ es sich nicht nehmen, jedes junge Pferd, das auf die Downs gebracht wurde und noch nicht gelernt hatte, auf einen Namen zu hören, umzubenennen. Da Casca ein mutiges Pferd war – und Grey Canfield unlängst eine Ausgabe von ›Julius Caesar‹ geliehen hatte –, hieß er so, erklärte Canfield, weil sein Fuß Schritt mit jedem halten würde, der noch so weit ging.

»Er war sehr entschlossen«, berichtete Grey.

»Ja, in der Tat, Sir – er hat einen noblen Glanz in den

Augen, nicht wahr? Ich werde ihn in den Stall bringen, Sir. Sie müssen hineingehen, bevor Mrs Hubble wegen Ihres zu leichten Mantels noch in Protest ausbricht.«

Als Grey eintrat, war das Haus belebt – sehr zu seiner Überraschung, die einen Augenblick währte, den er brauchte, um sich daran zu erinnern, dass er darauf bestanden hatte, dass Mrs Hubbles Vater, ihre jüngere Schwester und deren Kinder über die Feiertage dazustoßen würden. Mrs Hubbles Schwester Mrs Boothe war seit den letzten drei Jahren verwitwet, da ihr Mann bei seinem Einsatz in Kopenhagen getötet worden war, während dem er die Kanonen auf der *HMS Elephant* bedient hatte. Grey war Kindern weder zu- noch abgeneigt, jedoch hing er ausreichend an Mrs Hubble, um sich sicher zu sein, dass jegliche Kinder, die mit ihr in Verbindung standen, eine Stufe über dem Durchschnitt stehen mussten. Jedenfalls, da Grey Weihnachten nun wie in guten alten Zeiten in England verbringen würde, konnte Mrs Hubble auf keinen Fall – trotz Greys aufrichtigster Bemühungen – von ihren Pflichten auf den Downs entbunden werden. Grey wollte nicht, dass ihre Familie darunter leiden musste, also hatten sie eine Übereinkunft getroffen, laut der Mrs Hubble an Weihnachten arbeiten konnte, vorausgesetzt, ihre Familie würde als Greys Gäste zu ihnen stoßen. Grey bot Canfield dasselbe an, der es ebenso abgelehnt hatte, seine Arbeit über Weihnachten niederzulegen. Canfield kam allerdings aus dem Norden und sagte, dass seine Familie ein Weihnachten im Süden nicht verstehen würde und dass sie dort, wo sie war, auf jeden Fall gut mit Clootie-

Dumplings, dem traditionellen schottischen Weihnachtsdessert, versorgt wäre.

»Oh, Mr Grey, Sie haben es geschafft!«, stieß Mrs Hubble freudig hervor, die Greys Ankunft von ihrem Küchenfenster aus beobachtet hatte und schon mit einer Tasse heißem Cider in der einen und einem Tuch in der anderen Hand darauf wartete, dass er hereinkam. »Trocknen Sie sich die Haare, Sir. Ich hatte furchtbare Angst, dass sie Sie nicht gehen lassen würden, mit der momentanen Situation auf dem Kontinent und so weiter. So viele Jungen aus der Gegend verbringen Weihnachten in den Martello-Türmen, wissen Sie, mit dem armen Captain Austen, von dem ich nicht annehme, dass er diesen Advent auch nur eine anständige warme englische Mahlzeit bekommen hat, die arme Seele. Ich habe vor, Angela einen Mehlpudding beim Haus der Fencibles für ihn vorbeibringen zu lassen, wenn sie sich auf den Heimweg macht – Sie wissen ja, dass Mr Boothe in den Neunzigern unter ihm gedient hat, und er war immer so schrecklich freundlich zu ihr.

Aber genug davon, nun stelle ich Ihnen meine Familie vor«, dann im Flüsterton: »Ich hoffe *wirklich*, dass sie Ihnen keine Unannehmlichkeiten bereitet, Mr Grey. Das ist mein Vater, Mr Hubble.«

Grey verneigte sich höflich; Mr Hubble, der viele Jahre als Maat des Navigators und später selbst als Navigator eines Walfangschiffs auf hoher See verbracht hatte, hob langsam einen Knöchel an die Stirn, bevor er es sich anders überlegte und sich stattdessen verbeugte. Er trug einen braunen Mantel mit hohem Kragen und erweckte trotz seines nörglerischen Anscheins den Eindruck eines gutbetuchten Landbesitzers und Landwirts aus Leidenschaft. Tatsächlich war er der Wirt eines Seemannspubs auf der Straße nach Canterbury, und obwohl Grey sich niemals in Mrs Hubbles Privatangelegenheiten einmischen würde, sah er, dass ihr Vater ziemlich erfolgreich war.

»Mr Hubble«, begrüßte Grey ihn, »es ist mir eine Freude, Ihre Bekanntschaft zu machen, nachdem Ihre Tochter hier schon seit so vielen Jahren unabkömmliche Dienste verrichtet.«

»Sie sind zu freundlich, das zu sagen, Mr Grey, Sir, und dass Sie uns über die Weihnachtsfeiertage in Ihrem Heim beherbergen.«

»Ich freue mich über die Gelegenheit, Sir.«

»Und das ist meine Schwester«, fuhr Mrs Hubble fort, »Mrs Angela Boothe.«

»Mrs Boothe«, sagte Grey zu deren jüngerer Schwester mit den rosigen Wangen. »Es ist freundlich von Ihnen, Ihr Weihnachtsfest hierher zu verlegen, um mir die Schuld zu ersparen, die Abwesenheit Ihrer Schwester verursacht zu haben.« Sie hatte wirklich ausgesprochen rosige Wangen und war vielleicht um zwanzig Jahre jünger als Mrs Hubble – sie hatten verschiedene Mütter, beide zu früh verstorben –, doch ihr stand keine jugendliche Naivität mehr ins Gesicht geschrieben. Ohne Zweifel war diese ausradiert worden, als sie zu einer verwitweten Mutter von zwei Kindern wurde. Wobei die Rosen auf ihren Wangen vielleicht doch den Anflug einer schüchternen Errötung zeigten.

»Mr Grey, es ist so überaus freundlich von Ihnen, uns einzuladen, Sir, und ich hoffe wirklich, dass wir Ihnen nicht im Wege sind. Bitte zögern Sie nicht, es uns zu sagen, falls es doch so sein sollte – meine Töchter und ich werden natürlich auch unser Bestes geben, um bei der Hausarbeit und in der Küche zu helfen, damit wir sozusagen nicht zu sehr im Weg stehen.«

Grey lächelte und hob in sanftem Widerspruch die Hand: »Ich bin mir sicher, dass weder Sie noch Ihre Töchter die leisesten Unannehmlichkeiten bereiten werden; es wird mir eine Freude sein, etwas Leben im Haus zu haben. Schlafen Ihre Kinder schon?«

»Ja, Sir. Meine Schwester hat uns Zimmer zugeteilt, sehr schöne Zimmer.«

»Gut, so ist es recht, Mrs Boothe. Ich freue mich schon, sie kennenzulernen.«

»Jetzt komm mit, Angie, und lass uns das Abendessen fertig zubereiten«, warf Mrs Hubble ein. Sie standen alle in einem etwas unbeholfenen Kreis im Eingang herum, da Mr Hubble aus dem Wohnzimmer gekommen und Mrs Boothe ihrer Schwester aus der Küche heraus gefolgt war. Angela Boothe machte einen Knicks und ging mit ihrer Schwester wieder zurück – da sagte Grey noch: »Mrs Hubble, wenn Canfield aus dem Stall zurückkommt, würden Sie ihn bitte daran erinnern, sich uns anzuschließen?« Dann führte er den Vater der Damen zurück zu seinem Platz neben dem Feuer.

»Mr Hubble, kann ich Ihnen einen Sherry anbieten? Bitte setzen Sie sich doch.«

»Danke, Mr Grey«, sagte er und blickte leicht unbehaglich drein, da er sich hinsetzte, während der Arbeitgeber seiner Tochter noch stand. »Wie ich von meiner Tochter gehört habe, Sir, waren Sie Marinekapitän.«

»Das war ich, Sir«, bestätigte Grey, reichte Hubble sein Getränk und setzte sich ihm gegenüber in seinen Lieblingsohrensessel, zwischen ihnen ein kleines Sofa. »Umgekehrt habe ich von Ihrer Tochter gehört, dass Sie ein Walfänger und Matrose waren.«

»So ist es, Sir. Auf Kriegsschiffen, bis ich nach ein paar Jahren des amerikanischen Krieges abgemustert wurde und dann bis zur Mitte der Neunziger Grönland und die Südsee befischt habe.«

»Wie sehr mir das gefallen würde, den südlichen Ozean zu besegeln«, antwortete Grey. »Bisher habe ich nur meinen großen Zeh in den Teil um das Kap Hoorn herum hineingetaucht.«

»Er kann außergewöhnlich sein, Mr Grey, ziemlich außergewöhnlich – ich fürchte aber, dass er sich bei Kap Hoorn von seiner schlimmsten Seite gezeigt hat, damals, während der Sechziger. Die stürmischen Sechzigerjahre waren mehr als genug; südöstlich des Kaps haben wir viele prächtige Fische gefangen, in der Nähe der Crozetinseln und dem Kerguelen-Archipel. In der Tat die reichsten Gewässer, die man je gesehen hat, Sir, und unglaublich dicke Seehunde und Pinguine; genug genährt, um eine Reise nach Neuholland anzutreten.«

Er nahm einen Schluck von seinem Sherry und schüttelte den Kopf.

»Jetzt sind natürlich keine englischen Walfänger mehr dort, seit die französischen Bastarde von Mauritius aus in den Süden hinausfahren. Oh, ich bitte um Verzeihung.«

Grey winkte ab.

»Sie sind der Grund, warum ich mich in meinem Gasthaus zur Ruhe gesetzt habe, Mr Grey. Sie können sich den Mann bestimmt vorstellen, der drei Jahre lang in den Vierzigern und Fünfzigern auf hoher See verbracht hat und bereit ist, mit seinem Anteil der Kompanie nach Hause zurückzukehren, aber dann von einer französischen Brigg gefangen genommen wird, die ihn bei Rodrigues an einem Strand rauswirft, mit nichts außer den Schulden für Essen und Aufenthalt an Bord von drei Jahren und vielleicht einer Möglichkeit, sich auf einem amerikanischen Schiff seinen Heimweg zu erarbeiten. Sodomiten. Ich bitte um Verzeihung.«

Grey holte ein Zigarrenkästchen aus seiner Jacke hervor und bot es Hubble an.

»Danke, Sir, aber ich werde lieber meine Pfeife rauchen, wenn ich darf.«

»Bitte, Mr Hubble.«

Hubble fuhr fort: »Nein, diesen seefahrenden Froschfressern ist nicht über den Weg zu trauen, das sag ich Ihnen – wobei ich das sicherlich gar nicht muss, Mr Grey. Vielleicht haben Sie den neuen Anzeiger gesehen, der gestern erschienen ist, mit einer Erzählung von einem Captain Crowther über eine französische Sloop, die das Seenotsignal als Köder für einen Hinterhalt eingesetzt hat? Haben etliche seiner Offiziere und Dutzende seiner

Männer ermordet – noch nie in meinem ganzen Leben habe ich von so einem unverfrorenen Akt gehört, von so etwas, das so schwerwiegend gegen die Regeln des Kriegs und der Seefahrt verstößt. Gegen die Regeln der Menschlichkeit, sogar – der grundlegendsten Zivilisation. Diese scheiß Barbaren. Ich sage Ihnen, Mr Grey, wenn es an mir wäre, gäbe es für keinen von denen einen Gefängnisrumpf auf einem Schiff, sondern einen Galgen – und ein Galgen wär immer noch zu gut für die. Nein, Sir, ich war im amerikanischen Krieg, und ich sage Ihnen, die Amerikaner – und das sage ich Ihnen sogar an Weihnachten, wo George Washington sogar schon einen Fluss überquert hat, um die Hessen zu töten, nein, die Amerikaner würden so etwas nie tun. Dazu braucht es schon einen Franzosen.«

»Ich würde Ihnen nie widersprechen, Sir«, erwiderte Grey, »aber wenn ich vielleicht anmerken darf, das ist sogar für die Franzosen zutiefst untypisch. Generell stimme ich Ihnen jedoch so weit zu. Sehr schockierend, davon zu lesen.«

»Und ich kann mir vorstellen, Mr Grey, dass Sie mehr darüber wissen als ich. Sie arbeiten, wie ich meine – wenn ich nicht irre –, im Außenministerium?«

»So ist es, Sir.«

»Das muss ein sehr interessanter Beruf sein, Mr Grey.«

»Gelegentlich, Mr Hubble. Obwohl es sich die meiste Zeit um bürokratische Schinderei der niedrigsten Sorte handelt – Handelsbücher von den Westindischen Inseln und so was in der Art. Anfragen, von einem Büro in einer kalten Kolonie in ein anderes in einer warmen Kolonie versetzt zu werden oder von einer heißen zu einer kühlen. Streitereien um Vorrangigkeit.« Er schüttelte den Kopf und lächelte wie ein überarbeiteter Kalkulator. »Wenn ich fragen darf, bereitet Ihnen Ihre Arbeit denn Vergnügen?«

»Ja«, antwortete Mr Hubble. »Zu Anfang war es sogar um einiges einfacher als Fischen oder Kämpfen, wage ich zu behaupten, besonders, als mir erst einmal klar geworden ist, dass ich zu alt geworden war, um noch vom Unteroffizier zum Offizier aufzusteigen, und mich noch dazu in hohen Breitengraden befand. Trotzdem, zu Beginn hatte ich alle Hände voll zu tun, schob eine Wachschicht nach der anderen und hatte nie einen freien Moment übrig. An der Straße nach Canterbury ist es aber kein schlechter Platz, und nachdem ich erst mal ein paar alte Kameraden dazu gebracht hatte, es ein bisschen herumzuerzählen, konnte ich ein paar Landratten einstellen, ob Sie's glauben oder nicht, und jetzt, wo Angela mir dabei hilft, sie nicht aus der Reihe tanzen zu lassen, und auch die Rechnungsbücher für mich macht – ich habe es ihr beigebracht, als ich für meine Unteroffiziersprüfung auf dem Festland gelernt habe und sie noch ein kleines Mädchen war, man sagt ja, man beherrscht die Trigonometrie erst, wenn man sie erklären kann, wissen Sie, also habe ich sie ihr erklärt und deshalb kennt sie sich mit ihren Zahlen recht gut aus. Aber entschuldigen Sie mich, was wollte ich gerade sagen? Ach ja, mit einer Mannschaft aus Barmännern und Angela als Bootsfrau – ha ha – konnte ich mir endlich ein bisschen Ruhe verschaffen, seither verbringe ich die meiste Zeit mit Ausschenken, schwelge mit alten Kameraden in Geschichten und singe die alten Lieder mit ihnen. Ich hatte sehr viel Glück, ein ziemlich ansehnliches Broadwood-Klavier mit einem Umfang von fünf Oktaven ergattern zu können – das erwähne ich hauptsächlich aus Bewunderung für Ihr außergewöhnliches Érard-Klavier. Wenn ich fragen darf, Mr Grey, ist das ein Hammerklavier oder ein Piano?«

»Ein Piano, Sir.«

»Ein höchst bewundernswertes Instrument. Ich meine Ihres, Sir, jenseits der Bewunderung, die Klaviere generell verdient haben. Wunderschön. Mr Harrison, dem das Walfangschiff gehörte, auf dem ich mitfuhr, hatte ein sehr ähnliches in seinem Zuhause in Portland, und mir wurde die Freude zuteil, es bei drei oder vier Gelegenheiten spielen zu hören. Ich war äußert begierig darauf – auf hoher See spielte ich immer Geige und träumte davon, ernsthafter zu spielen; schließlich schaffte ich einen Klimperkasten für das Gasthaus an, dann das Broadwood, und jetzt unterrichte ich meine Enkeltöchter, um sicherzugehen, dass ich es auch wirklich kann. Spielen Sie, Sir?«

»Das war hauptsächlich das Spezialgebiet meiner verstorbenen Frau; sie hat sich bemüht, es mir beizubringen, aber ich fürchte, dass ich nie in der Lage war, dabei so etwas wie wahre Professionalität zu erlangen. Zu wenig Zeit zu Hause, vielleicht. Nun glaube ich, dass es nur der Gnade von Mrs Hubble geschuldet ist, dass es noch gestimmt ist; sie lässt einen Mann aus dem Dorf dafür herkommen. Oder zumindest hat sie das getan – ich muss gestehen, dass ich es seit Monaten nicht mehr angefasst habe.«

Mr Hubble hatte nur noch Augen für das Instrument, aber seine Manieren hielten ihn davon ab, weiter danach zu fragen. Außer natürlich, Grey spräche eine Einladung aus.

»Es wäre mir eine große Freude, Sie darauf spielen zu hören, wenn Sie wünschen«, sagte Grey aus einem Gefühl der Notwendigkeit heraus. Um ehrlich zu sein, blieb das Érard ein Objekt anhaltender Traurigkeit für ihn, da es ihn an seine liebe Paulette erinnerte. Es wäre ihm lieber gewesen, wenn seine Gäste einen weiten Bogen darum gemacht hätten – aber es war Weihnachten, und er fühlte sich dazu verpflichtet, seine Rolle als Gastgeber zu erfüllen.

»Nun ja, also, wenn Sie sich sicher sind, dass es Ihnen nichts ausmacht«, entgegnete Hubble und kam auf die Beine. »Es wäre mir sehr zuwider, Ihr Heim mit Missklängen zu erfüllen.« Grey beschwichtigte seine Bedenken mit einer erhobenen Hand und einem Lächeln.

»Nun gut, wenn ich darf.« Er trat auf das Klavier zu und nahm kurz den Inhalt eines Futterals mit Partituren darauf in Augenschein. Dann setzte er sich und fing an zu spielen. Es war das Prélude von Bachs vierter Englischer Suite, ein außergewöhnlich leichtes, verspieltes, fröhliches Stück. Grey starrte das Getränk in seiner Hand an.

Als das Prélude zu Ende war, ging Hubble sanft zu der *Allemande* über. Während Mr Hubble spielte, betrat

Canfield in seinem besten Sonntagsanzug den Raum, und das Unbehagen, sich anstatt zur Arbeit aus sozialen Gründen hier eingefunden zu haben, war ihm deutlich anzusehen. Er wollte nicht Platz nehmen, ehe er Grey für die Einladung gedankt hatte. Ebenso wenig wollte er sprechen, solange Hubble spielte. Man erkannte ihn kaum als den vollkommen selbstbeherrschten Mann wieder, der noch vor einer halben Stunde Greys Pferd entgegengenommen hatte.

Grey versuchte, es ihm leichter zu machen, indem er auf einen Sessel wies und Canfield bedeutete, sich zu setzen. Canfield gestikulierte zurück, dass er unsicher sei, was die Platzwahl anging. Grey deutete erneut auf den Sessel, entschiedener. Canfield hockte sich unbequem auf den Rand des Sitzkissens, anscheinend nicht gewillt, es mit seinem ganzen Körpergewicht zu beschweren. Leicht grinsend schüttelte Grey den Kopf. Er stand auf, schenkte ein wenig Sherry in ein Glas, schnitt eine Zigarre an und bot beides Canfield an, der nach einem Moment des Zögerns annahm. Grey zündete Canfield die Zigarre an, während Hubble nach der kurzen *Courante* mit dem langsamen Mittelteil der Suite weitermachte, der *Sarabande*. Grey nahm seinen Platz wieder ein und ließ sich von der leichten, langsamen, tiefgründigen, aber nicht schwerfälligen Musik berieseln. Eine Zeit lang hatte er sich mit Liedern begnügt, die auf Deck gefiedelt wurden: Lieder zum Treideln und Dichtholen. Die gefielen ihm zwar, waren aber natürlich kein Bach. Johann Sebastian Bach, Christian Bach, Haydn, Händel, Mozart – wie brachten die Deutschen bloß solch überragende Komponisten hervor? Vielleicht rührte es von dem Chaos eines Volkes her, das durch die Sprache geeint, aber in dreihundert winzige, absurd kleine Länder, Königreiche, Fürstentümer und Stadtstaaten aufgeteilt war. Vielleicht stimulierte die Freiheit, die von der Abwesenheit einer starken Regierung kam, die Fantasie der Künstler. Die Italiener, die in der Qualität ihrer Komponisten nur von den Deutschen übertroffen wurden, wurden ebenso in der chaotischen nationalen Uneinigkeit nur von den Deutschen übertroffen. Lag es daran? Wenn ja, würde Napoleons fortlaufender Krieg des politischen Drucks – seine »Mediatisierung« der Deutschen, die er im zweiten Koalitionskrieg niedergewalzt hatte, indem er freie Staaten dazu zwang, sich nach seinen Wünschen neu zu organisieren – einen schweren Schlag für die Musik bedeuten. Obwohl es natürlich ein großer Segen für die Engländer wäre, wenn die Deutschen weiter verdrängt werden und dadurch gezwungen würden, einen Teil ihrer Menschlichkeit wiederzuerlangen. Leider war die gesamte Menschheit östlich des Rheins unter den Konditionen von Campo Formio und Lunéville Frankreich annektiert worden.

Hubble war jetzt bei den Menuetten angelangt: den Lückenbüßern vor dem großen Finale der Suite. Hubble spielte sehr gut, dachte Grey, obwohl er sich kein großes Urteilsvermögen über die Virtuosität von Pianisten zuschrieb. Trotzdem war da eine aufrichtige Freude in seinem Spiel, die der Freude der Musik sehr zugutekam. Über die Jahre hatte Grey von Mrs Hubble Bruchstücke über die Geschichte ihres Vaters erfahren – der Sohn eines Milchbauern, der zur See gefahren war, sich durch die Ränge vor dem Mast seinen Weg nach oben gearbeitet hatte, von einer Landratte zu einem Maat des Navigators, und währenddessen einen hohen Anteil seines mageren Einkommens an den Schiffslehrer gezahlt hatte. Manche Männer schafften es von vor dem Mast zum Mannschaftsdeck der Offiziere. Hubble war jedoch keiner davon gewesen, obwohl er ziemlich nahe dran gewesen war. Es musste eine bittere Enttäuschung gewesen sein, er zeigte jedoch keine Zeichen der Verbitterung. Grey bewunderte das zutiefst. Das zeugte von derselben Charakterstärke, die auch seine Tochter, Mrs Hubble, besaß – »Mrs« nur gemäß ihrer Stellung als Haushälterin, welche die Höflichkeitsform aus Tradition mit sich brachte. Sie war einmal verlobt gewesen, das wusste Grey; die Auflösung dieser Verlobung, aus Grey unbekannten Gründen, hatte sie dazu genötigt, in einen Dienstbotenberuf einzutreten. Aber Enttäuschung schien ihr Gemüt nie zu trüben; sie war unermüdlich.

Hubble fing nun mit der *Gigue* an: der Tanz, mit dem Bachs vierte Englische Suite endete. Dieser hatte die Energie eines Vierspänners bei vollem Galopp, und Grey konnte sich nicht davon abhalten, mit der Hand im Takt zu schlagen, während er sich zu seinem mitreißenden, antiphonischen Schluss steigerte.

Hubble spielte die letzte Note – die er mit dem neuen patentierten Anschlagmechanismus des Érards in die Länge ziehen konnte –, und Grey schlug mit der flachen Hand auf die Armlehne des Sessels, sich seines Stimmungswechsels nur undeutlich bewusst.

»Gut gemacht, Sir, wirklich sehr gut. Warum haben Sie bloß Ihr Licht unter den Scheffel gestellt? Sie hätten in dem Moment, als Sie angekommen sind, schnurstracks auf dieses Piano zugehen sollen.«

Hubble nickte bescheiden. »Sie sind viel zu freundlich – die Qualität Ihres Instruments übertrifft die Qualität meines Spiels bei Weitem.«

»Unsinn«, widersprach Grey und stand auf. »Aber erlauben Sie mir, Ihnen meinen Wildhüter Canfield vorzustellen – obwohl ich annehme, dass Sie bereits miteinander bekannt sind.«

»Ja, Sir«, bestätigte Hubble, der zusammen mit Canfield nach Grey aufgestanden war.

»Bitte lassen Sie sich nicht von mir stören«, wiegelte Canfield ab, der schon wieder unbehaglich dreinschaute. »Ich habe Sie unterbrochen.«

»Sie haben nichts dergleichen getan, Canfield«, gab Grey voller Energie zurück. »Himmel noch mal, Mann, es ist Weihnachten. Es wäre mir unrecht, Sie zum Vergnügen zwingen zu müssen – aber seien Sie versichert, dass ich es dennoch tun werde, falls ich muss.« Canfield lachte.

»Na also, so gefällt mir das. Und jetzt können wir vielleicht Mr Hubble dazu nötigen, uns noch etwas anderes zu spielen, während ich Ihre Gläser wieder auffülle. Ein Glas Sherry für Sie, Mr Hubble?«

»Von ganzem Herzen, Sir.«

»Und für Sie, Canfield?«

»Mit Freuden, Sir.«

Nachdem er einen gesunden Schluck genommen und seine Pfeife wieder angezündet hatte, ging Hubble mit gerunzelter Stirn wieder dazu über, die Notenblätter durchzusehen, während er überlegte, was die geeignete Zugabe wäre. Dann breitete sich ein Strahlen auf seinem Gesicht aus.

»Oh! Mr Grey, wenn ich Sie bitten dürfte, sich zu mir zu gesellen, ich hatte noch nie das Vergnügen, ›Jesu bleibet meine Freude‹ mit vier Händen zu spielen – tatsächlich glaube ich nicht, es jemals zuvor auf Klavier gehört zu haben.«

Grey schmunzelte. »Oh nein. Lieber nicht; dafür bin ich nicht aufgelegt.«

»Ach, *spielen Sie*, Sir«, bat Canfield, der – als Grey sich zu ihm umdrehte – von der Heftigkeit, mit der er gesprochen hatte, überrascht zu sein schien. Allerdings war es seine Lieblingskantate. Es war jedermanns Lieblingskantate. Nie war eine schönere Melodie geschrieben worden.

Grey zögerte, stellte dann aber sein Glas ab. »Oh, na gut, warum auch nicht? Wenn Sie beide schwören, niemals jemandem zu verraten, wie viele falsche Noten ich insgesamt gespielt habe.«

Mit seiner Zigarre zwischen den Zähnen setzte sich Grey links neben Hubble, da er beabsichtigte, die weniger schwierige Bassstimme zu spielen, während Hubble die komplexen ineinandergreifenden Harmonien der Sopranstimme anpacken würde.

Grey schaute Hubble an; Hubble, mit Blick auf die Partitur, nickte: eins, zwei, drei, und fing an zu spielen.

Die Schönheit des Stücks, das mit ein paar Takten begann, die Hubble alleine spielte, erfüllte langsam den Raum. Grey hielt es wahrhaftig für das schönste Musikstück, das je geschrieben worden war.

Nun stimmte Grey mit der aufsteigenden Grundmelodie ein und war ganz in ihren Bann gezogen. Die Pracht des Lieds schwoll an, hüllte ihn ein und flutete durch das ganze Haus. Und dann, ohne Vorwarnung, fing eine reine, volle Stimme an zu singen. Instinktiv warf Grey einen kurzen Blick über die Schulter. Mrs Hubble war vom Klang des Lieds aus der Küche gelockt worden und Mrs Boothe war mit ihr gekommen und hatte angefangen zu singen:

Wohl mir, daß ich Jesum habe,
o wie feste halt' ich ihn,
daß er mir mein Herze labe,
wenn ich krank und traurig bin.

Jesum hab' ich, der mich liebet
und sich mir zu eigen giebet,
ach, drum laß' ich Jesum nicht,
wenn mir gleich mein Herze bricht.

Wie glasklar Angelas Stimme war! Grey spürte, wie sich seine Nackenhaare aufrichteten.

Jesus bleibet meine Freude,
meines Herzens Trost und Saft,
Jesus wehret allem Leide,
er ist meines Lebens Kraft,
meiner Augen Lust und Sonne,
meiner Seele Schatz und Wonne;
darum lass ich Jesum nicht
aus dem Herzen und Gesicht.

Grey drehte sich um, damit er Angela Boothe ansehen konnte. Ihre Schwester neben ihr weinte und lächelte. Da Grey fürchtete, dass Canfield vielleicht ebenso darauf reagiert haben könnte, war er für die nächsten paar Minuten penibel darauf bedacht, ihm nicht ins Gesicht zu sehen.

4

Auf seiner Hin- und Rückreise nach und von Indien hatte sich Grey erlaubt, seine Routine der körperlichen Ertüchtigung etwas zu vernachlässigen. Abgesehen von dem gelegentlichen Exerzieren mit den Matrosen und seinen regelmäßigen Kletterpartien auf den Fockmast, auf der Jagd nach verhältnismäßiger Frische und Ruhe, die in der Quersaling zu finden waren, hatte er sich auf die Rolle des unauffälligen Kuriers beschränkt und fühlte sich folglich etwas dicklich und unansehnlich. An den fünf Tagen nach Weihnachten war er also jeweils eine Stunde bei Tagesanbruch und eine Stunde am Nachmittag schwimmen gegangen. Das nördliche Ufer hatte seinem Anwesen den Namen Marsh Downs verliehen, wo Gestrüpp aus hohen Gräsern und sandige Rinnsale in einem Strand an der Mündung zur Themse endeten und das Wasser brackig war, da es sich dort mit der Nordsee vermischte.

Das Wasser war unglaublich kalt, und obwohl Grey darauf bestand, dass es unnötig wäre, machte Canfield während der Dauer jeder Schwimmeinheit ein Feuer am Strand, an dem Grey, sobald er herauskam, sich selbst trocknen und seine Ersatzkleidung wärmen konnte, die er für den Spaziergang zurück nach oben zum Haus anziehen würde. Am ersten Tag trocknete das Feuer auch Fred, Greys (oder vielleicht Canfields) prächtigen Irish Setter, der sich beim Schwimmen kurz zu ihm gesellt hatte, bevor er es sich schnell wieder anders überlegt hatte. An den darauffolgenden Tagen beschloss er stattdessen, Grey bei seinen Schwimmbahnen zu begleiten, indem er am Strand auf und ab rannte, und Grey danach, wenn er wieder aus dem Wasser kam, etwas Körperwärme zu spenden. Aller Ertüchtigung zum Trotz hatte Willys Grey nahegelegt, sich auszuruhen, und daher verbrachte er seine restliche Zeit damit, die Zeitungen zu lesen, die er von Buttle's mitgenommen hatte, und sich um ein paar kleinere Haushaltsangelegenheiten zu kümmern – Rechnungen und so weiter –, die während seiner jüngsten Abwesenheit angefallen waren.

Außerdem hatte er einen nicht unbeträchtlichen Teil seiner Zeit damit verbracht, auf seinem Érard zu spielen, denn seine Abneigung dagegen schien von der tiefgreifenden familiären Ruhe über Weihnachten aufgehoben worden zu sein. Das Klavier ließ ihn immer noch an Paulette denken, aber auf fröhlichere Weise, weniger wehmütig, als ob ihr Unterricht im Klavierspiel ein kontinuierliches Geschenk wäre, durch das sie in ihrem Wohnzimmer weiterhin präsent war. Grey hatte Mrs Hubbles Familie dazu eingeladen, über die folgenden Feiertage zu bleiben, aber Mr Hubble hatte es nachdrücklich abgelehnt, dass er selbst, Angela oder seine Enkeltöchter Greys Gastfreundschaft noch länger strapazierten, und Grey hatte nicht weiter darauf bestanden.

Am Nachmittag des letzten Tages des Jahres drei brach Grey wieder nach London auf, da er sich so am sichersten war, pünktlich in der Downing Street erscheinen zu können – vor allem, wenn der Neujahrstag versprach, so schneereich wie der Silvesterabend zu sein. Als er in die Stadt zu Buttle's ritt, rief er sich in Erinnerung, dass es entweder Zeit war, endlich dort Mitglied zu werden, oder sich eine Pension zu suchen. Er konnte sich nicht sehr viel länger ohne schlechtes Gewissen auf Paters Mitgliedschaft berufen.

Die fünf Schritte von der Kutsche zu Buttle's Eingang reichten aus, damit Greys Dreispitz sichtlich mit Schneeflocken bedeckt war. Als er einen Augenblick im Türrahmen stehen blieb, um seinen Hut auf der Straße auszuklopfen, erschein der Portier Mathers neben ihm. Mathers nahm den Hut zusammen mit Greys Wintermantel entgegen, fragte, ob Grey ein Handtuch zum Abtrocknen wünschte, hieß ihn im Club willkommen und teilte ihm mit, dass Mr Pater am Kartentisch gleich neben dem Feuer im Salon anzutreffen wäre. Er rief einen der Pagenjungen des Clubs herbei, damit dieser Grey hinführte.

»Haben Sie viel zu tun an Silvester, Mathers?«, fragte Grey, nahm das warme Handtuch entgegen und trocknete sich damit das bitterkalte Gesicht ab.

»Nicht besonders, Mr Grey – neben der Jagdsaison verzeichnen wir während der Weihnachts- und Feiertage die größte Abreise unserer Mitglieder zu ihren Familiensitzen.« Das überraschte Grey nicht im Geringsten. Der Club hatte drei Arten von Mitgliedern – die Verheirateten, die Unverheirateten und die Noch-nicht-Verheirateten. Die verheirateten Mitglieder waren bei ihren Ehefrauen, die, wie alle Frauen, im ganzen Club jenseits des hinteren Teppichrandes im Foyer verboten waren. Die Noch-nicht-Verheirateten waren bei ihren Eltern, von denen sie zum Großteil wegen des Unterhalts abhängig waren. Nur die Unverheirateten waren am Silvesterabend frei. Unter diesen befand sich auch Pater, Greys Freund und Geschäftsmann. Nachdem er Mathers seine Zeitungen zurückgegeben hatte, wurde Grey zu dem Platz geführt, den Pater ausgewählt hatte, um das Jahr 1804 einzuläuten: an einen mit grünem Stoff bespannten Spieltisch neben einem lodernden Feuer, wo er in eine Partie Brag vertieft war.

Pater war gerade mit Kartengeben an der Reihe und sah auf, um noch eine Tasse Hot Toddy, ein whiskyhaltiges Heißgetränk, zu bestellen, als er Grey erblickte und ihn sogleich herüberwinkte.

»Grey, mein lieber Freund, du bist gerade rechtzeitig, um dich noch als Vierter dem Spiel anzuschließen.«

»Dann können wir ja jetzt vielleicht auf Whist umsteigen«, bemerkte einer von Paters Kameraden, der so klang, als erwartete er, dass ein neues Spiel ihm auch neues Glück bescheren würde.

»Ich fürchte, Mr Grey macht sich nichts aus Mannschaftsspielen, haha, nicht wahr, Tom? Grey: Pond, Shepard.« Grey schüttelte den Männern die Hand. Aus

Brag machte er sich allerdings auch nicht wirklich etwas. Nicht, weil es ein Glücksspiel war – er versuchte gerne hin und wieder sein Glück –, sondern weil es ein Glücksspiel war, das sich als Geschicklichkeitsspiel ausgab. Da Pater allerdings über das Händeschütteln hinweggesprochen und gefragt hatte: »Sie werden sich uns doch anschließen, nicht wahr, Tom? Brag zu dritt ist ein miserables Spiel«, und weil Grey als Paters Gast das Gefühl hatte, die Bitte nicht guten Gewissens ausschlagen zu können, setzte er sich.

»Wenn Sie bitte auch einen Hot Toddy für Mr Grey bringen würden, Parlsow? Und geben Sie Acht, einen *heißen* Toddy: keinen warmen oder lauen. Glühend, Sir, glühend heiß!« Parslow, der bald zwölf Jahre alt wurde, schien sich über die Anrede als »Sir« zu freuen und zog sich mit einer Verbeugung zurück. Im selben Moment erschien ein Kassierer, um Greys Geld in Spielmarken umzutauschen.

Der Tisch war quadratisch, und Greys Platz lag am weitesten vom Feuer entfernt. Pater saß zu Greys Linker, und Pond, der mit dem Rücken zum Feuer saß, wurde die Vorhand zuteil. Beim Brag wurden jedem Spieler nach dem Einsatz drei Karten ausgeteilt, wobei die letzte aufgedeckt wurde – die höchste bescherte ihrem Spieler die Vorhand, die zuerst wetten darf.

»Ich passe«, sagte Pond.

»Ich wette«, entgegnete Shepard zu Greys Rechter. »Eine halbe Krone.« Er schob fünf Spielmarken nach vorne, jede davon Sixpence wert.

Bei der nächsten Vorhand sagte Pater: »Wette: Machen wir eine Krone draus.« Er schob zehn Spielmarken nach vorne – genau fünf Schillinge.

Shepard sah Grey an, der den Kopf schüttelte. »Spielen wir um einen Angel?«, fragte Shepard und erhöhte seinen Einsatz.

»Einen halben Sovereign«, erhöhte Pater und fügte noch mal fünf Schillinge hinzu.

»Da ziehe ich mit«, schloss sich Shepard an und zahlte die gleiche Summe in den Topf ein. »Gentlemen?«

»Nein«, lehnte Pond ab.

»Ich auch nicht«, verneinte Grey.

»Dann würde ich gerne Ihr Blatt sehen, Pater«, forderte Shepard und legte sein eigenes Blatt auf den Tisch. Bei Pater kam eine Reihe zum Vorschein, und zwar eine starke – Bube, Dame, König. Aber Shepard hatte drei Gleiche, alles Neunen.

»Ich glaube, die Runde geht an mich«, stellte Shepard lächelnd fest.

»Verdammt noch eins«, fluchte Pater, schob seine Hofkarten zu Pond rüber und lächelte Grey an: »Sie hätten Glück mitbringen sollen.« Pater war ein guter Verlierer und ein häufiger Gewinner, was, wie Grey glaubte, eine gute Kombination war, um sein unerbittliches Glücksspiel weniger unehrenhaft erscheinen zu lassen.

Pond war jetzt der Geber, und diesmal hatte Grey die Vorhand. Er eröffnete mit einer Wette um einen Schilling. Danach wettete Pater und verdoppelte Greys Einsatz. Pond passte wieder, und Shepard machte eine Guinee daraus, was Grey dazu veranlasste, sein Blatt wegzuwerfen. So ging es munter weiter – Pater und Shepard lieferten sich ein Duell; Grey und Pond wetteten auf gute Karten und warfen schlechte weg –, ungefähr eine Stunde, was Greys Meinung nach eine den guten Manieren angemessene Spielzeit war. Am Ende der Stunde hatte Grey gerade so einen kleinen Gewinn erzielt – einen Schilling mehr – und war bereit, für heute Abend Schluss zu machen. Doch da war etwas … Ihm war etwas an Shepard aufgefallen, nämlich, dass der oft den Einsatz erhöhte, wenn er, am Endergebnis gemessen, eigentlich relativ schlechte Karten hatte. Dies war natürlich ein Teil des Spiels – das Wetten. Aber wenn Shepard vortäuschte, gute Karten auf der Hand zu haben, dann hielt er seine zwei verdeckten Karten scheinbar immer in der linken Hand und studierte sie genau, während er sich seine Rechte dafür vorbehielt, den Kognak im Glas kreisen zu lassen. Eine Art nervöse Geste. Und da konnte Greys Abneigung gegen Brag seine Liebe für Codes und Muster doch nicht aufwiegen.

Bei seiner letzten Runde des Abends bekam Grey einen Buben und ein Paar Vieren – höchstens ein mittelgutes Blatt. Aber da er sah, dass Shepard sein Kognakglas in die Hand nahm, beschloss Grey dabeizubleiben und ging mit Shepards Wetten mit, bis zuerst Pond und dann auch Pater aufgaben. Shepards Kognak wirbelte immer schneller im Glas herum, während sie weiterwetteten, bis der Topf schließlich mit einem Maximum von fünfzehn Guineen voll war. Grey und Shepard legten beide ihre Karten auf den Tisch. Grey hatte sein Paar Vieren und Shepard eine hohe Karte mit einem König. Grey nahm sein Geld – oder besser gesagt, seine Spielmarken – und winkte Parslow herbei.

»Mr Parslow, behalten Sie bitte eine davon für sich selbst und tilgen Sie mit dem Rest unsere Ausgaben. Tauschen Sie, was davon übrigbleibt, für eine Flasche Brandy ein und servieren Sie diese um Mitternacht.«

»Ach«, sagte Shepard und schüttelte den Kopf, »das ist nett von Ihnen, Grey, aber das kann ich nicht –«

»Bitte erlauben Sie, Shepard; Gentlemen – meine letzte Chance des Jahres, mir ein wenig Wohlwollen zu verdienen.«

Shepard nickte in Anerkennung der Geste, genau wie Pond und Pater. Grey stand auf.

»Thomas«, sagte Pater, »Sie werden uns doch garantiert nicht verlassen, bevor es Neujahr geschlagen hat.«

»Ich fürchte doch. Ich muss morgen früh raus. Aber trinken Sie bitte auf ein gutes neues Jahr für mich mit. Schreiben Sie mich in das Buch des Lebens ein. Gentlemen –« Grey verbeugte sich vor den drei Männern und zog sich zurück. Ein Diener führte ihn zu dem Zimmer für die Nacht, in dem Mathers seine Habseligkeiten hatte auspacken lassen.

Um Mitternacht lag er im Bett und driftete langsam in den Schlaf hinüber. Unter ihm hörte er dumpfes Geschrei, als die zahlenmäßig unterbesetzten Mitglieder von Buttle's jubelnd das Jahr 1804 ausriefen. Mathers' unerwartet laute und eindrucksvolle Stimme tönte durch Greys

Fußboden zu ihm nach oben, als er den Trinkspruch ausbrachte: »Meine Lords und Gentlemen, der Trinkspruch lautet: Auf den König, sein Land, abwesende Freunde und das neue Jahr.«

5

Als Grey mit der Kutsche an der Downing Street 10 ankam, war es unangenehm kalt. Die Sonne war noch nicht aufgegangen. Ein Soldat in rotem Mantel stand direkt vor der unauffälligen schwarzen Tür zur Nummer 10 unter einer Laterne, die gerade ein wenig heller als das Licht der Morgendämmerung schien.

»Einen guten Morgen wünsche ich, Soldat. Ich bin Grey, man erwartet mich um acht.«

»Ja, Sir. Bitte treten Sie ein, Sir«, sagte der Soldat, drehte sich um, klopfte zweimal an die Tür und trat zur Seite, um Grey Platz zu machen. Die Tür ging auf, und er trat ein.

Ein Butler grüßte Grey flüchtig und führte ihn einen langen Korridor entlang, in ein kleines Vorzimmer. Um und über ihm konnte Grey die Geräusche von Männern bei der Arbeit hören. Er nahm an, dass die Zeit des Krieges die Regierung Seiner Majestät zu Frühaufstehern machte. Der Butler klopfte an eine Tür in der Rückwand des Vorzimmers – einer von zwei nebeneinandergelegenen Türen, getrennt durch eine große Standuhr, die

Grey zeigte, dass er genau sechs Minuten zu früh war. Der Butler trat durch die Tür und kam dann wieder zurück.

»Sie können eintreten, Mr Grey.«

Grey fand sich am Ende eines langen Raumes wieder, der sich zu seiner Linken weiter nach hinten erstreckte und hauptsächlich von einem langen, rechteckigen Tisch ausgefüllt wurde. Am Tischende saß ein Mann mit dem Rücken zu Grey. Links von ihm war ein Stuhl herausgezogen, und diagonal genau zwischen dem besetzten und dem leeren Stuhl stand ein Schachbrett. Es schien aus Birken- und Ebenholz zu sein, die Spielfiguren standen auf ihren Startplätzen.

»Setzen Sie sich, Mr Grey«, wies ihn der Mann an. »Ich bin gleich bei Ihnen.«

Nachdem er einen Augenblick lang die vier korinthischen Säulen vor sich betrachtet hatte, die eine anscheinend erst kürzlich verlängerte Decke zu stützen schienen, tat Grey, wie ihm geheißen. Der Mann versah die fertig gelesenen Papiere mit seinen Initialen, nahm seine Brille ab und sah Grey an. Grey erkannte ihn, obwohl sie einander bisher noch nie vorgestellt worden waren.

»Es tut mir leid, dass ich Sie nicht zu einer zivileren Zeit an einem passenderen Tag vorladen konnte«, bedauerte der Privatsekretär des Premierministers.

»Überhaupt nicht, Sir Arnold.«

»Und ich fürchte, dass wir uns beeilen müssen. Sie sind Weiß und beginnen.«

Schach?

»Mir wurde noch nicht gesagt, worum es bei diesem Treffen geht, Sir Arnold.«

Arnold Woolworth, der um die sechzig war und eine sehr durchschnittliche Erscheinung hatte, putzte sein rechtes Brillenglas.

»Nun ja, ich wage zu behaupten, dass Sir Edward Ihnen das zu gegebenem Zeitpunkt mitteilen wird. Der Premierminister hat einen Termin im Grünen Zimmer, deswegen sind wir stattdessen hier. Ich werde Sie allerdings, wenn auch nur widerwillig, in einer Viertelstunde wieder hinauswerfen müssen, also machen Sie bitte Ihren Zug.«

Grey war versucht, weiter auf sein Anliegen zu bestehen, aber da er spürte, dass Sir Arnolds Lust, sich selbst zu erklären, erschöpft war, tat er nochmals, wie ihm geheißen. Königsbauer, zwei Felder.

Sir Arnold erwiderte mit seinem eigenen Königsbauern, zwei Felder. Grey zog den Springer auf dem Königsflügel von g1 nach f3. Sir Arnold den Springer auf seinem Damenflügel von b8 nach c6. Königsläufer auf b5. Königsläufer auf c5. Bauer von c2 nach c3. Springer auf dem Königsflügel von g8 nach f6. Läufer schlägt Springer. Bauer schlägt Läufer. Grey spielt eine kleine Rochade. Läufer von c8 nach g4. Bauer von h2 nach h3, ein Feld. Bauer von h7 nach h5, zwei Felder. Bauer schlägt Läufer. Bauer schlägt Bauer. Springer schlägt Bauer auf e5. Sir Arnold rückt mit seinem Bauern von g4 nach g3 vor. Damenbauer, zwei Felder. Springer schlägt Bauer auf e4. Dame auf g4. Läufer schlägt Bauer. Dame schlägt Springer. Läufer schlägt den Bauern auf f2, und Sir Arnold hat Grey Schach geboten. Turm schlägt Läufer. Dame auf d1; Schach. Turm von f2 nach f1. Turm auf h1; Schach. König schlägt Turm. Sir Arnolds Dame schlägt Greys Turm. Schachmatt.

Das war schnell gegangen. Grey war in einer starken Position gewesen ... bis er seine Dame nach vorne bewegt hatte. Oder? Sir Arnold hatte ihn in fünfzehn Zügen geschlagen. Und ihre fünfzehn Minuten neigten sich dem Ende zu.

»Brillant«, lobte Grey einen Augenblick später. Die Verwirrung angesichts dieses Umstands, die verschwunden war, während er mit den Gedanken beim Spiel gewesen war, kehrte jetzt mit neuer Intensität zurück. Warum um alles in der Welt sollte der Privatsekretär des Premierministers um acht Uhr morgens am Neujahrstag eine Partie Schach mit ihm spielen wollen? Das war absurd.

»Danke«, sagte Sir Arnold, der einen Bogen Papier zur Hand genommen hatte und nun etwas daraufschrieb. »Sie spielen sehr gut.« Sir Arnold unterschrieb das Papier, faltete es dreimal und gab es Grey.

»Wenn Sie das bitte Sir Edward geben würden. Er wird in seinem Büro auf Sie warten.«

»In der Admiralität?«

»Ja, natürlich. Und jetzt«, schloss Sir Arnold und sah auf eine Taschenuhr, die offen auf dem Tisch lag, »fürchte ich, dass ich nun um den Raum bitten muss; Pettibone wird Sie nach draußen führen.« Sir Arnold stand auf und schüttelte Grey die Hand. Der Butler – anscheinend Pettibone – wartete im Vorzimmer und führte Grey durch den Korridor zurück auf die Downing Street.

6

Nachdem er am Ende der Downing Street links abgebogen war, waren es zum Admiralitätsgebäude nur fünf Minuten zu Fuß. Grey ließ sich selbst durch eine Seitentür hinein, und weitere fünf Minuten später befand er sich im Vorraum des Vorsitzenden des Marinegeheimdienstes und wartete, während der Stabschef Sir Edward Sir Arnolds Brief zeigte.

»Geh rein, Tom«, sagte Aaron Willys, als er wieder zurück in den Vorraum kam und ein Gähnen unterdrückte.

»Lange Nacht?«, fragte Grey.

»Ja«, antwortete Willys. »Und sie ist noch nicht zu Ende. Wenn wir mit dir fertig sind, kann ich vielleicht für ein paar Stunden nach Hause gehen, einmal nachsehen, ob meine Kinder mich noch erkennen.«

»Ich für meinen Teil«, sagte Grey, »bin neugierig wie ein Kind, endlich herauszufinden, worum es bei dem Ganzen geht.«

»Das wirst du auch, wenn du dich bloß ein bisschen beeilen würdest.« Grey schüttelte den Kopf, als er an Willys vorbei über die Türschwelle in das Privatbüro ging. »Und

Tom: Wenn du noch mal ein vergleichsweise abgrundtief schlechtes Wortspiel wagst, werde ich dazu gezwungen sein, dich um eine Unterredung zu bitten.« Grey lächelte und nahm dann schnell den angemessenen, verschwiegenen Gesichtsausdruck an, um so vor seinen verschwiegenen Chef zu treten.

»Kommen Sie rein, Grey«, befahl Sir Edward Banks. Er rauchte gerade seine Pfeife, nahm sie aber kurz aus dem Mund und blickte Grey mit seinen kühlen blaugrauen Augen von unten an. Ganz gemäß seiner Gewohnheit – die praktisch ausnahmslos alle Männer in seiner Abteilung angenommen hatten – trug er keine Perücke, und sein kurzgeschnittenes, graues Haar wirkte ein wenig zerzaust. Willys musste es ernst gemeint haben, dass sie die ganze Nacht durchgearbeitet hätten. »Setzen Sie sich«, forderte Banks ihn auf und bedeutete ihm mit seinem Pfeifenstiel, Platz zu nehmen. Sir Arnolds Brief lag vor ihm. »Ich kann mir vorstellen, dass Sie nun bestimmt gerne erfahren würden, worum es hier geht.«

»So ist es, Sir Edward«, beteuerte Grey.

»Was wissen Sie über die Herzogin von Bourbon? Bathilde d'Orléans.«

»Eine *princesse du sang*, glaube ich. Eine Freundin von Benjamin Franklin. Sie war eine der Angehörigen der Königsfamilie, welche die Gründung einer französischen Republik unterstützten.«

»In der Tat«, übernahm Banks. »Nach der Revolution übergab sie ihren Reichtum als Geschenk an die Republikanische Regierung, nur um dann von den Jakobinern als rechte Reaktionärin eingesperrt zu werden. Obwohl sie da schon mehrfache Mutter und Mitte vierzig war, genoss sie – nach achtzehn Monaten in einer Gefängniszelle – augenscheinlich immer noch ausreichend den Ruf der berühmten Schönheit, um einen zwanzig Jahre jüngeren Wachmann zu verführen. Er eskortierte sie nach Spanien ins Exil, wo sie, der Behandlung der Nationalversammlung zum Trotz, eine hingebungsvolle Republikanerin blieb. Sie war eine frühe Unterstützerin von Bonaparte, von dem sie glaubte, er würde die Demokratie retten. Als er die Macht ergriff, wurde sie in Paris wieder willkommen geheißen, ebenso in seinem engen Führungskreis – wo sie dann entdeckte, dass sie sich sehr in ihm getäuscht hatte. Dies veranlasste sie, sich nach einer langen Zeit der Entfremdung von ihrem Sohn ihm wieder anzunähern. Louis Antoine, dem Duc d'Enghien.«

Grey nickte. »Mir war nicht bewusst, dass sie und Louis Antoine Mutter und Sohn sind.«

»Sind Sie mit ihm bekannt?«

»Wir haben uns noch nie getroffen, aber ich kenne ihn vom Hörensagen.« Der junge Herzog von Enghien – dreißig oder einunddreißig, glaubte Grey – war der Anführer des französischen Widerstands in den deutschen Staaten. Mit Anfang zwanzig kommandierte er mit anderen die französische Armée-de-Condé der Emigranten, in dem Versuch, Frankreich zu befreien. Dieser scheiterte, hatte Louis Antoine aber den Ruf eines mutigen und hartnäckigen Mannes eingebracht. Er befehligte seine Truppen immer von der Front aus.

»Wir arbeiten seit einiger Zeit mit Louis Antoine zusammen und haben unsere Bemühungen mit den deutschen Émigrés koordiniert. Vor zwei Wochen haben seine Leute uns eine Nachricht überbracht von seiner Mutter – dass Joseph Leclerc wünscht, aus Napoleons Frankreich zu fliehen und sich dem Königshof im Exil hier in London anzuschließen. Er hofft, für seine Rettung in unserer Schuld stehen zu können.«

Grey lehnte sich in seinem Stuhl nach vorne.

»Leclerc ... einer von Bonapartes Ministern?«

»Genau.«

»Das wäre ungeheuerlich.«

»Allerdings.«

»Warum? Und warum jetzt?«

»Zu dem Warum: Er hat sein Leben damit verbracht, für die Demokratie in Frankreich zu kämpfen; er hatte erwartet, dass die Revolution diese mit sich bringen würde, dann Napoleon, und jetzt fiel es ihm wie Schuppen von den Augen. Wie die meisten der Émigrés hat er den Schluss gezogen, dass eine Restoration und eine konstitutionelle Monarchie der einzig praktische Weg nach vorne sind. Und zu dem warum jetzt –«

Banks tippte mit zwei Fingern auf Sir Arnolds Brief.

»Lassen Sie mich dazu kommen. Ich fragte Willys, wer der beste Schachspieler im Dienst wäre. Er nannte Sie. Ich bat ihn darum, ein paar weitere Meinungen einzuholen. Die meisten davon stimmten mit seiner überein. Um sicherzugehen, bat ich den besten Schachspieler, den ich kenne, Sie sich einmal genauer anzusehen. Vielleicht haben Sie gehört, dass Sir Arnold in den Siebzigern den Schachtürken besiegt hat? Diese Schachmaschine, die durch Europa gereist ist und bei jedem Halt Prinzen geschlagen hat.« Grey schüttelte den Kopf. »Er schreibt …«

Banks nahm den Brief zur Hand: »›Ein guter Spieler – muss noch besser werden – opfert zu bereitwillig Steine – könnte mit Übung ein glaubbarer Konkurrent sein.‹«

»Er hat mich in fünfzehn Zügen geschlagen«, bemerkte Grey.

»Er ist ein vielbeschäftigter Mann«, erwiderte Banks. »Sie hatten recht damit, dass Madame Bathilde mit Benjamin Franklin befreundet war. Sie war auch seine Schachpartnerin. Tatsächlich ist sie eine der besten Spieler in ganz Europa.

Seit Philidors Tod 95 ist kein Spieler mehr hervorgegangen, der seinen Weltmeistertitel für sich beanspruchen konnte – den er sich mit dem Sieg 47 über Stamma errungen hatte. Langweile ich Sie, Grey?«

»Nein, Sir«, sagte Grey hastig, der es nicht geschafft hatte, ein Gähnen zu unterdrücken. Er setzte sich ein bisschen aufrechter hin, um dessen Unfreiwilligkeit zu betonen.

»Die Freie Stadt Frankfurt«, fuhr Sir Edward fort, »ist ziemlich angetan von Mathematik und den Naturwissenschaften. Kaiser Joseph II. förderte diese, und der neue Kaiser, Franz II., ebenso. Da die Krönung des Kaisers des Heiligen Römischen Reiches in Frankfurt stattfindet, hat man dort beschlossen, es selbst zu übernehmen, einen neuen Schachweltmeister zu krönen. In einem Turnier, das in zwei Monaten beginnen wird. Und zwar von allen Tagen ausgerechnet am 29. Februar. Ich zweifle nicht daran, dass dieses Datum von besonderem Interesse für Wirtschaftsgelehrte und Kalkulatoren ist.

Einladungen, ihre besten Spieler zu schicken, sind an die Höfe in Europa und der Neuen Welt gegangen. Der Königspalast und die Universitäten scheinen den ganzen letzten Monat über nichts anderes mehr als die Wahl gesprochen zu haben, wen man dorthin schicken soll. Es ist eine Frage des Nationalstolzes, für uns und für alle anderen. Die Franzosen werden ihre besten Spieler schicken. Darunter Bathilde und Leclerc.«

»Sie erwarten aber nicht, dass ich mich mit ihnen messe, Sir?«

»Nein, natürlich nicht«, erwiderte Sir Edward, entzündete ein Streichholz und steckte seine Pfeife wieder an. »Die Frage, die ich Sir Arnold gestellt habe, war nicht, ob Sie gewinnen könnten, sondern ob Sie genug Kampfeswillen aufbringen könnten, um zu verlieren, ohne Aufmerksamkeit auf sich zu ziehen. Das Turnier funktioniert gemäß Ausschlussverfahren, Grey – die Hälfte der Spieler wird ihr erstes Spiel verlieren, und das war es dann. Sie müssen nur gut genug sein, um ein möglicher Teilnehmer zu sein.«

»Und ich soll das Turnier als Deckung für Leclercs Weg nach England benutzen.«

»Das sollen Sie. Napoleons engste Vertraute – soweit sie denn Vertraute sind – werden ununterbrochen vom Komitee der Staatssicherheit bewacht. Es ist unwahrscheinlich, dass das Maison Militaire Leclerc erlauben würde, das Land zu verlassen, wenn nicht für eine Gelegenheit, die inhärente Überlegenheit der Franzosen zu demonstrieren.«

»Wird es bei dem Turnier Zuschauer geben?«

»Ja.«

»Warum sich dann die Mühe machen, daran teilzunehmen?«

»Wie ich schon sagte, Leclerc wird eine Leibgarde bei sich haben. Alle Teilnehmer sollen allerdings im Palast Thurn und Taxis untergebracht werden, in dessen Ballsaal die Partien stattfinden werden. Wegen der großen Anzahl an teilnehmenden Gästen wurde den Höfen mitgeteilt, dass keine Bediensteten untergebracht werden können; die Dienerschaft des Palasts wird sich um alle kümmern. Seine Leibwächter, die als seine Bediensteten reisen, werden also nicht im Wege stehen.«

»Ich verstehe.«

»Gut.«

»Und Sir Arnold glaubt, dass ich gut genug zum Verlieren bin?«

»Nein. Aber er hofft, dass Sie es mit etwas Übung vielleicht sein könnten.«

»Wird er mich unterrichten?«

»Der Privatsekretär eines Kriegskabinetts, Grey? Willys hat sich um Ihre Ausbildung gekümmert. In Cambridge.«

»Ach, *das* wird also in Cambridge gelehrt?«, fragte Grey, woraufhin er und Banks ein kurzes Lächeln teilten.

»George Atwood – sicherlich haben Sie von ihm gehört.«

»Der Mathematiker.«

»Ja. In seiner Jugend war er unter den zwei oder drei besten Spielern der Welt – ich glaube, er ist vielleicht der einzige noch lebende Mann, der Philidor geschlagen hat. Sie haben sich 95 einen Wettkampf mit acht Partien in Parsloe's Coffee-House geliefert. Ein Spiel endete in einem Remis; Philidor gewann fünf und Atwood zwei. So wie Atwood es erzählt, hat er diese zwei aber nur gewonnen, weil Philidor schon abbaute – er wurde von Frankreich ins Exil verstoßen – noch so ein ›Kontrarevolutionär‹ –, und er damals nur noch ein Jahr zu leben hatte. Atwood sagt, er ist jetzt so alt wie Philidor damals, als er starb. Deswegen lehnt er es ab, für England nach Deutschland zu reisen, aber er hat zugestimmt, Sie zu unterrichten. Sie werden ihn heute Abend im Trinity-College in Cambridge treffen. Willys wird Ihnen genau sagen, wann und wo.«

7

In einem Saal über dem Neville's Court demonstrierte Professor Atwood gerade Newtons erstes Gesetz und die konstante Beschleunigung der Gravitation, indem er zwei gleich schwere Gewichte benutzte, die durch ein über eine Rolle gespanntes Seil miteinander verbunden waren. Egal, wo die zwei Gewichte im Verhältnis zueinander hingen – gleich hoch über dem Boden oder eines knapp darüber und das andere beinahe ganz oben an der Rolle des Flaschenzugs –, keines von beiden bewegte sich. Sie waren im perfekten Gleichgewicht. Grey, der ein wenig Bildung in Physik besaß und während seiner Zeit als Matrose unzählige Stunden mit unzähligen Flaschenzügen auf See verbracht hatte, erschien das immer noch nicht eingängig. Nachdem er etwas zu früh zu Atwoods Vorlesung gekommen war, hatte er beschlossen, hinten im Saal zu warten. Überraschenderweise verspürte er am Ende Enttäuschung, als Atwood seinen Studenten mitteilte, dass sie sich mit Newtons zweitem Gesetz bis zur nächsten Stunde würden gedulden müssen.

Während Grey darauf wartete, dass die Studenten den

Saal verließen, sann er einen Augenblick darüber nach, dass Newton persönlich sein erstes und zweites Gesetz wahrscheinlich genau in diesem Saal gelehrt hatte, vor etwa hundertfünfzig Jahren. Grey hatte nicht viel Zeit in Cambridge verbracht, aber er nahm an, dass er diesem Umstand, wenn man ehrlich war, vielleicht ein paar andere wenige Vorteile verdankte.

»Professor Atwood«, begann Grey und trat näher an den Dozenten mit Brille und Robe heran. »Wenn Sie mir erlauben, mich vorzustellen, Sir, ich bin Thomas Grey.«

»Ja, Mr Grey. Ihre Schnelligkeit ist bewundernswert. Kommen Sie, gehen wir zusammen hinaus.«

Es war ein klarer Abend, frisch, aber bedeutend weniger kalt als der vorige. »Haben Sie sich irgendwo ein Zimmer genommen?«, fragte Atwood, als sie durch Neville's Gate schritten.

»Ja, Sir. Im Bishop's Hostel.«

»Mein Diener wird es arrangieren, Ihre Sachen in mein Haus bringen zu lassen.«

»Das ist sehr freundlich von Ihnen, aber es würde mir sehr missfallen, Ihnen für die vielen Wochen, die ich vorhabe hierzubleiben, zur Last zu fallen.«

»Nun ja, das Haus ist nicht sonderlich groß, aber es liegt in Coe Fen, es gibt also genug Platz, damit einer von uns die Beine ausstrecken kann, sollten Sie sich dazu entscheiden, mit mir mitzukommen und mich zu belästigen. Allerdings ist die Zeit so schon knapp genug, ohne noch zusätzlich auf Sie zu warten, weil Sie den Weg vom Bishop's bis zu mir zurücklegen müssen.«

Die nördliche Grenze von Coe Fen und Atwoods Haus lagen eine Viertelstunde zu Fuß vom Trinity College entfernt. Da Atwood wusste, dass egal wen er unterrichten würde, dieser jemand zuerst eine Partie mit Arnold Woolworth gespielt haben würde, bat er Grey, diese Zug um Zug mit ihm durchzugehen.

»Gut«, sagte Atwood, als sie an seiner Tür ankamen. »Gut. Sir Arnold ist ein sehr starker Spieler, aber Sie haben intelligent gespielt. Kommen Sie rein.«

Atwoods Haus war beengt und dunkel – ein bisschen wie im Inneren eines Kriegsschiffs, fand Grey – und schien noch aus den ältesten Tagen der Universität zu stammen. Oder, da die Universität sechshundert Jahre alt war, zumindest aus ihren früheren Tagen.

»Treten Sie ein und bereiten Sie das Spielbrett vor. Sie spielen Weiß. Ich werde gleich bei Ihnen sein.« Grey betrat ein kleines Wohnzimmer, und Sir Atwood sprach einen Moment mit seinem »Diener«, der – weniger als ein Butler – eher ein Student zu sein schien und nicht etwa ein Paar weißer Handschuhe, sondern einen Talar trug. Nachdem Grey wohlbedacht den weniger gemütlichen von zwei Stühlen ausgewählt hatte, setzte er sich an Atwoods Schachbrett, das in der Mitte eines kleinen Holztischs eingelassen war. Er begann, die Schachfiguren aus einer Elfenbeinschatulle herauszunehmen – unter den wachsamen Augen eines langsam umherwandernden Schafs, das gerade beim Fenster der südlichen Wand des Raumes stand und Teil einer auf der Sumpfwiese grasenden Herde war.

Die weißen Steine bestanden aus Knochen, die »schwarzen« aus Lapislazuli. Grey betrachtete gerade die schwarze Dame, als sich Atwood ihm gegenüber hinsetzte. Grey stand auf und verbeugte sich, da er es verpasst hatte, aufzustehen (oder zu bemerken), als Atwood den Raum betreten hatte. Er setzte die Dame wieder auf ihr schwarzes Feld.

»Das hat mir der indische Großmogul zugesandt«, erklärte Atwood. »Bitte fangen Sie an.«

Grey bewegte seinen Königsbauern um zwei Felder nach vorne. Atwood brachte ebenfalls seinen Königsbauern nach vorne, zwei Felder. Greys Königsspringer auf f3. Atwoods Damenspringer auf c6. Königsläufer auf c4. Springer von c6 nach d4. Königsspringer schlägt Königsbauer. Dame auf g5. Springer schlägt den Bauern auf f7 und Grey hatte Atwoods Turm festgesetzt. Dame schlägt den Bauern auf g2. Greys Turm von h1 nach f1. Dame schlägt den Königsbauern auf e4. Schach. Läufer von c4 nach e2. Springer auf f3. Schachmatt.

8

Greys und Atwoods erstes Spiel war das erste von vielen, die schnell und in einer erdrückenden Niederlage für Grey endeten. Nach jedem Spiel wechselte Atwood die Farbe und spielte die Partie nochmals aus Greys Perspektive nach, machte dieselben Züge wie dieser und ließ Grey versuchen, seine nachzuahmen, um zu einem eigenen Verständnis davon zu gelangen, wie Atwood angriff und verteidigte und wie er Grey in die Falle lockte. Greys grundlegende Schwäche war seine Aggression – seine Angriffe waren energisch und zielten auf den gewollten Austausch von Steinen ab, um das Brett etwas zu leeren. Atwoods grundlegende Lektion lautete, dass ein Austausch oder ein Opfer nur dann akzeptabel waren, wenn sie von einem konkreten Plan begleitet wurden, was als Nächstes zu tun sei. Dem Gegner mit unorthodoxen Zügen einen kurzen Schrecken zu versetzen war schön und gut, wenn dieser dazu verleitet werden konnte, einen Fehler zu begehen. Greys Gegner in Frankfurt würden sich allerdings nicht dazu hinreißen lassen. Das waren keine gaunerischen Gelegenheitsspieler wie in Parsloe's oder Old Slaughter's Coffee-House, die ihr Glück damit versuchten, reiche Dilettanten in teure Fehler zu verstricken, sondern Männer, die das ganze Brett im Auge behielten.

Am zehnten Tag, nach vielleicht hundertfünfzig Partien und hundertfünfzig Niederlagen, hatte sich Grey ein Remis erkämpft. Atwood war zum ersten Mal, seitdem Grey ihn kennengelernt hatte, sichtbar glücklich. Er ließ seinen Diener einen alten Portwein öffnen, lobte Greys gute Fortschritte und sagte, er hätte sich einen freien Tag verdient – jedenfalls hätte Atwood eine Vorlesung, die er am Nachmittag halten müsste. Grey schlug vor mitzukommen, Atwood riet ihm jedoch, dass es sehr viel besser wäre, seinen Kopf lieber etwas auszulüften, anstatt noch Newton obendrauf zu setzen. Warum nicht eine kleine Runde um die Sumpfwiese oder das Dorf drehen? Grey beschloss, ein wenig mit seinem Gewehr hinauszugehen und mit etwas Frischem zum Abendessen wieder zurückzukehren.

Greys Gewehr war ein ziemlich außergewöhnliches Stück, eine Girandoni, eine österreichische Repetierflinte, die Bleikugeln aus einem Zweiundzwanzig-Schuss-Röhrenmagazin schoss, das unterhalb des Laufes angebracht war. Diese wurden durch die Luft aus einem kegelförmigen Eisenbehälter abgefeuert, der ebenfalls als Schaft fungierte. Die Flinte gab einen Schuss pro Sekunde ab, tödlich auf hundert Yards und treffsicher auf hundertfünfzig; Grey hätte sie nicht einmal gegen das Excalibur eingetauscht. Er trug sie schräg über dem Rücken, als er

Cambridge hinter sich ließ und Richtung Südosten ging, auf die Gog Magog Hills zu, wo man angeblich ein paar gute Kaninchen von dreißig Zentimetern oder noch größer schießen konnte. Eine Stunde war er dorthin unterwegs, und noch eine Weile länger, um einen Fleck blühende Wiese zu finden, und dann noch ein paar Minuten, um ein paar Karnickel herauszulocken. Als guter Schütze jagt man Kaninchen am besten, indem man versucht, ein wenig von ihrem Fressen zu finden und Lärm zu machen. Dadurch rennen sie los, und man kann sie sozusagen im Flug erwischen. Während Grey so laut er konnte durch das *Festuca*-Gras stampfte (wie es in Kefauvers Botanikbuch benannt worden war), konnte er nicht anders, als über die Jagd in den Kategorien von Zug und Gegenzug nachzudenken. Er machte seinen Zug im Gras – die Kaninchen ihren Zug ins Versteck – er bewegte sich auf das dichteste Gras zu – sie liefen los – er schoss. Es war ein Zug, für den man normalerweise eine Schrotflinte benötigte, doch Grey war sich der Genauigkeit seiner Girandoni sicher, und da sie eine Repetierflinte war, sparte er erhebliche Zeit ein. Einige Abtausche gingen jedenfalls unentschieden aus, dann gewann er aber sechs und kehrte mit einem Paar Kaninchen jeweils für sich selbst, Atwood und Atwoods Diener nach Coe Fen zurück.

*

Während Atwoods Diener die Kaninchen zubereitete, tranken Atwood und Grey Armagnac, eine seltene Flasche in englischen Weinkellern. Grey hatte diesen seit Beginn der Revolution nicht mehr getrunken.

»Köstlich«, bemerkte er und nahm einen kleinen Schluck. »Wie in aller Welt sind Sie da dran gekommen?«

»Ich war letztes Jahr in Paris, um eine Abhandlung vor der französischen Akademie der Wissenschaften vorzutragen, über die Bahnbewegungen von Himmelskörpern und möglichen Planeten hinter dem Georgsstern. Ich habe ein paar Flaschen mit nach Hause genommen.«

Grey nickte. Er war sich der vertraulichen Übereinkunft zwischen England und Frankreich bewusst, die lautete, dass ihre Naturwissenschaftler weiterhin zusammenarbeiten sollten, als ob kein Krieg herrschte – und zwar so, dass Besuche von Franzosen an der Royal Academy und von Briten und Iren an der nicht mehr Royal Academy möglich waren. Es war zwar leicht bizarr, aber Grey hatte nichts gegen Burkes Anklage einzuwenden, dass mit der Französischen Revolution das Zeitalter der ritterlichen Tugend vorbei wäre und das der Sophisten, Wirtschaftler und Kalkulatoren begonnen hätte.

Grey erwähnte dies Atwood gegenüber – zitierte Burkes berühmten Ausspruch. Atwood, der sich in seinem Stuhl zurückgelehnt hatte, ließ den Kopf gegen die Lehne sinken, schloss die Augen und führte das Zitat fort: dass ritterliche Tugend – »diese Sinnhaftigkeit der Prinzipien, diese Reinheit der Ehre, die einen Flecken wie eine Wunde spürte, die Mut einflößte, während sie Grausamkeit minderte« – aufgelöst werden soll. All die angenehmen Illusionen, die die Macht sanft und den Gehorsam liberal machten; alle anständigen Vorhänge des Lebens müssen grob abgerissen werden; als lächerliche, absurde und antiquierte Art entlarvt werden. Aber wenn diese ritterlichen Tugenden in einem Experiment verloren gingen, um zu versuchen, wie gut ein Staat ohne diese alten Grundprinzipien bestehen kann, was für eine Nation muss dann eine Nation von groben, dummen, grausamen und gleichzeitig armen und schmutzigen Barbaren ohne Religion, Ehre oder männlichen Stolz sein, die gegenwärtig nichts besitzen und auf nichts danach hoffen? Jede Huldigung einer Frau als solche muss als Romantik und Torheit angesehen werden. Der Mord an einem Bischof oder Vater nur als gewöhnlicher Mord.

Anstand ist Voraussetzung – manchmal Ersatz, manchmal Abhilfe, aber immer Hilfsmittel – für das Gesetz.‹«

Grey hätte angesichts Atwoods – offensichtlich – perfektem Gedächtnis nicht überrascht sein sollen. Aber trotzdem, dass er Burke zitierte, wie andere Shakespeare zitierten, beeindruckte ihn zutiefst. Atwood, der seine Augen wieder geöffnet hatte, bemerkte das.

»Ich merke mir nicht alles, was ich lese, wissen Sie. Es ist nur, dass ich Burke ziemlich gut kannte. Interessanter Knabe. Ich kann nicht sagen, dass ich mit allem einverstanden bin, was er hervorgebracht hat. Es gibt mindestens eine alte französische Tradition, von der ich hoffe, dass die Französische Revolution sie zunichtegemacht hat. Kennen Sie den Ortolan?«

»Die Ammer? Den kleinen braunen Vogel?« Greys Frau war eine Naturforscherin gewesen.

»Ja. Einige Franzosen behaupten, ein römisches Erbe zu praktizieren, indem sie den Vögeln gewaltsam Armagnac einflößen, sie dann in dem Zeug ertränken, rupfen, grillen und dann ganz essen. Mit Kopf, Schnabel, Knochen, allem. Währenddessen tragen sie eine Serviette auf dem Kopf – um, angeblich, die Schande des Aktes vor Gott zu verschleiern. Und, indem ich sie ihres Armagnacs beraube, eine Flasche nach der anderen, führe ich meinen privaten Krieg gegen den Barbarismus.

Was nicht heißen soll, dass ich etwas gegen die Franzosen habe. Ich wage zu behaupten, dass die Kunst- und Wissenschaftsbewegung ohne sie zum Stillstand kommen würde. Burke hat das auch so gesehen. Nannte sie die Urquelle englischer Zivilisation. Aber er war natürlich Ire, wissen Sie. Diese gegrillten Kaninchen riechen so, als wären sie fast fertig.«

»Kann ich Sie etwas fragen, Professor, auch wenn es vielleicht etwas dumm und kindisch klingt?«

»Ich bin Lehrer, Grey. Ich mache nichts anderes, als Fragen zu beantworten, die dumm und kindisch sind. Bitte fahren Sie fort.«

»Was hat Schach an sich, das es für manche Männer zur Obsession werden lässt? Manchmal mutet die Wirkung auf seine Anhänger weniger wie ein Zeitvertreib an, sondern vielmehr wie eine Opiumtinktur. Wenn ich spiele, bin ich ganz davon vereinnahmt.«

»Ja. Das ist aber wohl kaum eine kindische Frage. Ich glaube, dass sich das jeder, der auf einem gehobenen Niveau spielt, früher oder später fragt. Und ich habe keine Antwort darauf. Ich glaube, dass es etwas mit dem Wunsch des Menschen zu tun hat, die Natur dominieren zu wollen. Wir bauen immer höhere Türme; erklimmen immer höhere Berge. Stiere werden mit nichts als einem spanischen Tischtuch bekämpft. Männer sinken in Taucherglocken auf den Meeresgrund hinab. Scheinbar unmögliche Dinge werden getan, aus Siegerstolz – und um über einen Gegner zu siegen, der zudem kein Mensch ist, der größer ist als ein Mensch. Vielleicht haben wir alle einen tiefsitzenden Drang, uns mit Gott zu messen, wie Jakob, um ihm unseren Wert zu beweisen. Oder uns selbst. Oder, als Mann sehr oft, einer Frau.« Atwood lächelte.

»Das Schachspiel zu dominieren erfordert einen unnatürlichen Grad an Voraussicht, genau wie das Erklimmen eines Berges einen unnatürlichen Grad an Gelassenheit oder der Kampf gegen einen Stier einen unnatürlichen Grad an Mut erfordert.«

Grey nickte.

»Beim ersten Schachzug – dem ersten Halbzug, eigentlich dem ersten Zug von Weiß – gibt es zwanzig mögliche Partien. Da Schwarz dieselben Möglichkeiten offenstehen, macht das vierhundert mögliche Partien, nachdem der ganze erste Zug vollendet wurde. Nun, danach wird es etwas kompliziert mit der Mathematik; man muss Spielraum für unmögliche Positionen lassen – Bauern in der ersten Reihe, solche Dinge –, aber ein amerikanischer Mathematiker hat die Anzahl von möglichen Schachpartien nach nur vier Zügen auf vierundachtzig Billionen bestimmt. Das ist eine Vierundachtzig mit zwölf Nullen.«

Grey stellte sich die Zahl vor.

»Um das in irgendeine Art bedeutungsvolle Relation zu setzen, könnte man jeden Menschen – das heißt jede Person: Männer, Frauen und Kinder – in Europa nehmen und allen von ihnen auftragen, eine Schachpartie mit vier Zügen zu spielen. Um die totale Anzahl von möglichen Vier-Zug-Partien zu erreichen – und ich würde sagen, dass das kürzestmögliche Schachmatt bei dem vierten Zug von Weiß gegeben ist –, bräuchte man vierhundertfünfundzwanzigtausend Europas.«

Grey stellte sich einen gigantischen Stapel Landkarten vor.

»Nun, eine seriöse Schachpartie dauert zwanzig Züge, vierzig Züge, hundert Züge – aber wie kann ein sterbliches Wesen vorhersehen, was sein Gegner auch nur vier Züge im Voraus tun wird?«

Ohne Zweifel half es, wenn man ein perfektes Gedächtnis hatte, befand Grey.

»Und doch können es diese Philidors. Der Versuch, die Welt der unendlichen Möglichkeiten zu dominieren? Das ist wahrlich, wie bei Jakob, ein Kräftemessen mit Gott.«

»Und was würde Burke dazu sagen?«

Atwood zuckte mit den Schultern. »Sich mit Gott zu messen ist eine unserer ältesten Traditionen. Burke lehnte es bloß ab zu glauben, dass man ihn besiegt hätte.«

*

Sie hatten sich eine Routine zurechtgelegt, die sie den ganzen Januar über beibehielten. Grey und Atwood spielten ohne Unterlass; bis Grey schließlich immer wieder ein Remis schaffte; Atwood gratulierte ihm dann und wies ihn an, sich den Nachmittag oder den Abend freizunehmen. Wenn sie das Spiel danach wieder aufnahmen, spielte Atwood schneller und intensiver. Jedes Mal war es ein leichter Schlag für Greys Stolz, wenn er herausfand, dass Atwood nicht mit seiner ganzen Stärke gespielt hatte, doch er verstand die Logik dahinter: Zuerst muss man gehen, bevor man läuft und so weiter. An den Tagen, an denen Atwood am Trinity College lehrte, arbeitete sich Grey durch Schachprobleme, die Atwood für ihn im Voraus aufgeschrieben hatte – und versuchte, sie in seinem Kopf zu lösen, und wenn das scheiterte, auf dem Schachbrett. In der Nacht, in seinem Bett neben einem Kamin auf Atwoods Dachboden, träumte Grey von Schach. Manchmal, dass er spielte, manchmal, dass er eine Figur in einer grandiosen Partie war.

Ende Januar behauptete Atwood, wirklich sein Bestes beim Spielen zu geben, und Grey schaffte nun ein- oder zweimal am Tag ein Unentschieden. Am 28. Januar und am 30. Januar gewann Grey, beide Male mit Weiß. Nach dem zweiten Sieg und zwei Tage vor ihrer Frist am ersten Februar verkündete Atwood, dass Grey nun bereit wäre. Er wäre zwar immer noch zu aggressiv, was Opfer anging, warnte ihn Atwood, und sollte damit aufhören, gelegentlich in die vulgäre Technik zurückzufallen, wilde Züge in der Hoffnung zu machen, einen Gegner dadurch aus dem Gleichgewicht zu bringen. Generell wäre sein Spiel jedoch solide und gut. Atwood war zu jeder Zeit direkt und geradeheraus, sogar als er und Grey eine oberflächliche Freundschaft entwickelten, nachdem sie einen Monat lang Seite an Seite gelebt hatten. Als Atwood Grey also beschied, dass er es in die zweite Runde schaffen könnte, wenn er einem schwachen Anfangsgegner in der ersten Runde gegenüberstünde, verstand Grey dies als das hohe Lob, als das Atwood es auch beabsichtigte.

An ihrem letzten gemeinsamen Tag folgte Atwood Grey hinaus auf Coe Fen, und Grey demonstrierte Atwood, zu dessen immenser Freude, die Mechanik der Girandoni. Nachdem sie ein paar Druckluftschüsse abgegeben hatten, kehrten sie wieder ins Haus zurück, verabschiedeten sich mit einem Händedruck voneinander, und Grey fuhr mit einer Kutsche Richtung Süden.

Während der Fahrt – da er zu aufgeregt zum Ausruhen war – traf er die gewöhnlichen Vorkehrungen, bevor er ins Ausland ging, und schrieb notwendige Briefe. Eine Vollmacht für Pater, zusammen mit einem kurzen Testament. Auch ein Brief an Mrs Hubble, um ihren Vater dazu einzuladen, jederzeit von dem Klavier Gebrauch zu machen; und an Canfield mit dem Vorschlag, den Garten für die Dorfbewohner zu öffnen, sollte er zu blühen beginnen, bevor Grey zurückkehrte.

Danach lehnte er sich in der Kutsche zurück und versuchte, seinen Geist etwas ruhen zu lassen, was er auch tat, bis – als die Kutsche sich Westminster näherte – seine Augen auf das Old Slaughter's Coffee-House fielen. Er öffnete die Dachverkleidung und bat den Kutscher anzuhalten, dann kletterte er hinaus und wies ihn an, ohne ihn weiterzufahren und seine Sachen zu Buttle's zu bringen. Die Kutsche fuhr weiter, und Grey betrat das Slaughter's.

Drinnen war es stickig, heiß und voller Rauch; der Geruch von gebratenen Bohnen waberte durch den Gastraum und machte dem von Tabak und Schweiß, der das Ambiente dominierte, Konkurrenz. Sock Spiller, der Oberkellner des Slaughter's (der schon seit den Fünfzigern hier war), trottete vor und zurück und schenkte den Spielern und Künstlern Bowle und Kaffee nach. Während die Künstler über Trivialitäten in der Welt sprachen und versuchten, ein bisschen von dem immer noch präsenten Esprit von Pope, Dr. Johnson und dem »glorreichen« John Dryden zu absorbieren, versuchten die Spieler mit Dame, Karten und – hauptsächlich – Schach ihr Glück. An der rechten Seite des Raums stand eine lange Bank, auf der Stammgäste mit dem Rücken zur Wand saßen, Herausforderungen annahmen, Amateuren Geld abknöpften und Betrunkene und Naivlinge betrogen. Das Gemurmel der Künstler wurde größtenteils von dem Geräusch von Spielfiguren übertönt, die hart auf karierte Tischplatten geknallt wurden, Sanduhren, die schwungvoll umgedreht wurden, und Stammgästen, die ihre Gegner ausschimpften. Grey musste weiter in den Raum hineingehen – ungefähr zwei Drittel des Weges von der Straße aus; dorthin, wo der Dunst beinahe jede Sicht auf die vordere Fensterfront vernebelte –, um einen freien Platz zu finden. Grey setzt sich einem unrasierten Mann in einem speckigen braunen Mantel gegenüber, der kaltes Hühnchen aß und mit den Münzen spielte, die er seinem letzten Gegner abgeluchst hatte.

Der Mann musterte Grey von oben bis unten, sah seine saubere und bescheiden teure Kleidung und forderte: »Eine Partie kostet einen Schilling.«

»Ein Schilling Einsatz?«

»Nein, ein Schilling für meine Zeit«, sagte der Mann.

Grey schüttelte den Kopf. »Keine Chance.«

»Dann spiel mit wem anders«, erwiderte der Mann.

Grey nickte und stand auf.

»Oh, na gut, wenn du wegen einem Penny so rumgeizt, dann setz dich eben, und wir spielen um einen Einsatz.«

Grey setzte sich hin. »Wie du meinst.«

»Kannst du dir ein Pfund leisten, Herr Jude?«

»Ich glaube schon«, sagte Grey.

»Dann machen wir eine Guinee draus«, feixte der Mann und zeigte seine vom Kaffee braunen Zähne.

»Na gut«, ging Grey darauf ein und legte ein Pfund und einen Schilling auf den Tisch. Der Mann legte sein eigenes Geld dazu, schnappte sich einen Bauer von beiden Farben, einen in jeder Hand, und hielt sie sich hinter den Rücken.

»Welche Hand?«

»Rechts«, wählte Grey.

»Du spielst Schwarz«, antwortete der Mann und öffnete die Hände. Praktischerweise waren die schwarzen Figuren bereits auf Greys Tischseite aufgestellt. Er nahm an, dass Gäste nicht sehr oft Weiß errieten.

Der Stammgast des Slaughter's – ein Spieler, der auf

Geld aus war – begann mit einer konventionellen Eröffnung: Königsbauer, zwei Felder. Grey erwiderte mit dem ebenso konventionellen Damenbauer um zwei Felder. Bauer schlägt Bauer. Dame schlägt Bauer. Das Spiel war hohl, und Grey hatte das unbestimmte Gefühl, dass der Stammgast nicht mit ganzer Stärke spielte. Er war raffiniert, aber nicht annähernd so raffiniert, wie Atwood gewesen war. Grey sah, dass er betrogen wurde. Der Mann spielte eine geschickte verlorene Partie und erweckte elegant den Eindruck, dass er gut war, aber nicht ganz auf Greys Augenhöhe. Das stimmte natürlich (zumindest hoffte Grey das), aber das konnte der Gauner ja nicht wissen. Das Spiel des Gauners war intensiv, und dazu gehörte es, den Wetteinsatz zu erhöhen, bevor er seine wahre Stärke zeigte.

Greys instinktive Reaktion darauf war, den Mann denken zu lassen, er käme damit durch. Grey gewann die erste Partie, aber gerade so, nachdem der Großteil des Bretts leergeräumt war. Der Stammgast schlug vor, den Wetteinsatz zu erhöhen, auf zwei Guineen, und ließ Grey wieder gewinnen. Am Ende dieser Partie täuschte er Wut vor. Als Grey seine Gewinne einsteckte, bestellte der Mann Gin und begann rasch, Ärger und Trunkenheit vorzutäuschen. Er verlor ein drittes Spiel, um vier Guineen, und dann – mit dem leisesten Anflug eines Lallens in seinen Worten – forderte er Grey verärgert zu einer Partie um zwanzig auf. Grey nahm an. Zum vierten Mal (immer noch Weiß, das Vorrecht des Verlierers) eröffnete er konventionell: Königsbauer, zwei Felder. Grey erwiderte mit seinem Königsbauern, ein Feld. Der Mann brachte seinen Damenbauer um zwei Felder nach vorne. Grey ebenso. Jetzt holte der Mann den Springer auf dem Damenflügel nach vorne, nach c3. Greys Damenbauer schlug den Königsbauern des Gauners. Springer schlug Bauer. Springer auf d7. Der Mann holte seinen zweiten Springer nach vorne, nach f3. Grey zog mit seinem zweiten Springer auf f6. Die Züge folgten jetzt sehr schnell aufeinander – der Gauner knallte seine Steine bei jedem Zug hart auf das Brett und drehte dann die Uhr um, die er ebenfalls auf den Tisch sausen ließ. Grey zog genauso schnell und mit ebensolchem Schwung. Der Mann griff mit seinem Königsspringer an, nach g5. Grey erwiderte mit einem defensiven Königsläufer nach e7. Der Gauner griff erneut mit seinem Springer an und bedrohte sowohl Greys Turm auf dem Königsflügel als auch seine Dame. Der Gauner witterte den Sieg und schaute selbstgefällig drein. König schlug Springer. Der übrige Springer bot Greys König Schach. Greys König zog sich auf g8 zurück. Der Gauner brachte seinen Springer auf e6 vor, schlug den Bauern und bedrohte Greys Dame. Grey bewegte seine Dame auf e8 – das einzige Feld, auf dem sie nicht bedroht war –, und das Grinsen des Gauners weitete sich vor Freude darüber, dass Grey in seine Falle getappt war. Er brachte den Springer wieder nach vorne, auf c7, schlug noch einen Bauern, bedrohte erneut Greys Dame und gleichzeitig den Turm auf seinem Damenflügel. Was bedeutete, dass Greys nächster Zug entweder den Turm oder die Dame retten konnte, aber nicht beide. Der Verlust egal welcher Figur würde ihn für die restliche Dauer des Spiels nachhaltig schwächen.

Stattdessen zog Grey mit keiner der beiden Figuren, sondern mit dem Königsläufer nach b4 – bot so dem König des Gauners Schach und öffnete damit gleichzeitig eine direkte Linie vom König des Gauners zu Greys Dame. Schachmatt.

»Meine Partie, denke ich«, stellte Grey fest und steckte seinen Gewinn ein. Der Mann warf sein leeres Ginglas durch den Raum, fegte mit dem Arm das Schachbrett vom Tisch, sodass die Figuren zu Boden fielen, und stürmte in den vorderen Teil des Kaffeehauses. Grey winkte Sock Spiller zu, der wiederrum einen einfachen Kellner herüberwinkte, um die Sauerei aufzuwischen. Grey entschuldigte sich bei Sock, zahlte die Rechnung – legte etwas für beide Kellner obendrauf – und machte sich dann selbst wieder auf den Weg zurück auf die Straße. Er war ziemlich erfreut, es war ein guter Abend für seinen Schachstolz gewesen.

Draußen atmete er tief die kalte Luft ein, zündete sich einen Stumpen an und begann zu Buttle's zu spazieren, das eine Meile entfernt war. Nach dem Leicester Square, auf der Panton Street, wurde er zwei Männern gewahr, die ihm folgten; Schritte, die schnell näher kamen. Er drehte sich um. Es waren der Schachgauner und ein Freund. Der Schachgauner hatte einen Lederknüppel in der Hand.

»Dann nehmen wir eben deinen Geldbeutel«, sagte der Gauner.

»Nein, das werdet ihr nicht«, antwortete Grey.

»Ich zieh dir den Knüppel übern Kopf«, drohte der Gauner.

»Wenn es sein muss«, entgegnete Grey.

Der Gauner machte einen Schritt nach vorne und schwang mit dem Knüppel nach Greys Kopf; Grey blockte den Schlag mit dem rechten Unterarm ab und fasste mit der linken Hand nach dem rechten Ohr des Mannes, seinen Haaren und dem Hut und rammte seinen Kopf hart gegen die gemauerte Fassade eines Hauses. Panton Street, Nummer 6. Der Freund des Gauners wich ein paar Schritte zurück.

»Fort mit dir«, brüllte Grey, und der Mann rannte blitzartig davon. Grey bückte sich, hob den Knüppel des benommenen Gauners auf, steckte ihn ein und ging auf seinem Weg Richtung Buttle's weiter. An der Tür wurde er von Mathers begrüßt, der seinen Mantel, Hut und Knüppel entgegennahm. »Mathers«, sagte Grey, »ich habe das Gefühl, dass ich schon viel zu lange Mr Paters Gastfreundschaft ausnutze. Sie erinnern sich doch bestimmt daran, dass ich meine Seite im Unterschriftenheft für die Aufnahme von neuen Mitgliedern gefaltet habe, bevor ich nach Indien aufgebrochen bin. Vielleicht könnten Sie die für mich wieder aufklappen.«

»Sehr gerne, Sir«, sagte Mathers.

9

Am Kartentisch in Sir Edward Banks' Büro sprach Willys mit Grey die finalen Pläne durch.

»Sie werden unter dem Namen Thomas Caffery reisen; dies sind Ihre Ausweispapiere. Morgen werden Sie den Rest der englischen Schachdelegation hier in Harwich treffen, an den Dairy Docks, und in die Batavische Republik übersetzen. Wir haben Zustimmung von den Batavern erhalten, dass sie, was das Schachturnier angeht, neutral sind – natürlich behaupten sie, in allem neutral zu sein, niemand gibt gerne zu, eine französische Marionette zu sein –, jedenfalls haben wir ein unterschriebenes Zugeständnis für eine sichere Durchreise, solange Ihre Absicht strikt spielerischer Natur ist. Aus diesem Grund werden Sie auf dem Rückweg über Dänemark kommen müssen. Aber am besten decken wir unser Blatt nicht auf, bevor wir müssen.

Sie werden in Rotterdam an Land gehen und eine Barge den Rhein flussaufwärts nehmen. Die Bargen sind Privateigentum, meistens deutscher Besitzer, aber da das westliche Ufer jetzt Teil der französischen *patrie* ist, sind sie gezwungen, innerhalb des französischen Handelsregimes zu arbeiten. Die Franzosen sind natürlich Teil des Schachturniers und haben die Turniere in der Vergangenheit immer respektiert. Nichtsdestotrotz werden sie die Bargen als feindliches Territorium behandeln. Falls die Froschfresser also entscheiden, dass ihnen Ihre Art nicht gefällt, wird kein Verlass auf Beistand von irgendeiner deutschen Behörde sein. Besonders, weil die Franzosen deutlich gemacht haben, dass sie den Rhein überqueren werden, wann und warum auch immer es ihnen beliebt – um ihr System dem Kontinent aufzuzwingen oder um Flüchtige zu verfolgen oder was auch immer. Wer soll sie auch aufhalten?

Natürlich ist hier die Flüchtlingsfrage von Bedeutung: Louis Antoine hat uns darüber informiert, dass Bonapartes Dragoner dazu übergegangen sind, Leute in den deutschen Staaten in der Nacht verschwinden zu lassen. Einige tauchen in Paris wieder auf, sehr reumütig wegen ihrer Verbrechen gegen den Staat. Andere nicht. Wir können uns allerdings sicher sein, dass sie Leclerc zurückhaben werden wollen, sobald sie erst einmal bemerkt haben, dass er weg ist, also werden Sie offensichtlich so weit wie möglich vom Rhein und von der Grenze wegbleiben und zu jeder Zeit maximale Diskretion wahren müssen.«

»Danke für diesen Ratschlag, Aaron«, sagte Grey.

»Auf jeden Fall: eine Barge den Rhein aufwärts zum Main, dann den Main hoch bis Frankfurt. Louis Antoine wird Sie bei den Docks kontaktieren. Sie werden eine flaschengrüne Jacke und keinen Hut tragen; er wird Sie fragen, ob Sie der Gentleman von Skye sind. Louis hat uns anvertraut, dass er Sie und Leclerc aus dem Turnier und aus Frankfurt wird herausschmuggeln können, ohne Aufmerksamkeit zu erregen. Er wird Sie dann nach Norden durch die Deutschen Staaten eskortieren, über die Eider nach Schleswig. In Tönning, hier an der Eidermündung, werden Sie dann einem unserer Klipper, der in regelmäßigen Abständen dort vor Anker liegt, mit der Signallampe leuchten – lang-kurz-lang mit der abdunkelbaren Laterne –, und er wird schnell mit Ihnen an Bord zurück nach England übersetzen. Der Klipper wird ab dem 1. März dort liegen, Sie aber nicht vor dem 4. oder 5. erwarten. Er wird dort vor Anker bleiben, bis Sie ankommen.«

Grey nickte.

»Ist das alles klar?«, fragte Willys.

»Zur Genüge. Wie viele Schachfiguren werde ich antreffen?«

Willys lächelte knapp. »Sehr witzig, Thomas. Sie sind der achte Abgesandte.«

»Der achte? Wie viele spielen denn insgesamt?«

»Über zweihundert. Offensichtlich wird Thurn und Taxis für die Dauer des Turniers die Nachbargrundstücke ebenso übernehmen – sie befinden sich alle nahe beieinander im Stadtzentrum, deshalb wird es zu einem einzigen *grand palais* werden. Sollte ziemlich interessant sein.«

»Ja.« Grey sah abwechselnd auf die große Landkarte – eine Karte von Nordeuropa – und die kleineren, anschaulicheren Karten. Das Rheintal, die Stadt Frankfurt, Norddeutschland und Schleswig und so weiter.

»Irgendwelche Fragen, Grey?«, wollte Sir Edward wissen, der während des Vortrags seines Stabschefs an seinem Schreibtisch sitzen geblieben war.

Grey schüttelte den Kopf. »Nein, Sir Edward.«

10

Grey hatte sich gefragt, ob jemand der englischen Schachspieler wohl aus den Reihen der Glücksspieler kommen würde. Tatsächlich waren es aber hauptsächlich Akademiker – zwei aus Oxford, zwei aus Cambridge, jeweils einer aus St. Andrews und Glasgow. Einer war ein älterer Doktor aus London namens Mendoza, der die meiste Zeit damit zubrachte, mit dem Professor aus Glasgow über neue Operationstechniken zu diskutieren. Die anderen sechs, Grey eingeschlossen, verbrachten kaum Zeit mit Unterhaltungen, dafür aber umso mehr mit Schachpartien untereinander. Während der Überfahrt von Harwich nach Rotterdam hatte Grey einen beträchtlichen Vorteil, da er außer Mendoza der Einzige ihrer Gruppe war, der nicht seekrank wurde. Als sie sich dann auf dem Rhein befanden (ruhig flussaufwärts getreidelt von vier hünenhaften Ardennern, die den Treidelpfad leichtfüßig, mit vor Muskelkraft strotzender Autorität entlangschritten, als wären sie seine alleinigen Besitzer), war Greys resistenter Magen nicht länger von Vorteil für ihn. Von da an gewann er ein paar Partien, in ein paar weiteren erzielte er ein Remis und einige verlor er über die nächsten fünf Tage, die sich mit Greys Ärger über seine Niederlagen in die Länge zu ziehen schienen. Bei der Einmündung von Rhein und Main wurden die Ardenner-Zugtiere durch ein Paar rheinische Warmblüter ersetzt, die merklich weniger stolz und irgendwie kleiner, jedoch genauso effizient waren. Die Barge erreichte die Freie Reichsstadt Frankfurt innerhalb einer Stunde der festgesetzten Ankunftszeit, am Dienstagnachmittag, dem 28. Februar.

Grey trug eine grüne Jacke und keinen Hut, aber Louis Antoine – wenn er überhaupt da war – hatte keine Gelegenheit, sich vorzustellen. Ziemlich unerwartet verließen die sechs Engländer und zwei Schotten die leicht schäbige Barge, traten auf den schmutzigen Flussanlegesteg hinaus, der von gelegentlichen Regenschauern feucht war, um sofort von Dienern mit weißen Handschuhen und gepuderten Perücken begrüßt zu werden, die sie zu zwei vergoldeten Kutschen eskortierten. Offensichtlich nahmen die Frankfurter ihre Schachkrönung ziemlich ernst. Mit den Dienern auf den Trittbrettern rollten die Kutschen westlich durch die Stadt, und nach einer Viertelstunde kam der *grand palais* von Thurn und Taxis in Sicht, das größte und höchste Haus einer Straße voller großer und hoher Häuser. Wie viele der Frankfurter Oberschicht hatte die Familie Thurn und Taxis ihren Adelstitel durch ihr Unternehmen erlangt, und da sie kein Erbanwesen in Stand halten mussten, hatten sie es vorgezogen, in der Stadtmitte zu bleiben. Das Palais hatte eine neoklassische, ziegelrote Fassade; die Kutschen wurden von einem Ordnungsdiener draußen vor dem Torbogen angehalten, um einer losfahrenden Kutsche Vorfahrt zu gewähren. Eine identische vergoldete Kutsche rollte hinaus, und die zwei Kutschenladungen voller englischer Untertanen rollten hinein, unter dem Torbogen hindurch und in einen weitläufigen Hof, übersät mit Grüppchen frisch abgelieferter Schachspieler, welche Dienstboten versuchten, nach drinnen zu scheuchen.

Eine Menschentraube hatte sich um die einzigen zwei anwesenden Frauen gebildet – eine Zofe und ihre Dame, bei der sich Grey sofort sicher war, dass es sich um die Herzogin von Bourbon, Bathilde d'Orléans, handelte. Der Ruf ihrer Schönheit, der ihr durch ganz Europa vorauseilte, war keineswegs übertrieben, und sogar mit Mitte fünfzig war sie derart betörend, dass ansonsten schüchterne und zurückhaltende Akademikertypen um das Privileg buhlten, sie nach drinnen zu geleiten. Ihr Mantel – da dieser Tag Ende Februar kühl, um nicht zu sagen ziemlich kalt war – war schlicht, jedoch augenscheinlich nach der neuesten und erlesensten Mode. Er hatte die Farbe eines jungen Merlot und war mit silberner Spitze besetzt. Ihre dichte und kunstvolle Perücke war dunkelgrau statt weiß; der Hut mit Fellbesatz, unter dem die Perücke opulent zum Vorschein kam, war weiß, genau wie der Fächer, den sie diskret dazu einsetzte, um ihre Bewunderer auf einer Armlänge Abstand zu halten. Grey näherte sich der Gruppe um Bathilde; gleichzeitig lehnte sich ein Dienstbote über den Kreis aus Bewunderern und flüsterte ihr etwas ins Ohr.

»Wenn Sie mich bitte entschuldigen würden, Gentlemen«, sagte sie, »wie ich höre, ist die englische Delegation gerade eingetroffen, und ich muss meinen besonderen Freund Mr Caffery begrüßen.« Sie hatte Grey herausgepickt, vermutlich wegen seiner Jacke und der Hutlosigkeit, und den Blick fest mit seinem verschränkt. Grey nickte kaum merklich, und Bathilde kam auf ihn zu, als ob sie sich schon seit Jahren kennen würden.

»Thomas, mein Lieber, wie wundervoll, Sie zu sehen.«

»*Chère* Bathilde«, begrüßte Grey sie und führt ihre ausgestreckte Hand sanft an seine Lippen. »Sie sind – obwohl es unmöglich erscheint – schöner als je zuvor.« Bathilde stieß ein wohlklingendes, zartes Lachen aus.

»Oh, mein Lieber, Sie waren schon immer ein schrecklicher Lügner. Aber kommen Sie, lassen Sie uns eintreten und erzählen Sie mir, wie es Ihnen ergangen ist.« An die anderen enttäuschten Schachspieler gewandt fügte sie hinzu: »Wenn Sie gestatten«, hakte sich mit dem rechten Arm bei Greys linkem unter, und dann schritten sie die niedrigen Stufen zur Eingangshalle des Palais hoch.

Nachdem sie außer Hörweite von Bathildes Verehrern und im Strom der Spieler untergegangen waren, die zur großen Halle von Thurn und Taxis geleitet wurden – einem riesigen Ballsaal aus Backstein und vergoldetem Putz aus der späten Renaissance –, sagte Bathilde in leisem, aber plauderhaftem Ton zu Grey: »Wie ich höre, hat unser Freund es nicht geschafft, Sie am Anlegesteg zu treffen. Er war sicherlich sehr enttäuscht.«

»Es ist alles in bester Ordnung, Madame; die anderen Briten und ich wurden bereits erwartet und direkt hierher gebracht. Wir hätten gar keine Gelegenheit zu einer richtigen Unterhaltung gehabt.«

»Ebendarum«, sagte Bathilde. »Er wird sich Ihnen heute Abend vorstellen. Und ich fürchte, dass es noch eine weitere Komplikation gibt, die Sie werden besprechen müssen.« Grey nickte. »In der Zwischenzeit erlauben Sie mir, Mr Caffery, Sie meinem Mitrepräsentanten der französischen Schachdelegation vorzustellen: Mr Joseph Leclerc.« Sie hatten einen feierlich dreinblickenden Mann erreicht, dessen Blick nach oben gerichtet war, um das Rippengewölbe der Halle zu begutachten.

»Mr Joseph Leclerc«, sprach sie ihn an, wobei sie zu Französisch wechselte, »dies ist mein besonderer Freund, Mr Thomas Caffery, der Schachspieler vom Hofe von St. James.«

Leclerc trug einfache Republikanische Kleidung, die langsam außer Mode kam, da Frankreich unter Napoleon nach und nach die Sparpolitik abschüttelte. Er war um gut fünf Zentimeter kleiner als Grey, und seine Erscheinung wirkte ziemlich ausgemergelt: eingefallene Wangen unter hervorstehenden Wangenknochen. Er streckte eine schmale Hand aus.

»Mr Caffery.«

Grey schüttelte sie. »Mr Leclerc.« Mit seinem Mittel- und Ringfinger ließ Leclerc einen klein gefalteten Zettel von seiner Handfläche in Greys gleiten. »Sehr erfreut, Sir. Und sind das weitere Mitglieder der französischen Abgesandten?« Zwei ziemlich große und stämmige Männer waren bedrohlich nahe neben ihnen aufgetaucht.

»Nein«, antwortete Leclerc mit unverändert finsterem Blick. »Dies sind meine, äh, Begleiter.«

»Honorine«, rief Bathilde nach ihrer Zofe, die – nachdem sie ihrer Herrin und Grey nach drinnen gefolgt war – beim Eingang der Halle unsichtbar vor einer Wand stehen geblieben war. Honorine trat auf sie zu, und Bathilde sagte mit einer Geste zu den »Begleitern«: »Wenn du diese Gentlemen vielleicht zu einem Diener geleiten würdest, der sie zur Dienstbotenunterkunft führen kann. Ich fürchte, Gentlemen«, wandte sie sich erklärend an Leclercs Leibwache, »dass unsere Gastgeber gezwungen sind, sehr strikt zu sein, was die Unterbringung angeht, wissen Sie. Wenn Sie nicht schnell genug sind, werden sie Sie vielleicht nicht einmal mehr in der Unterkunft unterbringen können – tatsächlich nötigt der Platzmangel die arme Honorine dazu, auf dem Boden in meinem eigenen Zimmer zu schlafen.«

Die zwei Männer schauten Bathilde an und wandten sich dann an einen dritten Mann, der sich nun ebenfalls in die Unterhaltung einschaltete und ein Mädchen von gerade zwanzig Jahren am Arm hatte. Er nickte den zwei großen Männern bestätigend zu; einer sagte: »Danke, Madame« zu Bathilde, und beide folgten Honorine. Nun wandte sich der dritte Mann an Leclerc: »Verzeihen Sie die Unterbrechung – sogar, wenn man diesem kleinlichen Frankfurter Hausdiener die Person selbst vorstellt, besteht er darauf, dass es unmöglich sei, ein Zimmer für Ihre

Tochter bereitzustellen. Allerdings konnte ich es arrangieren, dass ein Sofa in Ihre Kammer gebracht und als Bett zurechtgemacht wird: Ich glaube, das ist die einzige Lösung.«

»Danke, Théodore«, entgegnete Leclerc, immer noch mit finsterem Gesichtsausdruck. »Zu freundlich von Ihnen. Erlauben Sie mir, Sie einem Freund von Madame Bathilde vorzustellen, einem der englischen Spieler – Mr Thomas Caffery. Mr Caffery: einer unserer französischen Teilnehmer, Mr Jean Théodore.«

»Ihr ergebener Diener, Sir«, sagte Grey.

»Der Ihre«, erwiderte Théodore.

»Und, Mr Caffery«, sagte Leclerc und deutete zu der Frau an Théodores Arm, »erlauben Sie mir, Ihnen meine Tochter Geneviève vorzustellen.«

»Mademoiselle Leclerc«, sagte Grey und verbeugte sich leicht, »es ist mir eine große Freude.«

»Danke, Sir«, entgegnete Geneviève. Grey sah sie an. Sie war eine kalte Schönheit; ohne ein Lächeln auf den Lippen, gleich einer Statue und ohne Zweifel eine Rivalin Bathildes zu ihren besten Zeiten. Hellstes blondes Haar, die grünsten grünen Augen und Wangenknochen, die Edelsteine schneiden könnten. Wenn da nicht sogar die Venus von Milo die Waffen gestreckt hätte …

»Kommen Sie, Thomas«, sagte Bathilde, »bevor die Formalitäten beginnen, muss ich Ihnen eine außergewöhnliche Porträtbüste zeigen, die die Taxis von der anatolischen Küste mitgebracht haben. Sie steht neben der Treppe. Wenn Sie uns entschuldigen würden –«

Grey folgte Bathilde, die sich entfernte, und dachte über Geneviève Leclerc nach; dass er noch nie eine Frau gesehen hatte, die sich ihrer eigenen Schönheit so ganz und gar bewusst und infolgedessen so offensichtlich abgeneigt war, zu gefallen. Er hatte Bathilde seinen Arm angeboten, und die Wärme, die sie ausstrahlte, indem sie jedem, an dem sie vorbeiging, zunickte oder ein Lächeln schenkte, stand im stärksten Kontrast zu Miss Leclerc, den man sich vorstellen konnte. Bathildes Schönheit war ein Geschenk, das sie anderen gerne zuteilwerden ließ, als wäre es ein doppelter göttlicher Segen. Grey fragte sich, wo sich die Wege der beiden Frauen wohl geschieden hatten.

»Sie ist gleich da vorne«, sagte Bathilde.

»Sind die Thurn und Taxis große Sammler?«, fragte Grey.

»Das waren sie vielleicht einmal, aber sie machen gerade eine schwere Zeit durch, seit das Monopol auf die Kaiserliche Reichspost einen Kollaps erlitten hat, jetzt, wo Napoleon seine eigenen Vorstellungen von postalischer Organisation hat. Ich habe gehört, dass sie dieser Tage hauptsächlich in Regensburg wohnen und dieses Gebäude den Bürgern gehört. Obwohl ich darüber vermutlich nicht tratschen sollte.« Sie blickte über die Schulter, um zu sehen, ob sie außer Leclercs und Théodores Hörweite waren. »Sie sehen also, was die neue Komplikation ist.«

»Meinen Sie den Mann, Théodore, oder die Tochter?«, fragte Grey.

»Théodore ist ein schrecklicher Mann, ein Teil des Sicherheitskomitees; eine interne Wache für Leclerc, nehme ich an, und ein ziemlich guter Schachspieler – und ja, er ist eine Komplikation –, aber nein, ich meinte die Tochter. Leclerc hat sie komplett vor mir verborgen. Sie ist nicht mit uns von Paris aus gereist, und ich wurde ihr gerade erst heute Morgen vorgestellt.«

Grey nickte. Sie standen vor einer antiken Marmorbüste eines römischen Patriziers. »Leclerc hat mir beim Händeschütteln eine Nachricht zukommen lassen. Vielleicht wird sie den Umstand erklären.«

»Vermutlich«, entgegnete Bathilde. »Obwohl ich mir vorstellen kann, was darinsteht. Wer weiß schon mehr über die törichten Dinge, die Eltern wegen ihrer Kinder tun.«

Grey schaute Bathilde an und lächelte schwach. »Sobald ich allein sein kann, werde ich sie lesen; hier wage ich es nicht.«

Bathilde nickte. »Gehen Sie denn davon aus, sie unterbringen zu können?«

»Aus der englischen Sicht, ja, ich glaube schon – wobei es mehr von den Arrangements abhängen wird, die unser Freund vom Anlegesteg getroffen hat.«

»Ja, das ist wahr«, gab Bathilde ihm recht. »Obwohl er mir eine Mitteilung geschickt hat, dass ein Treffen mit Ihnen fehlgeschlagen ist, konnte ich bisher noch keine Nachricht über diese Tochter zurücksenden.« Grey nickte.

Einen Augenblick lang standen sie schweigend da. Dann sagte Grey, mit dem Finger auf die Marmorbüste deutend: »Die ist ziemlich gut, nicht wahr?« Sie zeigte einen älteren, süffisant lächelnden Mann mit Glatze, einem Gesicht mit tiefen Falten und hängenden Wangen. Sie war beinahe zweitausend Jahre alt und so bemerkenswert lebensecht, dass Grey fast das Gefühl hatte, in die Vergangenheit zu blicken.

»Ja«, bestätigte Bathilde. »Sehr.« Sie schwiegen wieder für einen Moment. »Haben Sie die große Tafel von Rosetta gesehen?«

»Ja«, sagte Grey.

»Von den Franzosen gestohlen.«

»›Kriegsbeute‹, wollten Sie, glaube ich, sagen.«

»Wurde sie schon übersetzt?«

»Noch nicht, aber die Metropole wird gänzlich von den Anstrengungen dazu vereinnahmt.«

»Vielleicht wird sie eines Tages durch einen Friedensvertrag nach Paris geschickt werden.«

»Zweifelhaft, meine Dame«, widersprach Grey.

»Vielleicht können wir sie teilen wie Solomon das Kind. Hätten Sie lieber den griechischen oder den ägyptischen Teil?«

Grey schmunzelte. Hinter ihnen ertönte ein Gong. Ein edel gekleideter Herr stand auf der zweiten Stufe der großen Treppe und war bereit, sich an die Versammlung von Schachspielern zu wenden.

»Lady Bathilde und Gentlemen – willkommen.« Das sagte er auf Deutsch, dann wiederholte er das Wort »willkommen« auf Französisch, Englisch, Russisch, Polnisch, Spanisch, Italienisch, Türkisch, Niederländisch und, nachdem er mit einem peinlich berührten Blick einen Notizzettel konsultiert hatte, auch auf Schwedisch und Ungarisch.

»Ich spreche im Namen unserer Gastgeber«, fuhr er fort, nun wieder auf Deutsch, »Seine Gnaden Karl Anselm, Prinz von Thurn und Taxis, und der Bürgerrat der Freien und Reichsstadt Frankfurt. Wie Sie sehr gut wissen, repräsentieren die Männer in diesem Saal die besten Schachspieler der Welt. Vielleicht ist ein Philidor unter Ihnen. Deshalb sind wir hier versammelt. Am Morgen um zehn Uhr wird das Turnier von Seiner Kaiserlichen Hoheit Franz II. eröffnet. Kommen Sie nicht zu spät. Wer wünscht, etwas zu sich zu nehmen, dort im Vorzimmer wurden Speisen bereitgestellt.« Er deutete in die Richtung. »Nun wird Wein ausgeschenkt, und kurz darauf werden die Diener des Prinzen damit beginnen, Sie auf Ihre Zimmer zu führen. Bitte hören Sie auf Ihre Namen, die ich von hier aus verkünden werde, und kooperieren Sie, indem Sie sich direkt auf Ihre Zimmer begeben, damit Sie vor der morgigen Partie ausreichend Ruhe haben. Danke.«

Wieder ging er die vielen Sprachen durch und sagte »danke« in jeder, bevor er die Stufen hinabtrat und mit einem Angestellten sprach.

»Ein richtiger Charmeur«, bemerkte Bathilde, die immer noch neben Grey stand. Der Sprecher – was auch immer sein Titel sein mochte: Direktor? Saalvorsteher? – erklomm wieder seinen Platz auf der Treppe. Erneut wurde der Gong geschlagen, und als Ruhe im Saal eingekehrt war, rief er: »Lady Bathilde. Wenn Sie bitte näher treten würden.«

»Es wird nach mir verlangt«, sagte Bathilde und bot Grey ihre Hand dar, der einen weiteren leichten Kuss daraufhauchte. »Lassen Sie uns hoffen, dass die Erste nicht die Letzte sein wird. Guten Abend, *mon ami.*« Sie lächelte Grey an, und er lächelte zurück. Was für eine edle, betörende Frau … Sein Blick folgte ihr einen Moment lang, bevor er am Ellbogen berührt wurde und sich umdrehte.

Es war Mr Jean Théodore.

»Mr Caffery«, sagte Théodore auf Englisch, »wir hatten vorher keine Gelegenheit zu sprechen, und wegen des Krieges komme ich natürlich bloß selten in den Genuss, mich mit einem Engländer zu unterhalten.«

»Ein bedauerlicher Umstand, Mr Théodore.«

»Das kommt auf die Perspektive an. Tatsächlich war der letzte Engländer, mit dem ich gesprochen habe, Thomas Paine.«

»Paine, Sir, ist – wenn ich nicht irre –, durch und durch Amerikaner.«

»Nun, das sagte er zumindest, als er verhaftet und zum Tode verurteilt wurde. Vielleicht hatte er recht, aber wir in Paris tendieren eher dazu, der Vorsicht halber zu irren.«

»Sie finden eine Hinrichtung vorsichtig?«

»Oh ja. Sie wissen doch, was man so sagt: dass man von einer Leiche nichts mehr zu befürchten hat. Natürlich wurde Paine verschont und zu einem großen Unterstützer unseres Ersten Konsuls, Napoleon. Vorsicht in einer Sache kann oft zu Besonnenheit in einer anderen führen. Aber ich schweife ab. Ich wollte Sie fragen, wie Sie mit der Herzogin von Bourbon Bekanntschaft geschlossen haben?«

»Ich habe sie während meiner grand tour getroffen; ich habe beinahe ein Jahr des Studiums in Spanien verbracht. Während ihres Exils. Bevor sie und die Besonnenheit nach Paris zurückgekehrt sind.«

»Tatsächlich. Nun ja, ich muss versuchen, mit dem Oberdiener zu sprechen und herausfinden, ob Mademoiselle Leclercs Sofa aufgestellt wurde. Ich werde Sie beim Beginn der Spiele wiedersehen. Vielleicht begegnen wir uns ja für eine Partie.«

»Das kann man nur hoffen«, entgegnete Grey.

11

Die Thurn-und-Taxis-Diener trugen blau-goldene Livreen; die goldenen Borten reflektierten das Fackellicht, welches die oberen Korridore des Palasts erleuchtete, als Grey zu seinem Zimmer geführt wurde. Die Korridore glichen in etwa einem Irrgarten – Flügel waren angebaut worden, um den Palast entsprechend des Post-Vermögens der Familie zu erweitern –, aber Grey und sein bescheidenes Gepäck waren schon bald bei einem Zimmer im obersten Geschoss angelangt, mit einer Dachschräge und einem kleinen, rechteckigen Fenster in der schrägen Außenwand. Der Diener reichte Grey eine brennende Kerze in einem Zinnbecher, fragte, ob er sonst noch etwas benötige, und nachdem er einen Groschen akzeptiert hatte, wünschte er ihm eine gute Nacht und schloss die Tür.

Einen Augenblick nachdem die Tür zugefallen war – als Grey gerade sein Bett in Augenschein nehmen wollte –, wurde ein Streichholz in der Dunkelheit entzündet. Bei dem Geräusch drehte sich Grey um. Das Streichholz wurde benutzt, um eine lange, dünne Tonpfeife anzuzünden, wobei die Flamme das Gesicht darüber erleuchtete. Ein lächelndes Gesicht.

»Sind Sie zufälligerweise der Gentleman von Skye?« Er wedelte das Streichholz aus, aber das dünne Lächeln war durch das schwache Licht seiner Pfeifenglut weiterhin sichtbar. »Wenn nicht, ist das jetzt furchtbar peinlich.«

»Der bin ich. Seine Gnaden le Duc d'Enghien?«

»Ja«, sagte der Herzog und stand auf, »aber bitte nennen Sie mich doch Louis Antoine.« Er streckte die Hand aus, und Grey schüttelte sie.

»Thomas Grey, ich reise aber als Caffery. Ich erinnere mich daran, in den Neunzigern von Ihren Heldentaten mit der Armée-de-Condé gelesen zu haben. Die, wie man hört, in der Gestalt eines Lammes die Taten eines Löwen vollbracht hat.«

Louis lachte leise und schüttelte den Kopf. »Es war viel Lärm um nichts.« Grey schmunzelte, und Louis fuhr fort: »Aber es ist nett von Ihnen, dass Sie das sagen. Ich muss mich für mein gescheitertes Vorhaben, Sie am Anlegesteg zu treffen, entschuldigen; es war tatsächlich mehr los, als ich erwartet hatte.«

»Ende gut, alles gut, Euer Gnaden. Bitte setzen Sie sich. Ich fürchte, dass eine Komplikation aufgetreten ist.«

Louis nahm seinen Platz wieder ein. »Théodore, meinen Sie?«

»Nein«, entgegnete Grey, setzte sich auf das Bett, lehnte sich gegen das Kopfteil und zündete sich eine kleine Zigarre an. »Mr Leclerc hat seine Tochter mitgebracht.«

Louis' Gesichtsausdruck verfinsterte sich; Grey faltete den Zettel auseinander, den Leclerc ihm in die Hand gedrückt hatte. Er überflog ihn schnell und las dann laut vor:

»›Sir: Ich hoffe, dass Sie mir mein trügerisches Verschweigen der Tatsache, in Begleitung meiner Tochter zu sein, verzeihen werden. Ich werde sie nicht zurücklassen, und ich wollte das Risiko nicht eingehen, dass Ihnen davon abgeraten worden wäre, sie in Ihre Pläne miteinzubeziehen.‹« Grey sah von dem Brief auf. »Warum wäre mir davon abgeraten worden, sie in meine Pläne miteinzubeziehen?«

»Mademoiselle Leclerc«, erklärte Louis Antoine, »ist dafür bekannt, eine brennende Bonapartistin zu sein. Sie hat Lobgedichte auf ihn und das neue Frankreich verfasst und Beitragskampagnen für Soldaten angeführt, die in seinem Dienst verwundet worden waren, solche Dinge.«

»Ich verstehe«, sagte Grey und las weiter: »›Diesen Versuch, Sie in Zugzwang zu bringen, indem ich so lange mit der Enthüllung eines Wermutstropfens warte, gestehe ich unumwunden. Mit ihr habe ich ebenfalls gewartet: Um der Diskretion willen weiß sie nichts von unseren Plänen, und das wird sie auch bis zum letzten Moment nicht. Ich hoffe, dass Sie meiner Beteuerung von tiefster Schande angesichts dieser Niederträchtigkeit Glauben schenken werden und dass es Ihnen möglich sein wird, uns beide unterzubringen, denn, ich sage es nochmals, ohne sie werde ich nicht fortgehen. Der Ihre, etc., LeC.‹«

Louis nickte. Grey hielt den Brief an die Kerze. Während dieser verbrannte, kratzte sich Louis am Kinn und nickte erneut. Grey musterte ihn. Er war einunddreißig und gutaussehend, auf eine Art, von der sich manche vielleicht dazu verleiten ließen, ihn als Schönling zu verhöhnen. Sicherlich war nichts an ihm, das ihn als einen Mann der Aktion auswies. Er sah nach Wohlstand und Müßiggang aus. Oder vielleicht nur Müßiggang, als Grey zum ersten Mal in dem schwachen Licht auffiel, dass Louis Antoine die Livree eines Taxis-Dieners trug.

»Ja«, sagte Louis, der Greys Blick folgte, »ich konnte ein Arrangement mit einem Unterdiener treffen. Ein sehr diskretes Arrangement – Sie müssen sich keine Sorgen machen –, aber er war so freundlich, mich auf eine Art einzukleiden, die es mir erlaubt, kommen und gehen zu können, ohne Aufmerksamkeit auf mich zu ziehen. Und seine Hilfe wird später noch wichtig für die Ausführung meines Fluchtplans sein.«

Grey klopfte ein wenig Zigarrenasche in die Abtropfschale seiner Kerze und nickte zum Zeichen, dass Louis fortfahren sollte.

»Der Plan lautet wie folgt: Wie Sie wissen, ist Frankfurt eine große Marktstadt, das Zentrum lokalen Handels. Straßen führen in alle Richtungen hinaus, und – das Wichtigste von allem – an jedem Monatsersten wird ein großer Bauernmarkt abgehalten. Was, glücklicherweise, der zweite Tag des Turniers ist – übermorgen. Der erste März.

Am Spielende des zweiten Tages soll eine Art festlicher Ball stattfinden – zur Feier des Turniers und in freudiger Erwartung des Siegers, da alle bis auf die letzten zwei

Spieler bis dahin eliminiert sein werden und das große Finale am darauffolgenden Mittag gespielt werden soll, vor den Augen verschiedener reicher, mächtiger Bürger und Höflinge. Jedenfalls wird Leclerc sich während des Balls bei seiner Leibwache entschuldigen, indem er sich über Verdauungsprobleme beklagt und das Plumpsklo aufsucht. Dort werden Sie warten, um ihm aus dem hohen Fenster hinaus und auf meine wartende Kutsche zu helfen, die uns fort in die Nacht tragen wird.

Währenddessen wird mein Freund, der Unterdiener, auf dem Ball warten, solange er kann, bis sich ein Franzose von der Feier entfernt, um das Klosett zu kontrollieren, und dann laut verkünden, dass Mr Leclercs Wurmfortsatz gebrochen ist und er von ein paar Thurn-und-Taxis-Dienern in Eile zum nahegelegenen Haus eines Doktors gebracht wurde, der auf, äh … Blinddärme spezialisiert ist.«

Grey stieß ein amüsiertes Grunzen aus.

»Ich habe Vorkehrungen getroffen, damit dieser Doktor nicht zu Hause sein wird. Falls – oder, wie ich wohl lieber sagen sollte, wenn – die zwei Wachen und Théodore dorthin aufbrechen, um ihn zu suchen, wird die Dienerschaft des Doktors sie darüber informieren, dass dieser wegen eines anderen Notfalls fortgerufen worden ist, südlich von hier nach Darmstadt, und dass ihm die Kutsche mit Leclerc nachgefahren ist. Das wird die französischen Wachen auf eine lange Verfolgungsjagd in die falsche Richtung lenken, glaube ich. Sie werden mindestens eine Stunde verlieren; wenn wir Glück haben, sehr viel mehr. Wenn ihnen dann klar wird, was passiert ist, werden wir bereits Richtung Norden im rheinischen Hinterland verschwunden sein, auf halbem Wege zur dänischen Küste.«

Grey nickte gedankenverloren.

»Was meinen Sie?«, fragte Louis, klopfte seine Pfeife aus und begann, sie neu zu stopfen.

»Sehr detailliert«, lobte Grey. »Sehr gut. Für Leclerc kann ich den Plan sicher nicht verbessern – aber welche Garantie kann man für seine Tochter geben?«

Louis steckte die Pfeife an und inhalierte den Rauch. »Ja, sie ist, wie Leclerc schrieb, ein Wermutstropfen. Hmm.« Er zog ein paarmal an der Pfeife. »Nun ja, die einzige Schwierigkeit erscheint mir hier, sie in die Kutsche zu bekommen. Es sollte nicht schwierig oder auch überhaupt nicht unwahrscheinlich sein, zu behaupten, dass sie darauf bestand, ihren Vater zum Doktor zu begleiten, als er plötzlich krank wurde. Das werde ich einfach zu der Erklärung hinzufügen, die unser Unterdiener abgeben soll. Aber wie bekommen wir sie hinaus, ohne Aufmerksamkeit zu erregen? Hmm.«

Grey sah aus dem kleinen Fenster des kleinen Zimmers. »Im Garten dort draußen, gibt es da ein Tor am hinteren Ende?«

Louis schüttelte den Kopf.

»Wie hoch ist die Mauer?«

»Zwei bis zweieinhalb Meter.«

Grey nickte. »Anstatt Leclerc von innen durch das Klosettfenster zu helfen, könnten Sie ihm von außen helfen?«

»Ich glaube schon«, überlegte Louis mit dem Anflug eines Grinsens, als er Greys Lösung erahnte.

»Nun, wenn wir uns zeitlich abstimmen können, muss ich nur Mamselle Leclerc dazu überreden, in den Garten hinauszugehen ... ich könnte behaupten, dass Lady Bathilde sich fragt, ob sie wohl einen Augenblick auf sie warten könnte, mit einem Problem, das des Ohres einer Frau bedarf ... Oder ihr einen Zettel geben, in der Handschrift ihres Vaters. Und wenn sie dann erst einmal draußen ist, können wir sie – ich von innen, Sie auf der anderen Seite mit der Kutsche – vielleicht ohne große Schwierigkeiten über die Mauer bekommen.«

»Mit oder gegen ihren Willen?«

»Nun, ich nehme an – nachdem sie die Pläne ihres Vaters einmal verstanden hat – mit ihrem Willen.«

»Da wäre ich mir nicht so sicher – französische Mädchen tun und lassen, was sie wollen. Die Engländer glauben, das mache sie einfach.« Louis lachte. »Tatsächlich macht sie das sehr schwierig.«

»Nun ja, so oder so gehe ich nicht von einem großen Problem aus. Sie kann nicht mehr als vierzig oder fünfundvierzig Kilo wiegen. Ich werde sie eigenhändig hinüberbefördern, wenn ich muss. Ihr Vater kann sie danach wieder besänftigen.«

Louis nickte. »Sehr gut. Dann soll der Plan so lauten.«

»Wunderbar. Nun, wenn Sie so freundlich wären, erzählen Sie mir von Théodore.«

Louis' erfreuter Gesichtsausdruck fiel zu einem geringschätzigen Grinsen zusammen. Vielleicht sogar zu einem hasserfüllten. »Er ist der abscheulichste Mann, den Gott je erschaffen hat. Einer von Robespierres Hauptterroristen – ein Mann ohne jegliches Gewissen. Nein, nichts, was auch nur im Entferntesten an ein Gewissen erinnert. Und daher ist er sehr geschickt darin, sich mit dem politischen Wind zu drehen. Als Robespierres Stern steil am Absteigen war, war Théodore bereits auf der Seite der Reagierenden. Dies sicherte ihm einen Platz im Sicherheitskomitee – als wichtigster Aderlasser –, bis zu Napoleons Rückkehr aus Ägypten. Nachdem die Versammlung verdrängt worden war, schloss er sich schnell dem Korsen an, der ihn seinen Posten behalten ließ. Obwohl ich bezweifle, dass sogar ein so harter Mann wie Bonaparte ihm ein anderes Gefühl als Geringschätzung entgegenbringen kann. Ich werde Ihnen keine detaillierte Schilderung dessen geben, was er Feinden angetan hat … den Feinden seiner Freunde … irgendjemandem, dessen Leid ihm einen Vorteil verschaffte. Wie er sie gequält hat. Nun, lassen Sie uns einfach sagen, dass er in jedem Fall ein Mann ist, vor dem man sich vorsehen sollte.«

Grey nickte, und ein paar lange Augenblicke rauchten er und Louis schweigend vor sich hin.

»Was ist mit seinem Schachspiel?«, fragte Grey.

»Was?«, fragte Louis.

»Wie stark ist Théodores Schachspiel?«

»Wen interessiert das schon?«

12

Nachdem sie vereinbart hatten, sich am darauffolgenden Tag zum Mittagessen zu treffen, um etwaige Probleme zu besprechen, war Louis in der Tarnung seiner Taxis-Uniform aus Greys Zimmer geschlüpft, und Grey war rasch schlafen gegangen. Nun, am Morgen des ersten Turniertags – dem 29. Februar des Jahres vier –, stand Grey gut ausgeruht, gewaschen und rasiert mitten im Gedränge des Saals, der auf den Auftritt des Kaisers wartete.

Der Saalwächter oder Direktor (oder wie auch immer) stand auf einer niedrigen Bühne in der Mitte der großen Halle mit Marmorboden, hoher Decke und grellen Spiegeln und blickte zum Haupteingang, auf das Zeichen wartend, um die Ankunft des Kaisers zu verkünden. Grey freute sich, einen Blick auf Franz II. werfen zu können – er hoffte, dass der Anblick des Mannes in Fleisch und Blut dabei helfen würde, ein paar der offensichtlichen Widersprüche über das aufzulösen, was Grey von dessen Persönlichkeit gehört hatte. Franz war als verwöhntes Kind am Hofe seines Vaters Leopold in Florenz aufgewachsen, bevor er als Jugendlicher nach Wien geschickt wurde, um sich darauf vorzubereiten, nach seinem kinderlosen Onkel, dem Kaiser Joseph II., die Thronfolge anzutreten. Die Verwöhntheit der Toskana war in Österreich strengster Disziplin gewichen: Joseph hatte versucht, aus einem »Muttersöhnchen« einen Mann zu machen. Berichte, die Grey in London gelesen hatte, nannten Franz egozentrisch und eigennützig, besagten jedoch auch, dass er ein guter und fähiger Soldat war, sowohl in der Ausführung von Befehlen als auch in der Truppenführung, als ihn sein Onkel in die österreichische Armee schickte. Joseph hatte nachweislich gesagt, dass dieser trotz seiner anderen Unzulänglichkeiten – die Joseph ohne zu zögern aufzählte – einen angeborenen und unerschütterlichen Sinn für Anständigkeit und Gerechtigkeit hatte. Und doch, als Danton angeboten hatte, über die Freilassung von Franz' Tante, Marie Antoinette, zu verhandeln, hatte Franz es abgelehnt, den Jakobinern auch nur die trivialsten Zugeständnisse zu machen, die Marie vor der Guillotine bewahrt hätten. Franz hasste Napoleon, aber um den zweiten Koalitionskrieg zu beenden, hatte er Napoleon sein gesamtes Reich westlich des Rheins vermacht, zusammen mit einem stillschweigenden Veto gegen deutsche Belange. War das Kompromissbereitschaft oder Feigheit? Joseph hatte seinen Neffen einfallslos genannt, aber da sein Onkel die größten Künstler des 18. Jahrhunderts gefördert hatte, war Franz vielleicht nun der bedeutendste königliche Wissenschaftspatron der Welt. Auf der Donau erwachten von Hitze und Dampf angetriebene Maschinen zum Leben. Und doch hasste Franz die Demokratie.

Franz war ungefähr in Greys Alter, aber bereits seit fünfzehn Jahren, seit er Anfang zwanzig gewesen war, Kaiser. In einem Alter, als Grey die Verantwortung über die Kompanie Matrosen eines halben Schiffes hatte, hatte Franz bereits die Verantwortung für mehrere Millionen Männer, Frauen und Kinder. Das war ein nur schwer vorstellbarer Druck.

»Ehrenwerte Bürger Frankfurts; Damen und Herren von Adel und niederem Stand«, sprach der Direktor laut. »Seine Kaiserliche und Königliche Apostolische Majestät Franz II., durch Gottes Gnaden Kaiser des Heiligen Römischen Reiches.« Greys Deutsch war nicht gut genug, um Akzente herauszuhören, doch er glaubte, den Direktor sehr viel präziser sprechen gehört zu haben als am Tag zuvor.

Raschen Schrittes durchquerte Franz den Saal, mit einem leicht finsteren Ausdruck auf seinem langen, dünnen Gesicht. Für einen Kaiser war er einfach gekleidet – kein Umhang und auch keine Schleppe, kein Samt und Seide. Stattdessen trug er einen schwarzen Mantel mit einem steifen Kragen über einer silbernen Weste und schwarzen Kniehosen, eine gut gepuderte Perücke, aber keine der üblichen Medaillen auf der Brust. Er betrat die Bühne, winkte den Direktor beiseite und wandte sich an den verstummten Saal.

»Meine Untertanen und Gäste, es ist mir eine Freude, Sie heute willkommen zu heißen. Wie Sie wissen, wurde ich in Frankfurt gekrönt; daher ist es höchst passend, dass der neue Cäsar – oder sollte ich lieber sagen, der neue Philidor – des Schachs ebenfalls hier gekrönt werden soll. Wobei, vielleicht nicht in der Kathedrale.« Er lächelte, aber nur ganz leicht. »Ich wünsche Ihnen allen viel Glück, und lasset die Spiele beginnen.« Er trat von der Bühne herab und verließ den Saal ebenso rasch, diesmal aber unter beträchtlichem Applaus.

Nach einer angemessenen Pause trat der Direktor wieder auf die Bühne. »Wenn sich die geschätzten Nicht-Konkurrenten nun freundlicherweise an das Ende des Saals begeben würden«, er gestikulierte zum Eingangsbereich, wo Diener bereitstanden, um die Spieler mit einer langen Samtkordel von den Zuschauern zu trennen, »dann können wir in Kürze beginnen.« Es entstand ein beträchtliches Gemenge, doch schon bald hatte sich das Publikum dort versammelt, wo es nicht im Weg stehen würde. Gleichzeitig wurden acht lange Tische mit Schachbrettern darauf aus einem Raum hinter dem Saal hereingetragen. Der Direktor ergriff nun wieder das Wort:

»Lady Bathilde; Gentlemen: Hier vor Ihnen stehen hundertvierzehn Schachbretter, bereit zum Spiel. Die Regeln sind einfach: Schwarz und Weiß wurden durch ein Auslosungsverfahren zugeteilt, genau wie der Gegner eines jeden. Der Gewinner jeder Partie wird in die zweite Runde voranschreiten, wohingegen der Verlierer vom weiteren Spiel ausgeschlossen wird. Im Falle eines Remis wird der Mann, der Schwarz spielt, zum Sieger erklärt werden. Insgesamt sind zweihundertzweiundvierzig Konkurrenten aus ganz Europa und der Welt nach Frankfurt gekommen. Daher wurden vierzehn ausgewählt – wiederrum durch Auslosung –, die erste Runde auszusetzen und erst zur zweiten Runde in das Turnier miteinzusteigen. Diese sind Folgende …«

Der Direktor begann, eine Liste mit Namen zu verlesen; Greys Name wurde gleich als Zweites ausgerufen. Sofort spürte er unmittelbare Enttäuschung in sich aufsteigen – seit zwei Monaten wartete er nun schon auf den Moment, in Aktion zu treten, und wenn er ehrlich zu sich selbst war, sah er seine einzige realistische Chance auf einen Sieg in einer Partie während der ersten Runde, in der die schwächsten Spieler noch teilnehmen würden. Er hatte einen bitteren Geschmack im Mund.

»Wenn sich diese vierzehn Gentlemen bitte in den Zuschauerbereich begeben würden, werde ich nun anfangen, die zugeteilten Sitzplätze zu verlesen, beginnend mit Weiß am Kopfende des ersten Tischs.«

Grey war bei seinen Landsmännern gestanden. Er wünschte ihnen allen viel Glück, schüttelte jedem die Hand und gesellte sich dann zu dem Publikum hinter der Kordel. Auf dem Weg dorthin fing er Bathildes Blick auf. Sie zwinkerte ihm zu, was seiner Laune angesichts seines Pechs einen kleinen Aufschwung gab.

Er und die anderen dreizehn Aussetzenden mischten sich unter die Zuschauer, während zweihundertachtundzwanzig Spieler langsam einer nach dem anderen ihre Sitzplätze einnahmen. Grey war verärgert (diesmal noch mehr aus patriotischem Missfallen), dass zwei der Engländer gegenseitig als Gegner ausgelost worden waren, was ihre nationalen Chancen erheblich verschlechterte.

»Ist jeder an seinem Platz?«, fragte der Direktor. Er schwieg einen Moment, und als niemand antwortete, verkündete er: »Dann fangen Sie bitte an.«

Da dies hier nicht Slaughter's Coffee-House oder irgendeine Spielhölle war, gab es keine Sanduhren, die schnelle Züge erzwangen; trotzdem hatte jeder, der Weiß spielte, mehr als genug Zeit gehabt, sich für eine Eröffnung zu entscheiden. Wenige Sekunden nach der Anweisung des Direktors war der Saal erfüllt von dem sanften Klackern steinerner und hölzerner Schachfiguren, die auf steinerne und hölzerne Bretter gesetzt wurden (die Spielausgaben waren nicht alle gleich; Grey fragte sich, woher sie wohl kamen – vielleicht Leihgaben der Bürger). Davon abgesehen herrschte Stille im Saal.

Zu Beginn der Spiele lag die Zahl der Zuschauer bei ungefähr fünfzig, schrumpfte aber ziemlich schnell auf circa zwei Dutzend, als der Hälfte von ihnen klar wurde, dass sie nicht viel würden sehen können und es vorzogen, im Foyer oder im Hof auf die Ergebnisse zu warten, wo sie sich unterhalten und bedient werden konnten. Aus der Zuschauerperspektive konnte Grey bloß die Züge der Partie sehen, die am Kopfende des nächsten Tisches gespielt wurde. Grey war sich nicht sicher, wer die Spieler waren – während er auf die Zuteilung seines Zimmers und auf Franz II. gewartet hatte, war er, ach, hundert-irgendwas Schachspielern vorgestellt worden: weniger als der Hälfte von allen. Von diesen hier hatte er keinen kennengelernt ... obwohl, ein paar Partien weiter hinten konnte er einen der Amerikaner sehen, denen er vorgestellt worden war, einen Castor Baucom, dessen Akzent Grey beinahe unverständlich fand und der – inmitten von dreihundert Männern in offizieller Kleidung: größtenteils Kniehosen oder Stiefel über Hosen – beschlossen hatte, eine schwere Arbeiterhose aus Baumwolle, ein Hemd ohne Kragen und Schuhe, die Grey als indianische Mokassins zu erkennen glaubte, zu tragen. Zugegebenermaßen wirkte das allerdings wirklich bequem. Nach ihm war die aufsehenerregendste Abweichung von der aktuellen europäischen Standardmode unter der Osmanischen und Russischen Delegation auszumachen, von denen einige Roben oder lange Jacken über weiten Hosen bevorzugten. Ein georgischer Spieler, den Grey getroffen hatte, trug eine lange, eng anliegende weiße Jacke, die ihm bis zu den Knien reichte und an der Taille mit einem breiten Ledergürtel zugebunden war. Ein osmanischer Jude aus Jerusalem trug eine lange Jacke über einem kragenlosen Hemd und einer Hose; er war einer der wenigen Spieler mit Bart und der einzige, außer dem Londoner Arzt Mendoza, der eine Kopfbedeckung trug.

Die zwei Männer am Kopfende des Tischs, dem Grey am nächsten stand, waren so gekleidet wie er: dunkle Jacke, dunkle Weste, weißes Hemd, hellbraune Hose, Lederstiefel. Beide spielten sie gut, konservativ und zogen langsam, was Grey an den Rand des Wahnsinns trieb, da sie sogar über den offensichtlichsten Zügen eine Ewigkeit brüteten. Grey widmete seine Aufmerksamkeit den Leuten um ihn herum – den anderen Aussetzern der ersten Runde, mit denen er ein paar Worte gewechselt hatte; ausgewählte

Deutsche, Slawen und Skandinavier; die Frankfurter Oberschicht, die das Spektakel genoss, was es auch war (wenngleich kein Pferderennen in Ascot). Und dort stand Geneviève Leclerc, neben Bathildes Zofe Honorine, die so aussah, als hätte sie sich selbst zur Anstandsdame ihrer attraktiven jungen Landsfrau ernannt. Grey bewegte sich langsam auf sie zu, so als ob er den Blick auf eines der weniger leicht zu beobachtenden Spiele zu verbessern suchte. Als er direkt neben ihr war, verbrachte er, nachdem er Honorine höflich zugenickt hatte, einige Minuten damit, der Partie zu folgen, bevor er etwas zu Geneviève sagte, deren ungeteilt aufmerksamer Blick auf ihren Vater irgendwo in der Mitte des zweiten Tischs gerichtet war.

»Es tut mir leid, Ihnen kein Opernglas anbieten zu können«, sagte Grey schließlich.

Geneviève wandte sich ihm zu und lächelte milde, so wie ein Mädchen tadelloser Erziehung lächelt, um zu zeigen, dass es gute Manieren hat, ohne zu einer Konversation einzuladen.

»Das wäre sicherlich hilfreich. Aber ich komme auch so aus. Er scheint eine konventionelle französische Verteidigung zu spielen. Damit kommt er immer gut zurecht.«

»Heutzutage assoziiert man die Franzosen eher mit der Offensive.«

Geneviève lächelte erneut, auf dieselbe nicht besonders amüsierte Weise, und sagte nichts. Einen Augenblick später fuhr Grey fort: »Spielen Sie selbst?«

»Manchmal als Übungspartnerin für meinen Vater, ja. Aber mein Spiel ist seicht; er benutzt mich nur dazu, um nicht aus der Übung zu kommen, wenn gerade kein stärkerer Spieler da ist.«

»Wie ich höre, spielte er oft mit meiner lieben Bathilde.«

»Ja«, sagte Geneviève. »In letzter Zeit sind sie ziemlich unzertrennlich geworden, da sie sich beide auf das Turnier vorbereitet haben. Aber natürlich sehnt sich jeder danach, gegen Madame Bathilde zu spielen, um etwas näher an den berühmten Mr Franklin heranzukommen.«

»Ah, ja. Haben Sie ihn denn einmal getroffen?«

»Mein Vater erzählt, dass er mir ein Kompliment gemacht hat, als ich noch in der Wiege lag – dass ›meine Stimme federweich, hauchzart und leise war. Eine ausgezeichnete Eigenschaft an Kindern.‹« Grey lachte, und Geneviève lächelte wieder, diesmal zum ersten Mal mit etwas echter Wärme. Allerdings nicht allzu viel.

»Ich habe gehört, dass Ihr Vater für die Regierung arbeitet. Den berühmten Mr Bonaparte haben Sie aber vermutlich noch nicht getroffen, oder?«

»Mir wurde diese Ehre zuteil, doch. Obwohl ich fürchte, dass es unbesonnen wäre, über unseren Ersten Konsul mit – vergeben Sie mir – dem Feind zu sprechen.«

»Bin ich denn Ihr Feind? In Frankfurt herrscht kein Krieg.«

»Ich hege keine Feindseligkeit gegen Sie, Sir, aber Sie sind doch Engländer, nicht wahr?«

»Ja.«

»Dann fürchte ich, dass dies Grund genug ist, um Sie zu einem Feind Frankreichs zu machen. Obwohl wir uns hier neutral versammelt haben. Frankfurts Docks am Main sind voller Handel und Geschäftigkeit, während die von Frankreich brachliegen, blockiert von Ihren Schiffen.« Sie schaute Grey an und legte den Kopf schief. »Obwohl ich natürlich nicht unterstellen möchte, dass ich Sie persönlich dafür verantwortlich mache.« Ihr Gesicht verriet, dass sie das allerdings tat.

»Gott bewahre, wo denken Sie hin.«

»In der Tat. Wenn Sie mich nun allerdings entschuldigen würden, es wäre mir ein Gräuel, die Partie meines Vaters zu verpassen.«

»Natürlich, Mademoiselle. Zu Ihren Diensten.«

Sie nickte, und Grey zog sich etwas zurück. Er wandte sich wieder dem langsamen Spiel zu, das er zu Beginn zu verfolgen versucht hatte, als er es aber nicht mehr länger aushielt, machte er sich für ein bisschen frische Luft und eine Zigarre auf in den Hof.

Über zwei Stunden wartete die Gruppe im Hof auf Nachrichten zum Ergebnis der ersten Runde – einige unterhielten sich, ein paar andere spazierten auf und ab, wieder andere nahmen Kaffee oder Schokolade von den Dienern entgegen. Es war frisch draußen, aber nicht ungemütlich. Zumindest nicht ungemütlich genug, damit Grey sich geneigt fühlte, seinen Mantel zu holen (oder einen Diener danach zu schicken). Grey wechselte ein paar freundliche Worte mit einigen der anderen aussetzenden Spieler, die einer nach dem anderen nach draußen gekommen waren. Niemand hatte große Lust zu reden; alle spielten sie Partien in ihren Köpfen durch. Die Partie, die

Grey spielte, war im Großen und Ganzen auch nicht anders: die Züge, die es benötigen würde, um Geneviève Leclerc schnell und leise zur Fluchtkutsche ihres Vaters zu bringen.

Immer wieder warf er einen Blick auf seine Uhr oder blieb stehen, um zuzuhören, wenn sich einer der anderen Spieler nach dem Fortschritt drinnen erkundigte. Nach zwei Stunden waren zwei Drittel der Partien vorbei, und die Besiegten strömten gemächlich hinaus auf den Hof. Einige nahmen ihre Niederlage wie Kavaliere hin und setzten ein tapferes Gesicht auf – andere suchten Gesellschaft, um ihre Partien durchzusprechen und ihre Fehler zu analysieren. Ein paar sprachen auch gar nicht, außer kurz einem Dienstboten den Befehl zu erteilen, ihr Gepäck und ihre Dienerschaft holen zu lassen, um die Abreise anzuordnen. Auch ein paar Sieger kamen heraus, obwohl die meisten von ihnen lieber drinnen zu bleiben schienen, vielleicht, um in ihrem Triumph zu baden oder um die Ruhe des großen Saals dafür zu nutzen, ihre Konzentration vor der zweiten Runde nicht einzubüßen.

Die zweite Runde sollte am frühen Nachmittag beginnen, vor einer Mittagspause. Nachdem die Erklärung des Dieners, dass die erste Runde »noch nicht beendet« wäre, allerdings eintönig wurde und ein Uhr kam und ging, trat Grey erneut ein, um sich selbst ein Bild von der Situation zu machen. Eine Handvoll ebenfalls wartender Kameraden folgte ihm.

Wieder im großen Saal bemerkte Grey, dass jetzt nur noch eine einzige Partie gespielt wurde; die Zuschauer waren sichtlich verärgert darüber, dass die Gewinner der ersten Partien einen Ring um den finalen Wettstreit gebildet hatten, der ihnen die Sicht versperrte. Da Grey annahm, dass sein Status als Kandidat es ihm erlaubte, näherzutreten, gesellte er sich zu dem Zuschauerkreis hinzu und sah, wie sich zwei Spieler, die er vorher am Tag kurz getroffen hatte – einen Polen und einen Russen –, ein unerbittliches Endspiel lieferten: ein König, ein Turm und ein Springer gegen einen König, einen Turm und einen Läufer. Bauern waren kein mehr übrig; es war eine langsame Verfolgungsjagd der beiden Gegner über das ganze Brett, in der beide Männer versuchten, eine Ecke zu finden, in die man den Gegner drängen konnte. Man hörte Gemurmel über ein Remis, aber das würde rechtlich gesehen eine Niederlage für den Russen bedeuten, der Weiß spielte – und weder der Russe noch der Pole schienen ein solches Ende der Partie zu wollen.

Ab dem Zeitpunkt, an dem Grey aufgetaucht war, ging das Spiel noch eine Viertelstunde lang weiter, bis der Russe zuließ, dass sein Läufer hinter seinem im Schach stehenden König festgesetzt wurde, sodass der Läufer verloren war, nachdem der König einmal weggezogen war. Mit diesem Zug gab sich der Russe geschlagen und sagte etwas in einer beidseitig verständlichen slawischen Sprache zu dem Polen, deren Ursprungs Grey sich unsicher war. Der Pole neigte in Anerkennung des Kommentars des Russen den Kopf; die zwei Männer schüttelten sich die Hände, und der Russe ging davon. Ein weiterer polnischer Gewinner der ersten Runde trat aus dem Kreis hervor, um seinen Landsmann kräftig durchzurütteln, ihm auf den Rücken zu klopfen und seine Schultern zu drücken, während beide lächelten; allgemein wurde gratuliert und über die Partie und ihr Ende geflüstert. Ein Gong ertönte, um Ruhe einkehren zu lassen, und von der Bühne aus verkündete der Direktor, dass die zweite Runde wegen der Verspätung lieber nach als vor dem Mittagessen beginnen würde und dass sich die Spieler um vier Uhr nachmittags wieder im großen Saal einfinden sollten.

Louis Antoine hatte vorgeschlagen, sich mit Grey in einem kleinen und etwas abseits gelegenen Restaurant namens ›Das Kleine Fleischhaus‹ zu treffen. Grey fand den Namen seltsam unappetitlich, aber Louis Antoine versprach ihm ein Mahl, das er nicht bereuen würde, und Grey hatte sich darauf eingestellt, ihn beim Wort zu nehmen. Er ging immer enger werdende, bräunliche Straßen hinauf, bis er bemerkte, dass er einmal falsch abgebogen war; daraufhin lenkte er seine Schritte wieder zurück zu der richtigen Öffnung in der richtigen Wand, indem er seiner Nase nachging. Der schwere Geruch von Rauch und Gewürzen, der aus der offenen Tür des Kleinen Fleischhauses herauswaberte, war wie eine Signalkanone im Nebel.

Grey trat ein, aus dem kühlen Nachmittag hinein in einen wunderbar warmen Backsteinraum, in dem ein halbes Dutzend Tische mit einem Dschungel aus herabhängenden Würstchenketten, Hartwurst, Räucherwurst und einzelnen gigantischen Fleischwürsten um Platz kämpfte, deren enorme Größe Grey zwang, sich zu fragen, ob sie in den Darm eines Elefanten gepresst worden waren.

»Mein lieber Thomas«, begrüßte ihn Louis Antoine an die Wand gelehnt und neben einem Fleischerhaken sitzend, an dem er seinen Übermantel, seine Jacke und seine Perücke aufgehängt hatte. Er stand auf, schüttelte Grey die Hand und beide setzten sich. »Haben Sie heute Morgen gewonnen?«

»Ich habe heute Morgen noch nicht gespielt; ich wurde in die zweite Runde versetzt.«

»Und darüber sind Sie nicht erfreut?«

»Ich hasse verzögerte Aktionen.«

Louis nickte. »In der Tat. Hat Mutter gewonnen?«

»Ja. Nebenbei bemerkt, Leclerc und Théodore ebenso, falls das Ihren Sinn für … Vaterlandsliebe etwas angeht.«

»Théodores einzige Aktion, die mich stolz machen könnte, wäre sein plötzlicher – und wäre es schrecklich unchristlich zu sagen, schmerzvoller? – Tod. Aber ich freue mich natürlich zu hören, dass sich die französische Delegation profilieren konnte. Lassen Sie uns das allerdings nun für einen Moment beiseiteschieben. Sprechen wir lieber über Fleisch.«

»Fleisch?«

»Ja. Das hier ist das beste Fleischrestaurant der bekannten Welt.«

»Fleischwaren.«

»Sogar die beste Scheibe des nobelsten Rinds steht diesem speckigen kleinen Lokal nach.«

»Haben Sie schon bestellt?«

»Hier bestellt man nicht. Man bleibt sitzen, und sie bringen einem das Gericht.«

»Das wie genau aussehen wird …?«

»Verschiedene Würste, warm und kalt, auf trockenem Brot. Tagealtem Brot.«

»Kein Senf.«

»Korrekt. Und auch kein Sauerkraut.«

»Bier?«

»Apfelwein.«

»Nun gut. Sie setzen Ihre Reputation hiermit aufs Spiel.«

»Ohne Vorbehalt.«

Augenblicke später brachte ein Mann mit rot befleckter Schürze zwei große Holzbretter mit einem Dutzend länglicher, harter Weißbrotscheiben, die mit einem Dutzend länglicher Wurstscheiben von verschiedener Farbe und Konsistenz belegt waren. Ein Krug Apfelwein und zwei Gerippte folgten. Jedes Mal, wenn ein Holzbrett leergegessen war, wurde es ersetzt, und zwar durch eines mit neuen verschiedenen Würsten. Louis Antoine und Grey sprachen ein wenig über ihre vergangenen Abenteuer, ein wenig über den Fortschritt des Kampfes gegen ihren gemeinsamen Feind in Paris, aber hauptsächlich unterhielten sie sich über die konkurrierenden Eigenschaften von verschiedenen, vor Fett triefenden Stückchen von Innereien mit Fleischfüllung. Das Gericht war umwerfend köstlich. Auf seinem Rückweg nach Thurn und Taxis blieb Grey bei einem öffentlichen Brunnen stehen und spritzte sich ein wenig eiskaltes Wasser ins

Gesicht, um sich wieder ein bisschen wach zu machen; um das Nickerchen zu vertreiben, von dem sein Körper meinte, es nun verdient zu haben.

Als er zurückkam, hatte er noch eine Viertelstunde übrig – Zeit, die er nutzte, um sich mehrere Tassen Kaffee einzuverleiben und, als er sich einen Moment lang unbeobachtet fühlte, sich selbst eine kräftige Ohrfeige zu verpassen. Dann tauschte er Gefälligkeiten mit ein paar seiner Mitstreiter aus und wartete darauf, dass der Direktor wieder auftauchte, seinen Gong schlug und die Liste mit den Paaren und Farben verlas.

Grey würde Weiß spielen, gegen einen lächelnden, eindeutig geselligen Pommer – der sich, wie Grey, beim Mittagessen vielleicht zu mehr hatte verleiten lassen, als weise war. Aber nicht zu Würsten, sondern zu Bier. Das entnahm Grey zumindest seinem Mundgeruch und Verhalten.

»Ist jeder auf seinem Platz?«, fragte der Direktor erneut. Als niemand antwortete, wiederholte er die Aufforderung: »Dann fangen Sie bitte an.«

»Viel Glück, Sir«, sagte der Pommer mit einem so stark norddeutschen Akzent (wie Grey annahm), dass Grey einen Moment brauchte, um die Bedeutung zu verstehen.

»Ihnen ebenso, Sir«, antwortete Grey. »Soll ich?«

»Bitte, ja«, erwiderte der Pommer, und Grey eröffnete die Partie. Dabei fühlte er, wie sich seine Nasenflügel leicht weiteten und sich seine Arm- und Nackenhaare aufstellten. Endlich war das Spiel im Gange.

Grey eröffnete mit seinem Königsbauern, zwei Felder

nach vorne. Der Pommer antwortete darauf mit seinem Damenbauer, ein Feld. Grey zog mit dem Läufer auf dem Königsflügel auf c4. Springer von b8 nach d7. Springer von g1 nach f3. Bauer von g7 ein Feld nach vorne. Springer von f3 nach g5. Springer von g8 nach h6. Greys Läufer von c4 nach f7 – Schachmatt. In fünf Zügen.

Der Pommer starrte für einen Moment auf das Spielbrett. Grey sah ihn an und fühlte sich aus irgendeinem Grund schuldig.

»Ein unwahrscheinlicher Glücksfall, Sir«, sagte Grey entschuldigend. Der Pommer nickte, fiel in Ohnmacht und kippte prompt rückwärts vom Stuhl, was im restlichen Saal erhebliches Aufsehen erregte.

13

Grey war der erste Gewinner der zweiten Runde. Nachdem man dem Pommer auf die Füße und die Treppe hinauf zu seinem Zimmer geholfen hatte, wurde Grey Einlass zu einem Warteraum angeboten, in dem gegenüber von einem Tisch mit Getränken und Obst zur Stärkung ein Feuer brannte. Grey aß eine getrocknete Birne und versuchte, seine Konzentration nicht zu weit weg vom Schach gleiten zu lassen – danach gab es immerhin noch die zweite Runde, die späte Nachmittagsrunde, die zu einer Abendrunde geworden war. Ein paar Minuten darauf kam ein weiterer Gewinner hinzu, und ihm folgten stetig immer mehr. Glücklicherweise war einer der frühen Ankömmlinge Leclerc. Er gesellte sich zu Grey, der vorgeblich eine kleine Keilschrifttafel bewunderte.

»Mr Caffery«, sagte Leclerc.

»Sir«, entgegnete Grey.

»Was halten Sie davon?«, fragte Leclerc.

»Persönlich«, antwortete Grey, »ist mir Keilschrift vollkommen einerlei. Wie war Ihre Partie?«

»Ich habe einen Albaner geschlagen. Aber wollen wir

uns nicht lieber über andere Dinge unterhalten? Solche Momente in Abwesenheit meiner Freunde werden nicht von langer Dauer sein.«

»Ganz richtig, Mr Leclerc. Der jüngere unserer gemeinsamen Bekannten hat etwas ziemlich Elegantes arrangiert. Morgen Abend, beim Empfang, werden Sie auf ein Zeichen hin mit Verdauungsbeschwerden zu kämpfen haben.« Grey ging den Plan schnell und leise durch, während Leclerc schweigend zuhörte. Am Ende nickte Leclerc schlicht. Grey fragte: »Wurde Ihre Tochter eingeweiht?«

»Noch nicht«, erwiderte Leclerc. Der Direktor läutete den Gong, und die Gewinner der zweiten Runde versammelten sich langsam wieder in der großen Halle. Von zweihundertzweiundvierzig auf hundertachtundzwanzig auf vierundsechzig; die Anzahl der Übriggebliebenen schrumpfte zusehends. Umgekehrt wurde die Menge an Zuschauern immer größer, da sich viele der geschlagenen Mitstreiter – diejenigen, die sich ihrer Niederlage nicht zu sehr schämten – zum Bleiben entschieden, um die Ergebnisse zu sehen. Zu bleiben bedeutete schließlich eine kollegiale Atmosphäre und kostenlose Logis, wohingegen eine Abreise bedeutete, das Scheitern verkünden zu müssen. Grey fragte sich, wie viele dieser Verkündungen leicht abgeändert werden würden … zu einer späteren Niederlage unter zweiunddreißig oder sechzehn Spielern statt unter hundert oder zweihundert.

Der Direktor war sichtlich verärgert über die lange Wartezeit, bis Ruhe einkehrte – es gab nun zwar weniger Teilnehmer, aber da man vom Sieg optimistisch gestimmt war und sich untereinander inzwischen einigermaßen gut kennengelernt hatte, wurde viel geredet. Bathilde, die sowohl ihre erste als auch ihre zweite Partie gewonnen hatte, blieb weiterhin im Zentrum der Aufmerksamkeit. Ermutigte Schachsieger bahnten sich einen Weg zu ihr, in der Hoffnung, Meinungen über irgendeine Eröffnung austauschen und ihr von ihren brillanten Endspielen erzählen zu können.

»Ruhe, ich muss auf Ruhe bestehen!«, rief der Direktor, der nun endlich die Stimme erhob. Als Ermahnung für ihre Anhänger, sie nicht mehr länger anzusprechen, schlug Bathilde ihren Fächer auf, und dies ließ endlich eine Woge des Schweigens durch die verbleibenden vierundsechzig gehen.

»Danke«, sagte der Direktor mit ausdrucksloser, teutonischer Geringschätzung. »Ich werde jetzt, wenn ich kann, die Paare für die heutige letzte Runde verlesen, wieder beginnend mit Weiß am Kopfende des ersten Tischs.«

Die Chance auf ein Aufeinandertreffen wurde mit jeder Runde höher, deshalb hätte Grey vielleicht nicht überrascht sein sollen; war er aber, wenn auch gleichermaßen erfreut: In der dritten Runde spielte Grey Schwarz, gegen Jean Théodore.

Die zwei Männer saßen sich schweigend gegenüber. Théodore wirkte entschlossen, Grey noch vor Beginn einzuschüchtern. Grey war sich ziemlich sicher, dass Théodore nicht wusste, wer er war – vielleicht hatte ihn angesichts seiner Begegnung mit Bathilde im ehemaligen Exil leichter Zweifel überkommen, doch Greys Eindruck war, dass er Théodore entweder aus Instinkt oder Gewohnheit unsympathisch war. Théodores freudig-lauernder, böser Blick war raffiniert, und Grey konnte sich gut vorstellen, wie er damit Feinden Furcht einflößte. Greys ungerührter, gleichgültiger Blick war allerdings ebenso raffiniert, und nach ungefähr dreißig Sekunden eröffnete Théodore die Partie. Königsbauer, zwei Felder.

Zwanzig Züge später schien es, als wären die beiden Männer ebenbürtige Gegner. Dreißig Züge danach war Théodore klar im Vorteil. Beim neunzigsten Zug hatte Théodore Grey komplett in die Defensive gedrängt – auf einem beinahe entblößten Spielbrett hatte er noch zwei Türme, die gegen einen Turm und einen Bauern von Grey standen. Greys Figuren waren in der Linie des Turms auf dem Königsflügel aufgereiht: sein König auf h3, sein Bauer auf h4 und sein Turm auf h8. Théodores Türme standen nebeneinander auf der 4. Reihe: der eine Turm auf f4; der andere auf e4. Sein König stand auf e7. Er nutzte den Vorteil durch seine Türme, um Grey langsam in eine Ecke und ins Schachmatt zu drängen.

Doch acht Züge später beging er einen Fehler, als er seinen König nach g1, auf den Platz seines Springers auf dem Königsflügel, bewegte, in einer Linie mit seinem Turm auf g4. Es war ein berechnender Zug, um die lange Verfolgungsjagd zu beenden und Greys König in der Ecke festzusetzen. Matt in zwei Zügen, dachte dieser. Es war die letzte Partie, die noch gespielt wurde, weshalb sie eine Zuschauermenge angezogen hatte. Greys einzig möglicher Zug, um das Unvermeidliche abzuwenden, bestand darin, seinen Turm zu opfern, was er tat, indem er auf g8 zog. Théodore schlug ihn, doch dann wurde ihm mit unverhohlenem Schock im Blick bewusst, was er getan hatte. Ohne den Turm hatte Grey keinen Zug mehr übrig. Sie hatten einen Stillstand erreicht. Ein Remis. Ein Remis nach achtundneunzig Zügen.

Und da Grey Schwarz spielte, bedeutete dies automatisch den Sieg für ihn.

Zuerst dachte Grey, Théodore würde ihn anfahren – seine Lippen kräuselten sich auf eine Art und Weise, die ihn bereitwillig herauszufordern schien. Aber Théodore wurde dessen Herr, stand auf und streckte ihm die Hand entgegen.

»Ich gratuliere Ihnen, Sir. Brillant gespielt.«

Grey stand auf und schüttelte sie.

»Danke, Sir.«

Théodore wandte sich an die Zuschauer. »*C'est la vie*«, sagte er und lächelte jovial. »Ich muss mich zu den anderen Verlierern gesellen, damit wir unsere Wunden lecken können.« Leises Gelächter machte die Runde. »Gentlemen –«

Er verbeugte sich leicht und zog sich zurück, während die Menge begann, Grey nun selbst Gratulationen auszusprechen; diese wurden jedoch von dem Direktor unterbrochen, als dieser seinen Gong läutete und alle für den Abend entließ. Grey kehrte mit einem tiefen Gefühl der Befriedigung auf sein Zimmer zurück. Sicherlich hatte er auch einiges an Glück gehabt. Aber war nicht ein jeder Mann selbst seines Glückes Schmied? Jedenfalls: Er hatte es unter die letzten zweiunddreißig geschafft.

14

Nachdem Grey in der Nacht wunderbar geschlafen hatte, konnte er am nächsten Morgen den Beginn der heutigen Ereignisse kaum erwarten. Am Vormittag würde er verdammt noch mal alles daransetzen, um noch eine oder zwei Partien zu gewinnen; er war mit einem Gefühl der Unbesiegbarkeit aufgewacht. Am Abend würde die spielerische Aktion dann von echter Aktion abgelöst werden, und die Flucht in die Freiheit für Joseph Leclerc würde beginnen. Louis hatte Grey angehalten, die Gartenmauer auf ein Zeichen hin zu kontrollieren, ob alles nach Plan lief: Oben auf der Mauer, an einer Stelle, die Grey von seinem Fenster aus sehen konnte, würde Louis einen Ziegelstein platzieren. Flach und parallel zur Mauer, wenn alles klappte; aufrecht, wenn ein Treffen vonnöten sein sollte. Der Ziegelstein war flach an seiner Stelle gelegen, und alles lief wie am Schnürchen.

Die verbliebenen zweiunddreißig Spieler, einige tief in Gedanken versunken, andere in lebhaften Unterhaltungen und wieder andere in ihren Kaffee- oder Teetassen, standen im Saal und warteten auf den Gong des Direktors.

Grey spürte eine Berührung am Ellbogen, drehte sich um und sah, dass sie von Lady Bathildes Fächerspitzte herrührte.

»Mein lieber Thomas«, begrüßte sie ihn, »wie geht es Ihnen an diesem grauen, aufregenden Morgen?«

»Sehr gut, Mylady«, sagte Grey. »Und selbst?«

»Ebenso gut«, antwortete Bathilde. »Ich bin eine Frau mit Wettbewerbsgeist, Thomas. Das ist sicherlich ein Makel, aber kein tödlicher, und ich wage zu behaupten, dass all dies meinem Temperament sehr zuträglich war.«

Grey lächelte. »Eine temperamentvollere Frau habe ich selten gesehen, Mylady.«

»Selten? Wenn es die Bescheidenheit nicht verböte, würde ich sagen, dass ich verdammt sein sollte, wenn Sie je eine Frau getroffen hätten, deren Temperament mein eigenes überstiege.«

Grey lachte.

»Genau hier, Sir, würde ich meinen Fächer aufschlagen und kokett mein Gesicht dahinter verbergen – von meiner Koketterie habe ich die Jahre über nichts eingebüßt –, doch ich fürchte, dass es für meinen Fächer etwas zu kalt ist. Sie werden mich also beim Wort nehmen müssen.«

»Kann ich Ihnen vielleicht eine Tasse Tee bringen?«

»Nein, danke; ich habe bereits ein paar getrunken, und es wäre denkbar ungünstig, wenn mir die Hände zitterten.« Das Wort »zitterten« wurde vom Läuten des Direktors unterbrochen.

»Ruhe bitte«, forderte der.

Bathilde nahm Greys Hand in ihre und drückte sie fest. »Ganz viel Glück, mein Lieber.«

»Und Ihnen auch, Mylady.«

Nachdem sich Bathilde ein gutes Dutzend Schritte von ihm entfernt hatte, zündete Grey einen Stumpen an und wartete darauf, dass sein Name ausgerufen wurde. Dies dauerte nicht lange. Er würde Weiß spielen, gegen einen der Amerikaner; aber nicht gegen den seltsam gekleideten Kerl, sondern gegen einen anderen. Dieser war ziemlich normal gekleidet, wie ein Engländer, aber nach der etwas einfacheren Mode, welche die Amerikaner mit ihrem puritanischen Charakterzug bevorzugten. Insgesamt war er derart unscheinbar, dass Grey, der ihn am Vortag kurz kennengelernt hatte, ihn nicht wiedererkannt hätte, wenn er sich nicht diesen riesigen Schnurrbart hätte stehen lassen – eine Zierde, die nur wenige Engländer befürworteten.

»Guten Morgen, Sir«, sagte der schnurrbärtige Amerikaner und schüttelte Greys Hand über den Tisch hinweg, während sich beide auf ihre Plätze niederließen.

»Ihnen auch, Sir«, erwiderte Grey. »Ich gebe zu, dass ich froh bin, gegen Sie zu spielen – man erspart sich beträchtliche Energie, in seiner eigenen Sprache zu sprechen.«

»Ganz Ihrer Meinung, Sir.«

»Ihr Akzent, Sir – wenn ich mich nicht irre – macht Sie zu einem Neuengländer?«

»Korrekt, Sir; aus Boston.«

Grey lächelte. »Ja, ich dachte mir gleich, dass er eine vertraute Färbung hat. Verzeihen Sie bitte, dass ich mich mit persönlichen Angelegenheiten aufdränge – aber meine Mutter kam aus Boston.«

»Tatsächlich?«, erkundigte sich der Amerikaner in freundlichem Ton. »Dann sind wir also Halbbrüder. Obwohl ich sagen muss, dass man normalerweise nicht von einer Immigration vom Westen nach Osten hört. Die Tories und die Loyalisten, die nach 76 beschlossen haben auszuwandern, siedelten sich generell eher in Kanada an, hatte ich gedacht.«

»Mein Vater war bereits vor dem Krieg in Boston. Tatsächlich kam ich auf einem königlichen Schiff im Bostoner Hafen auf die Welt.«

Der Amerikaner lachte. »Aber dann, Sir, sind Sie ja selbst Amerikaner! So will es unser Landrecht, Sie wissen aber schon – ach, das ist gut –, Sie wissen aber schon, dass unsere Vereinigten Staaten dann hiermit drei der letzten zweiunddreißig Spieler haben? Das sind ja knapp zehn Prozent. Das ist wirklich sehr gut, haha.«

Grey schmunzelte. »Nun ja, das Thema, ob ich Amerikaner bin oder nicht, wurde von meinen Eltern sehr oft diskutiert – soll heißen, wurde ich ›im Hafen‹ oder ›auf dem Schiff‹ geboren? Aber natürlich machte das zu dieser Zeit keinen Unterschied.«

Der Amerikaner lächelte weiterhin, als ob er einen lang verschollenen Verwandten vor sich hätte. »Aus der englischen Perspektive scheint es allerdings immer noch keinen Unterschied zu machen.«

»Sie beziehen sich auf die Zwangsrekrutierung von Seemännern, Sir?«

»Ja, Mr Caffery. Aber ich entschuldige mich; ich hätte nicht mit Politik anfangen sollen.«

»Eine Entschuldigung ist wirklich nicht nötig, Sir – eigentlich bin ich es, der sich entschuldigen muss, da ich, zugegebenermaßen, Ihren Namen vergessen habe.«

»Parker. Philo Parker. Und ich glaube, wir haben einen gemeinsamen Bekannten. Obwohl er das nicht weiß, ich habe … sie beide bloß zufällig zusammen gesehen. Ich erwähne das nur, da wir es immer noch vorziehen, dass sich Europa auf eine englische Demokratie – was sie ja ist – zubewegt und nicht auf eine napoleonische Diktatur, auch wenn Amerika sich nicht auf die Seite derer schlagen wird, die unsere Seemänner zwangsrekrutieren. Ich dachte nur, dass Sie dieses Wissen notfalls wertvoll finden könnten.« Parker sprach nun mit leiser, jedoch nicht geheimniskrämerischer Stimme. Seine Worte erwischten Grey kalt.

»Wer ist der gemeinsame Freund?«

»Ein Kerl namens Louis. Aber lassen Sie uns beginnen. Sie sind Weiß, Sir.«

Grey nickte und vollführte seinen Eröffnungszug. Interessant. Die Amerikaner schienen schnell weitergekommen zu sein, und das nicht nur im Schach, sondern auch in nützlicheren Formen von Geheimdiensten. Natürlich, welche Gelegenheit wäre für einen jungen Geheimdienst besser als dieses Turnier, um Verbindungen mit einfallsreichen Männern aus aller Welt einzugehen?

Grey eröffnete mit seinem Königsbauern, zwei Felder. Parker antwortete darauf mit seinem eigenen Königsbauern, zwei Felder. Der Bauer des Läufers auf dem Königsflügel, zwei Felder. Läufer auf c5. Springer auf e2. Dame auf f6. Der Bauer des Läufers auf dem Damenflügel, ein Feld. Springer auf c6. Bauer vor dem Königsspringer, ein Feld. Springer auf h6. Läufer auf g2. Springer von h6 nach g4. Grey zog seinen Turm auf dem Königsflügel auf den Platz des Läufers, nach f1, rochierte aber nicht. Parkers Springer von g4 nach h2. Bauer von f4 schlägt Bauern auf e5. Jetzt bedrohte Grey Parkers Dame. Ohne scheinbar lange zu überlegen, opferte Parker seine Dame, indem er Greys Turm schlug. Grey stutzte. Spielte Parker etwa sein Spiel der beunruhigenden, aggressiven Züge? Das konnte kein Fehler sein. Nach dem Verlust seines Turms konnte es sich Grey aber nicht leisten, den Abtausch abzulehnen. Auch wenn er könnte, bot ihm Parkers Dame Schach. Läufer schlägt Dame. Springer von h2 nach f3 … und das war das Schachmatt. Grey hatte verloren. Sich selbst innerlich mit Flüchen verwünschend stand er auf und streckte die Hand aus.

»Verdammt guter Zug, Mr Parker.« Sie schüttelten sich die Hände.

»Sie sind zu freundlich, Sir«, entgegnete Parker. »Ich hoffe, wir begegnen uns in der Zukunft wieder – vielleicht werden Sie mich eines Tages mit einem Besuch in Boston beehren.«

»Vielleicht, Mr Parker, das weiß ich sehr zu schätzen.«

Parker nickte; Grey erwiderte das Nicken, und die Männer gingen getrennter Wege – um sich jeweils bei den Gewinnern und Verlierern einzufinden. Grey trat hinaus in den Innenhof, um ein bisschen frische Luft zu schnappen und sich selbst weiterhin eine Strafpredigt zu halten. Er war der Erste aus der Runde von zweiunddreißig. Nachdem er ein paar seiner kleinen, dünnen Zigarren geraucht hatte, zwang er sich dazu, seine Gedanken vom Schach nun auf Leclerc zu lenken. Er sprach sich selbst gut zu, dass er sehr viel weiter gekommen war, als er erwartet hatte oder auch nur ein Recht hatte zu erwarten. Das half aber gar nichts. Die einzige Hilfe war, sich seinen wahrhaftigen, andauernden Hass auf das französische Regime in Erinnerung zu rufen. Das war nicht schwer. Die Zeit der durchdachten Spielzüge war vorüber; nun war es an der Zeit für das echte Manöver.

Als er wieder hineinging, traf Grey auf Bathilde, die mit Honorine den Packvorgang ihrer Koffer besprach; was sie für den Empfang am Abend noch außen vor lassen sollte. Bathilde hatte ebenfalls verloren, auch gegen einen Amerikaner, den seltsam gekleideten Kerl in Mokassins.

»Castor Baucom: komischer Mann«, sagte Bathilde. »Er spricht den seltsamsten französischen Dialekt – nennt es ›Trapper-Französisch‹; er ist ein Fallensteller und Pelzjäger und erzählt, dass in vielen Gebieten der amerikanischen Grenze im Nordwesten Französisch gesprochen wird; viele Indianer am Canadian River haben es aufgeschnappt, als sie mit unseren *habitants* in Kontakt kamen. Aber es scheint mit so vielen anderen Sprachen vermischt zu sein, dass ich nicht mehr als zwei Drittel von dem, was er gesagt hat, folgen konnte. Ich bat ihn, zu Englisch zu wechseln. Aber dem konnte ich auch nicht wirklich folgen. Er nuschelt ziemlich. Schüchternheit, glaube ich. Allerdings hat man niemals zuvor blauere Augen gesehen. Ich glaube, er hat sie eingesetzt, um mich abzulenken, haha.«

»War es ein Sieg durch Schachmatt?«

»Ich fürchte ja«, sagte Bathilde. »Auch, wenn ich bloß auf dem 17. Platz der besten Schachspieler der Welt bin, werde ich es tapfer hinnehmen. Wie haben Sie sich geschlagen?«

»Ich wurde zerstört.« Auch er nahm es tapfer hin. »Vielleicht erhalte ich ja eine Revanche im nächsten Schaltjahr. Leclerc?«

»Er hat gewonnen. Bald spielt er unter den letzten sechzehn.«

»Mir war nicht klar, dass sein Spiel so stark ist.«

»Doch. In Paris genießt er das Ansehen eines der raffiniertesten Taktiker; ich glaube, das ist es auch, was ihm einen Platz in Bonapartes Stab eingebracht hat. Ich bin mir nicht sicher, was unser Erster Konsul ohne ihn täte.«

Grey nickte. »Ein schätzenswerter Mann.«

»Das ist er«, bestätigte Bathilde. »Thomas, mein Lieber, haben Sie heute Morgen zufällig einen einzelnen Ziegelstein auf der Mauer gesehen? Ich wollte schon den Gärtner darüber informieren. Es wäre keine gute Idee, ihn zu einem Schandfleck werden zu lassen.«

»Das habe ich, Mylady. Mit Sicherheit wird man sich morgen darum kümmern.«

»Das freut mich, mein Lieber. Nun – wollen wir uns die

Partien der Überlebenden ansehen? Ich glaube, ich habe den Gong gehört.«

Es dauerte bloß wenige Augenblicke, um die restlichen sechzehn Spieler in acht Partien aufzuteilen. Leclerc spielte gegen Philo Parker und schlug ihn; der Felljäger Baucom besiegte einen Italiener; ein anderer Italiener gewann, ebenso wie zwei Engländer und drei Deutsche verschiedener Nationalitäten. Die acht sprachen sich gegen die Anweisung des Direktors aus, eine Mittagspause einzulegen, aber dieser insistierte. Nach einer kurzen Ruhepause, während der wenige Zuschauer und kein einziger Spieler den Raum verließen, wurde das Spiel im Saal, der neu arrangiert worden war, dann wieder aufgenommen – die acht langen Tische, auf denen jeweils eine der letzten acht Partien stattgefunden hatte, wurden von vier Tischen von der Größe eines Pults ersetzt, die in einem Quadrat mit der Seitenlänge von ungefähr einem Yard aufgestellt wurden, abgetrennt durch eine Samtkordel, damit das Publikum bessere Sicht hatte. Grey war froh, nicht in so beengten Verhältnissen gespielt zu haben. Die vier Partien der letzten acht wurden unter schwerem, durchdringendem Schweigen gespielt. Die zwei Engländer, Joseph Wilson und Jacob Sarrat, verloren beide; Grey sah zu, dass er beiden die Hand schüttelte und ein wenig Mitgefühl entgegenbrachte – Grey hatte anmaßend gehofft, dass die beiden Männer sich vielleicht im Endspiel am kommenden Morgen gegenüberstehen könnten. Der Italiener, Feste Verdoni, gewann; genau wie die beiden Deutschen, Messieurs Johann Baptist Allgaier und Aaron Alexander.

Ebenso Leclerc. Es war nun später Nachmittag, und es gab nur eine kurze Pause von einer Viertelstunde, bevor die beiden Partien der letzten vier gespielt werden würden. Leclerc ging schweigend im Kreis auf und ab. Allgaier verließ den Raum, um sich ein bisschen Wasser ins Gesicht zu spritzen, und kam erfrischt aussehend zurück. Verdoni und Alexander unterhielten sich angeregt miteinander, während das Publikum so tat, als lauschte es nicht.

Schließlich spielte Verdoni gegen Allgaier und verlor; Alexander gegen Leclerc verlor ebenfalls. Grey war irritiert davon, dass Leclerc nun mehr im Zentrum der Aufmerksamkeit stehen würde, beschloss aber – da er nichts dagegen tun konnte –, zu hoffen, dass es der Geschichte seiner dringenden Abreise, um einen Doktor aufzusuchen, Glaubwürdigkeit verleihen würde. Welcher Mann, der an der Schwelle zur Krönung zum Schachweltmeister stand, würde schließlich freiwillig abreisen?

Dies sollte sich allerdings als unselige, voreilige Annahme erweisen.

Die letzte Begegnung lautete Leclerc gegen Allgaier. Diese Partie würde größer angelegt sein und vor einem größeren Publikum gespielt werden. Die letzten Überreste des Massenspiels wurden beseitigt und der Grundstein für den Ball des letzten Abends gelegt. Dieser sollte den Spielern, die Frankfurt nicht unwillig verlassen hatten, eine Gelegenheit bieten, miteinander einer Veranstaltung beizuwohnen, und den Aristokraten und bedeutenden Männern des Heiligen Römischen Reichs, um sich zu treffen

…r eigenes dilettantisches Interesse an dem Spiel zu …utieren. Gut die Hälfte der Unterhaltungen bestand …us Versuchen von Aristokraten, den Turnierteilnehmern die Geheimnisse des Schachtürken zu entlocken, aber falls irgendjemand von ihnen wusste, wie er funktionierte, behielt derjenige es für sich. Hauptsächlich war es aber eine Chance für die Bürger von Frankfurt, Bekanntschaften mit mächtigen Männern aus der ganzen Welt zu schließen. Jetzt, wo Napoleon die Deutschen zu einer Vereinigung trieb, erkannten sie, dass die Großmacht unter ihnen entweder Preußen oder Österreich werden würde, und entweder die eine oder die andere würde dann die Macht haben, den freien Städten Vorschriften zu machen, außer sie konnten ihre eigenen Handelsimperien vorher aufbauen, so wie es Amsterdam vor zweihundert Jahren gemacht hatte.

Grey, so wie der Großteil der anderen Schachspieler, verließ den Saal, um sich in förmlichere Abendgarderobe umzukleiden. Bevor er sich umzog, gönnte er sich ein langes Nickerchen, denn er nahm an, dass dies der letzte Schlaf für die nächsten ein oder zwei Tage sein würde. Nachdem er aufgewacht war und sich angezogen hatte, packte er seinen Koffer – allzu viel gab es nicht – und überließ dessen Abholung Louis Antoines Unterdiener. Als er in den Saal zurückkehrte, war der Ball bereits in vollem Gange. Ein Streichquartett spielte die jüngsten Melodien aus Wien und Salzburg, und umherwirbelnde Schachspieler buhlten um die Aufmerksamkeit der Reichen und Mächtigen; die Reichen und Mächtigen buhlten um die Aufmerksamkeit der herausragenden Schachspieler, und alle zusammen buhlten sie um die Aufmerksamkeit Bathildes. Grey war zufrieden damit, sich am Rande zu halten und darauf zu warten, dass sich Leclerc zum Hintereingang des Raums und zum Plumpsklo begeben würde. Er wartete beinahe eine Stunde, bis Leclerc es schaffte, sich von den Schmeichlern zu lösen; dieser ging dann allerdings nicht zu dem Klosett, sondern auf Grey zu.

»Mr Caffery, auf ein Wort?«, bat Leclerc leise.

»Mr Leclerc«, entgegnete Grey. »Sicher doch. Geht es Ihnen denn nicht gut?«

»Doch«, erwiderte Leclerc. »Sehr gut sogar. Vorher dachte ich, ein stechendes Unbehagen im Magen zu verspüren, aber das hat sich wieder gelegt.«

Grey sah sich diskret um. Sie standen in der Nähe einer der Fenstertüren zum Garten, von der aus kalte Nachtluft in den Saal drang; in den wärmeren, weiter innen gelegenen Bereichen der großen Halle war die Menschenmenge dichter. Beruhigt, dass niemand würde mithören können, erhielt Grey den Anschein einer leichten Plauderei aufrecht und forderte: »Erklären Sie sich.«

»Ich kann nicht vor dem großen Endspiel gehen. Das würde zu viel Aufmerksamkeit erregen.«

»Das ist Unsinn«, widersprach Grey, ohne die Stimme zu heben. »Außer Sie glauben, dass nach dem Endspiel weniger Aufmerksamkeit auf Ihnen lasten wird. Wenn Sie entweder zum Sieger gekrönt oder eilig zurück nach Paris verfrachtet werden.«

»Es wird eine natürliche Pause zwischen dem Turnier und dem Packen und so weiter geben. Dann kann ich mich am besten unbemerkt davonstehlen. Glauben Sie etwa, dass Ihre Voraussicht in dieser Angelegenheit meine eigene übertrifft?« Leclerc nahm einen Schluck aus dem Punschglas in seiner Hand.

»Ich glaube, dass Ihre Voraussicht von der Aussicht, Ruhm auf einem imaginären Schlachtfeld einzuheimsen, auf dem Sie fiktive, hölzerne Schlachten ohne Konsequenzen schlagen, vernebelt wird. Und zwar aus Eitelkeit.«

»Es ist mein Hals, der auf dem Block der Guillotine liegen wird, Sir –«

Grey redete über ihn hinweg: »Der Plan ist für *heute Abend*. Das Arrangement ist für *heute Abend*. Ihre Wache wird genau in dem Moment wieder zu Ihnen stoßen, wenn –«

»Das ist meine Angelegenheit, Sir. Mein Leben steht auf dem Spiel.«

»Aber nicht nur Ihres«, sagte Grey und mimte angetan einen Zug auf einem imaginären Schachbrett. »Sie starrköpfiger Hurensohn.«

Leclerc lächelte: sein Beitrag zur Scharade einer freundlichen Unterhaltung. »Richten Sie Louis Antoine aus, er soll seine Pläne auf morgen nach dem Spiel verlegen. Ich habe nichts weiter zu dieser Angelegenheit zu sagen.« Er streckte ihm die Hand entgegen.

Grey schüttelte sie und sagte: »Denken Sie an Ihre Tochter, Sir.«

Leclerc durchbohrte ihn mit seinem Blick, schwieg

aber. Er drehte sich um, schritt davon und wurde schnell vom russischen Zar Alexander in Beschlag genommen, der, als Enkelsohn der Prinzessin Marie Auguste von Thurn und Taxis, seine Gefolgschaft über die Feier führte, als ob er der Gastgeber wäre.

Einen Moment lang beobachtete Grey den sechsundzwanzigjährigen Zaren. Nach der Ermordung seines Vaters war es für ihn bereits das dritte Jahr auf dem Thron. Auf bestimmte Weise verkörperte er sogar ein noch größeres Rätsel als Kaiser Franz. Es stand außer Frage, dass er ein Mann der Aufklärung war – er hatte nicht lange gezögert, zum Vorteil einer konstitutionellen Monarchie auf die beinahe absolute Autorität seiner Vorgänger zu verzichten. Gleichzeitig hielt man ihn in seinen Schwankungen vom Liberalismus zum Monarchismus für wankelmütig, beinahe launenhaft. Manchmal war er der größte Verfechter des neuen Zeitalters der Raison. Doch dann wünschte er auch wieder, der letzte große Verfechter des alten Systems zu sein, in dem Europa von einer Herrscherfamilie kontrolliert wurde, in der alle untereinander verheiratet waren und sich vor niemandem außer vor sich selbst verantworteten. Dem dritten Stand Macht zu verleihen erschien ihm sowohl wünschenswert als auch gefährlich. Er legte aggressiv den Grundstein für Reformen, die niemals ausgebaut werden würden.

Grey ging weiter, an dem Zaren und seinem Gefolge vorbei, an den verschiedenen Gruppen von Buhlern und Umbuhlten, und auf die große Treppe zu, umrundete diese und trat hinaus in die dahinterliegenden Korridore.

Es war ein kurzer, aber leicht verwirrender Weg zu dem Klosett im hintersten Teil des Palais, wo die Abfälle der Nacht ohne große Mühe vom Erdboden außerhalb des Gebäudes entfernt werden konnten. Das Klosett war leer; Grey schloss die Tür und den Deckel des Plumpsklos, stellte sich darauf, öffnete das weit oben gelegene Fenster und lehnte sich hinaus.

Er war beinahe auf Augenhöhe mit Louis Antoine d'Enghien, der auf dem erhöhten Kutschbock einer großen Karosse saß und seine lange, weiße Pfeife rauchte. Er war wieder in eine Thurn-und-Taxis-Livree gekleidet.

»Thomas«, sagte er gelassen, »Sie habe ich nicht erwartet.«

»Nein«, erwiderte Grey. »Sind wir alleine?«

»Bloß mein Kutscher Helmuth steht dort an der Ecke. Er kann uns nicht hören. Und selbst wenn, würde ich mir keine Sorgen machen. Ich vertraue ihm bedingungslos.«

»Gut«, erwiderte Grey. »Leider hat unser Mann heute alle seine Spiele gewonnen.«

»Und?«

Grey hob die Augenbrauen.

»Ach«, verstand Louis. »Er will nicht ohne seine Krone gehen.«

»Genau«, bestätigte Grey.

»Guter Gott«, entfuhr es Louis leise, und er stieß den Rauch aus. »Eitler, verdammter Narr. Es wäre nur gerecht, wenn wir ihn zurückließen.«

»Ja«, sagte Grey. »Im Moment wird er vom Zaren bewundert.«

»Ach, Alexander ist hier?«, fragte Louis.

»Ja. Kennen Sie ihn denn?«

»Wir sind Cousins. Über mehrere Grad entfernte. Nach der Revolution hat er mich eine Zeit lang an seinem Hof untergebracht. Ein guter Kerl, glaube ich. Ein wenig unentschlossen, aber sicherlich auch nicht mehr als jeder andere durchschnittliche Kaiser.«

Grey nickte. »Gibt es irgendeinen europäischen Herrscher, der nicht Ihr Cousin ist?«

»Niemanden außer Boni«, sagte Louis. »Was schlägt unser idiotisches Genie Leclerc also als Alternative zu einem sehr sorgfältig ausgearbeiteten Plan vor?«

»Er will verschwinden, wenn die Partie morgen vorbei ist, im Augenblick des größten Kuddelmuddels zwischen dem Schach und der Rückkehr zur Monotonie.«

»Kuddelmuddel?«, fragte Louis.

»Im größten Durcheinander«, erklärte Grey. »Ist das machbar? Sie werden den Doktor und dessen Leute neu instruieren müssen.«

Louis klopfte sich mit dem Pfeifenstiel gegen das Kinn und schwieg einen Augenblick.

»Es ist machbar«, sagte Louis. »Ich bin mir zwar nicht ganz sicher, wie – noch nicht –, aber es ist machbar. Morgen, wenn die Partie vorbei ist … gegen Mittag?«

Grey nickte.

Louis fuhr fort: »Sieg oder Niederlage, bleiben Sie so nahe wie möglich an Leclerc dran und halten Sie nach mir Ausschau. Und wenn die Ereignisse erst einmal im Gange sind, schwimmen Sie mit dem Strom.«

Grey nickte nochmals. »Sehr gut, bis morgen«, verabschiedete er sich und wollte das Klosettfenster schon wieder schließen.

»Halt«, hielt ihn Louis lächelnd zurück.

»Ja?«, fragte Grey.

»Ich habe mich bereits darum gekümmert, Ihren verdammten Koffer aufladen zu lassen. Und ich werde keine Zeit haben, ihn morgen noch mal aufladen zu lassen; er wird hier in der Kutsche bleiben müssen. Hätten Sie denn gerne eine Wechselgarderobe?«

Grey schmunzelte und fing dann an zu lachen. Louis wurde davon angesteckt und stimmte in sein Lachen mit ein. An der Ecke, gerade außerhalb des Lichtkegels einer Straßenlampe, drehte sich Louis' Fahrer um, um nachzusehen, was los war.

15

Über Nacht machte der Saal die Verwandlung eines Schmetterlings durch. Als Grey am Morgen von seinem Zimmer herunterkam, fand er eine runde Bühne für Leclerc und Allgaier vor und darum herum, in einem Radius von ungefähr drei Metern, einen Kreis aus Stühlen mit hohen Rückenlehnen. Der Stuhl, der am nächsten zum Eingang stand, war besonders aufwändig mit Gold verziert. Offensichtlich ein Thron. Tatsächlich sahen mehrere der Stühle aus wie Throne von größerer oder geringerer Erhabenheit. Das kam nicht ganz überraschend, nahm Grey an, wenn man bedachte, dass zwei Kaiser zusehen würden. Wie viele Prinzen und Prinzessinnen und Herzöge und Herzoginnen würden gleichsam unter der Gefolgschaft weilen? Der Kreis bestand aus ungefähr zwei Dutzend Stühlen. Und irgendwo in der Menge aus Laien würde ebenfalls ein Herzog weilen – als Diener verkleidet? Oder vielleicht bloß in unauffälliger Straßenkleidung.

Im Salon, wo sich die Gewinner versammelt hatten, war ein Buffet mit deutschem Frühstück aufgebaut worden. Grey aß eine Scheibe Schwarzbrot mit geschmacklosem Käse darauf und fragte sich, ob er die Gelegenheit haben würde, ein paar Worte mit Lady Bathilde zu wechseln, bevor die Partie begann. Er war sich sicher, dass es danach keinen Abschied geben würde. Tatsächlich kam sie aber erst im letzten Moment herunter, unmittelbar bevor die wichtigen Gäste ihren Auftritt hatten. Stattdessen hatte Grey ein paar belanglose Unterhaltungen mit ein paar der anderen besiegten Teilnehmer geführt, die geblieben waren, um das Finale mitanzusehen – und eine überraschend interessante Konversation mit dem Felljäger Castor Baucom über die Methoden und Ethiken beim Fallenstellen für die Biberjagd gehabt. Wie es schien, waren Biber höchst arbeitsame Tiere, fleißiger, als Grey angenommen hatte. Baucom behauptete, einen Biberdamm gesehen zu haben, der breiter als hundert Yards gewesen wäre. Und Biber, sagte Baucom, könnten das Geräusch von rauschendem Wasser nicht ertragen – wenn es ein Leck gäbe, verließen sie ihren Bau, ganz nach der Art eines Schiffszimmerers, der nach einem Einschussloch unter der Wasserlinie sucht. Während amerikanische und englische Felljäger Köder für die Biber auslegten, berichtete Baucom, schlügen die französischen und indianischen Trapper einfach Löcher in deren Dämme, und wenn sie dann für die Reparaturarbeiten herauskämen, zögen sie ihnen eins über den Kopf. Laut Baucom herrschte unter den Amerikanern der generelle Konsens, dass das nicht sehr sportlich wäre, und unter den Indianern der, dass sich ein toter Biber nicht allzu sehr dafür interessierte, wie er zu Tode gekommen sei. Grey konnte beide

Seiten der Argumentation nachvollziehen; bevor sie sich allerdings auf die eine oder die andere Sichtweise einigen konnten, kündigte eine Fanfare die Ankunft des Zaren des russischen Reichs an. Grey und Baucom sowie alle anderen strömten aus dem Frühstücksraum hinaus und sahen, dass der Rest der Aristokraten-Stühle schon besetzt war, von verschiedenen und zweifelsfrei gehobenen Gästen. Grey erkannte eine Handvoll von ihnen wieder, aber die meisten waren ihm unbekannt – er nahm an, dass es sich bei ihnen entweder um Höflinge oder um neulich zu Geld gekommene Geschäftsmänner handelte. Auf die Fanfare hin wartete der Zar mit seinem Auftritt, bis Ruhe herrschte. Dann trat er ein, mehr oder weniger einfach gekleidet wie ein russischer Offizier, mit seiner deutschen Zarin Elisabeth, geborene Louise von Baden, an seiner Seite. Nachdem sie ihre Plätze eingenommen hatten und eine angemessene Pause verstrichen war, ertönte eine weitere, länger andauernde Fanfare, und Kaiser Franz trat ein. Seine Kaiserin, Maria Theresia von Neapel und Sizilien, war nicht bei ihm. Der Zar saß zu seiner Rechten und irgendeine anonyme Riesenperücke zu seiner Linken. In der Tat hätte der Mann den geistesgegenwärtigen Einfall haben können, seine Perücke abzunehmen, damit sie nicht auf den Kaiser des Heiligen Römischen Reiches hinüberkippen konnte. Franz jedenfalls setzte sich, bedeutete allen anderen, sich ebenfalls hinzusetzen, und gab dem Turnier-Direktor, der dem Kaiser in einer kleinen Lücke im Stuhlkreis gegenüberstand, einen Wink.

Der Direktor verneigte sich vor dem Kaiser und schlug

seinen Gong. Joseph Leclerc und Johann Baptist Allgaier kamen nebeneinander die große Treppe herunter. Grey, der unter den Zuschauern stand, die nun langsam den Stuhlkreis umringten, fand diese Theatralik albern, behielt jedoch seinen ernsten Gesichtsausdruck bei – Ernsthaftigkeit schien das vorherrschende Motto zu sein. Die beiden Finalisten schritten mit stolzgeschwellter Brust durch die Stuhllücke und auf die Bühne. Der Direktor folgte ihnen und streckte die offene Hand vor sich aus.

»In dieser Hand«, sagte er, »halte ich eine Zwanzig-Kreuzer-Silbermünze. Die Vorderseite zeigt das von einem Lorbeerkranz gekrönte Haupt des Kaisers. Die Kehrseite sein Wappen. Man hat sich darauf geeinigt, dass Mr Allgaier Weiß spielen wird, falls die Münze mit der Vorderseite nach oben landet.« Er warf die Münze, fing sie mit der rechten Hand auf und hielt sie verdeckt auf dem linken Handrücken.

»Sind die beiden Herren mit dem Wurf zufrieden?« Leclerc und Allgaier nickten nacheinander.

»Sehr gut«, sagte der Direktor. Er offenbarte die Münze, zeigte sie zuerst Leclerc und dann Allgaier. »Sie zeigt das Haupt des Kaisers«, erklärte der Direktor. »Mr Allgaier wird sich nun vor den weißen und Mr Leclerc vor den schwarzen Steinen niederlassen.«

Während die Männer ihre Plätze einnahmen, winkte der Direktor zwei Diener mit einem großen Spiegel herbei, den sie leicht nach vorne geneigt hinter dem Schachbrett auf der Bühne platzierten, damit die Partie nach unten gespiegelt sichtbar war. Natürlich, überlegte Grey, zeigte er die Partie nur für Kaiser Franz und vielleicht drei oder vier Gäste auf beiden Seiten und für diejenigen, die direkt hinter ihm standen. Für diejenigen auf der gegenüberliegenden Seite erschwerte es die Betrachtung des Spiels. Aber Grey gefiel es. Eine nette Lösung.

»Meine Herren, beginnen Sie«, forderte Franz sie auf.

Allgaier machte den ersten Zug, und der Direktor verkündete ihn laut. »Mr Allgaier: der Bauer des Läufers auf dem Damenflügel, zwei Felder nach vorne.«

Unter den besiegten Spielern – Grey eingeschlossen – und unter den anderen Schach-Hungrigen kam kurzes Gemurmel auf. Dies war eine ungewöhnliche Eröffnung. Leclerc ließ mehr als eine Minute vor seinem ersten Zug verstreichen.

»Mr Leclerc: Königsbauer, ein Feld.«

»Mr Allgaier: Springer auf dem Königsflügel nach f3.«

»Mr Leclerc: Damenbauer, zwei Felder nach vorne.«

»Mr Allgaier: Damenbauer, zwei Felder nach vorne.«

»Mr Leclerc: Springer auf dem Königsflügel nach f6.«

»Mr Allgaier: Springer auf dem Damenflügel nach c3.«

»Mr Leclerc: Läufer auf dem Königsflügel nach e7.«

»Mr Allgaier: Läufer auf dem Damenflügel nach g5.«

»Mr Leclerc: kurze Rochade.«

»Mr Allgaier: Königsbauer, ein Feld.«

»Mr Leclerc: Bauer vor dem Königsturm, ein Feld.«

»Mr Allgaier: Läufer von g5 nach h4.«

»Mr Leclerc: Bauer vor dem Damenspringer, ein Feld.«

»Mr Allgaier: Bauer schlägt Bauer auf d5.«

»Mr Leclerc: Springer schlägt Bauer auf d5.«

»Mr Allgaier: Damenläufer schlägt Königsläufer.«

»Mr Leclerc: Dame schlägt Läufer.«

»Mr Allgaier: Springer schlägt Springer.«

»Mr Leclerc: Bauer schlägt Springer.«

»Mr Allgaier: Turm auf den Platz des Damenläufers.«

»Mr Leclerc: Läufer auf e6.«

»Mr Allgaier: Dame auf a4.«

»Mr Leclerc: Bauer vor dem Damenläufer, zwei Felder.«

»Mr Allgaier: Dame ein Feld zurück, auf a3.«

»Mr Leclerc: Turm auf c8.«

»Mr Allgaier: Königsläufer auf b5.«

»Mr Leclerc: Bauer vor dem Damenturm, ein Feld.«

Grey bemerkte, dass er den Atem angehalten hatte, und ließ ihn leise entweichen. Niemand hatte je eine derartige Entwicklung einer Partie gesehen.

»Mr Allgaier: Bauer schlägt Bauer auf c5.«

»Mr Leclerc: Bauer schlägt Bauer.«

»Mr Allgaier: Kurze Rochade.«

»Mr Leclerc: Damenturm auf a7.«

»Mr Allgaier: Läufer auf e2.«

»Mr Leclerc: Springer auf d7.«

»Mr Allgaier: Springer von f3 nach d4.«

»Mr Leclerc: Dame nach f8.«

»Mr Allgaier: Springer schlägt Läufer auf e6.«

Kaiser Franz schlug mit der flachen Hand auf die Armlehne, was diejenigen, die dem Spiel nicht folgten, dazu veranlasste, sich ihm zuzuwenden und ihn anzusehen.

»Mr Leclerc: Bauer schlägt Springer.«

»Mr Allgaier: Bauer auf e4.«

»Mr Leclerc: Bauer auf d4.«

»Mr Allgaier: Bauer vor dem Königsläufer, zwei Felder.«

»Mr Leclerc: Dame auf e7.«

»Mr Allgaier: Bauer auf e5.«

»Mr Leclerc: Königsturm auf b8.«

»Mr Allgaier: Läufer auf c4.«

»Mr Leclerc: König auf h8.«

Allgaier hatte Leclercs König in die hinterste Ecke des Bretts gedrängt, aber dort ließ er sich gut verteidigen.

»Mr Allgaier: Dame auf h3.«

»Mr Leclerc: Springer auf f8.«

»Mr Allgaier: Bauer vor dem Damenspringer auf b3.«

»Mr Leclerc: Bauer auf a5.«

»Mr Allgaier: Bauer auf f5.«

»Mr Leclerc: Bauer schlägt Bauer auf f5.«

»Mr Allgaier: Turm schlägt Bauer auf f5.«

»Mr Leclerc: Springer auf h7.«

»Mr Allgaier: Damenturm auf f1.«

»Mr Leclerc: Dame auf d8.«

Leclerc blieb nichts anderes übrig, als seine Figuren defensiv aufzustellen und darauf zu warten, dass Allgaier angriff. Im Wesentlichen hatte er bisher noch keinen einzigen offensiven Zug gemacht. Aber, soweit Grey das sagen konnte, bisher auch noch keinen falschen. Doch Allgaier war unnachgiebig.

»Mr Allgaier: Dame auf g3.«

»Mr Leclerc: Damenturm auf e7.«

»Mr Allgaier: Bauer vor dem Königsturm, zwei Felder.«

»Mr Leclerc: Königsturm auf b7.«

»Mr Allgaier: Bauer auf e6.«

»Mr Leclerc: Königsturm von b7 nach c7.«

»Mr Allgaier: Dame auf e5.«

»Mr Leclerc: Dame auf e8.«

»Mr Allgaier: Bauer auf a4.«

»Mr Leclerc: Dame auf d8.«

»Mr Allgaier: Damenturm von f1 nach f2.«

»Mr Leclerc: Dame auf e8.«

Leclerc improvisierte, indem er seine Dame hin und her bewegte und darauf wartete, dass Allgaier ihm eine Lücke bot. Oder spekulierte er auf ein Remis?

»Mr Allgaier: Damenturm auf f3.«

Allgaier hatte es bestimmt nicht auf ein Remis abgesehen, was bedeuten würde, dass das Spiel unentschieden wäre, er den Titel aber verlieren würde.

Leclerc bewegte seine Dame wieder zurück:

»Mr Leclerc: Dame auf d8.«

»Mr Allgaier: Läufer auf d3.«

Und wieder. Aber was konnte er auch sonst tun? Allgaier kesselte ihn immer weiter ein wie ein Hai, der immer engere Kreise zieht.

»Mr Leclerc: Dame auf e8.«

»Mr Allgaier: Dame auf e4.«

Dann ergriff Leclerc die Initiative – und erschütterte Allgaiers Position, indem er dessen Dame bedrohte.

»Mr Leclerc: Springer auf f6.«

Aber anstatt diese zu opfern, opferte Allgaier seinen Turm für einen Springer.

»Mr Allgaier: Turm schlägt Springer.«

Der Abtausch ließ Lady Bathilde, die beinahe direkt hinter Zar Alexander und neben ihrer Zofe Honorine stand, die Luft einziehen.

»Mr Leclerc: Bauer schlägt Turm.«

»Mr Allgaier: Turm schlägt Bauer.«

»Mr Leclerc: König auf g8.«

»Mr Allgaier: Läufer auf c4.«

Nun saß Leclerc in der Falle; es blieb ihm kein anderer Zug mehr übrig, außer seinen König wieder zurück in die hinterste Ecke zu bewegen.

»Mr Leclerc: König auf h8.«

»Mr Allgaier: Dame auf f4.«

Leclerc musterte das Brett ungefähr zwanzig Sekunden lang. Dann nickte er und legte seinen König sanft auf die Seite. Er stand auf und streckte die Hand aus. Allgaier stand ebenfalls auf und schüttelte sie.

»Mr Leclerc gibt auf. Mr Allgaier gewinnt.«

Franz kam auf die Beine und fing an zu applaudieren. Wenn der Kaiser des Heiligen Römischen Reiches aufstand, mussten alle aufstehen, also kamen alle auf die Beine und applaudierten – alle, die das Genie dessen, was sie gerade gesehen hatten, erkannten, aber auch alle anderen, die das nicht taten. Leclerc, der wusste, dass er brillant gespielt hatte, aber in einer perfekten Partie geschlagen worden war, stimmte mit in den Applaus ein. Allgaier nickte ihm anerkennend und respektvoll zu. Leclerc trat von der Bühne, und während er Handschläge sowie halb bewunderndes, halb pflichtschuldiges Kopfnicken erntete, bahnte er sich seinen Weg durch die Menge, die nun dringend Allgaier gratulieren wollte. Der Kaiser und der Zar schüttelten Leclerc die Hand, genau wie die Zarin und die Kaiserin, die eingetreten war, als das Spiel geendet hatte. Und Grey sah sich nach irgendeinem Zeichen von Louis um.

Während er sich umsah, berührte ihn eine Hand sanft am Ellbogen und löste sich dann gleich wieder. Im Vorbeigehen konnte Grey einen kurzen Blick auf das zur Hand gehörige Gesicht erhaschen und sah, dass es Louis in osmanischer Kleidung und mit einer Brille war. Auf Leclerc zusteuernd, der nach seiner Tochter Ausschau hielt, folgte Grey ihm durch die Menge.

Louis wurde langsamer und ließ Grey überholen, dabei flüsterte er ihm ins Ohr: »Verlieren Sie mich nicht aus den Augen, und schnappen Sie sich das Mädchen.« Grey nickte und hielt weiterhin auf Leclercs Tochter zu.

Einen Augenblick später ertönte ein spitzer Schrei – oder eher ein Kreischen:

»*Wie KÖNNEN Sie es wagen!*«, schrie eine Frau auf Französisch. Grey beobachtete das Geschehen aus dem Augenwinkel und wich nicht von seinem Kurs auf Geneviève Leclerc ab. Die schreiende Frau war Honorine, Bathildes Zofe. Sie stand – Grey drehte sich leicht, um mehr zu erkennen –, sie stand dem französischen Wachmann, Théodore, gegenüber. Gerade als Grey den Blick wieder abwenden wollte, erhob Honorine die Hand und verpasste Théodore mit aller Kraft, die sie aufbringen konnte, eine schallende Ohrfeige.

Nun stand die Ohrfeige im Zentrum der Aufmerksamkeit; Grey wandte sich wieder den Leclercs zu und sah, wie Louis Antoine die Hand auf Joseph Leclercs Arm legte und ihn langsam Richtung Foyer bugsierte. Louis hatte fest zugegriffen und achtete eindeutig nicht darauf, ob Leclerc zu gehen bereit war – doch Leclerc folgte ihm und bedeutete seiner Tochter fast unmerklich, es ihm gleichzutun. Auf ihrem Gesicht spiegelte sich enorme Verwirrung wider, und sie blickte immer wieder zwischen der Szene mit Théodore – wo Honorine nun lautstark vorbrachte, gezwickt worden zu sein – und dem unerklärlichen Anblick eines Türken hin und her, der ihren Vater am Ellbogen abführte. Ihr Vater bedeutete ihr erneut, ihm zu folgen, sie rührte sich allerdings nicht. Einen Sekundenbruchteil später jedoch war Grey schon zur Stelle.

»Mademoiselle, ich bin auf den Wunsch Ihres Vaters hin hier, bitte kommen Sie unverzüglich mit.« Mit der rechten Hand fasste er sie am linken Ellbogen und führte sie ebenfalls langsam hinter Louis und ihrem Vater her.

»Ich muss doch sehr bitten, Sir!«, fing sie an; aber noch bevor sie den Satz zu Ende gesprochen hatte, hatte Grey seine Hand bereits von Genevièves Ellbogen gelöst und hielt ihr den Mund zu, sodass er sie nun umfangen hielt, wie in etwa, wenn man jemandem beibrachte, einen Cricketschläger zu schwingen. Nun fasste er sie mit der linken Hand am linken Arm und bugsierte sie vorwärts.

»Gehen Sie weiter, Mademoiselle, sonst zwingen Sie mich dazu, Sie zu tragen.«

Geneviève versuchte stehen zu bleiben und biss Grey

in die Hand. Dieser ließ die rechte Hand trotzdem über ihrem Mund liegen, schloss seinen linken Arm fest wie einen Schraubstock um Genevièves Taille und hob sie dreißig Zentimeter vom Boden hoch, um sie wie einen unkooperativen, langen Hafersack an sich gepresst mit sich zu tragen.

All dies geschah innerhalb von Sekunden. Über seine rechte Schulter konnte Grey die Menge sehen, die immer noch von Honorines stimmgewaltiger Verteidigung der Ehre französischer Frauen fasziniert war – und auf der anderen Seite konnte er die zwei großen Leibwächter sehen, die zuerst den Lärm um Théodore beobachtet hatten, jetzt aber Ausschau nach ihrem Schützling Leclerc hielten. Während Louis Leclerc eilig aus dem Saal hinaus- und in das Foyer führte, setzten sich die beiden Leibwächter ebenfalls rasch dorthin in Bewegung; schnell bemerkten sie Grey mit Geneviève und versuchten zwanghaft, nicht loszurennen. Grey überlegte gerade fieberhaft, wie er sie abschütteln konnte, wenn er gleichzeitig ein bockiges Mädchen im Schlepptau festzuhalten hatte, als die Vorsehung – oder eher ein amerikanischer Cousin – einschritt. Noch während sich die zwei Leibwächter durch die Menge schlängelten, stellte Philo Parker aus Boston den Fuß auf einen nun leeren Zuschauerstuhl und ließ diesen mit einem Tritt über den glatten Marmorboden schlittern, mitten in den Weg des Leibwächters mit Vorsprung; parallel dazu schnappte er sich den Kragen des Mannes, der ihm näher war, und riss diesen so nach hinten und von den Füßen.

Er hatte also eindeutig richtiggelegen, dachte Grey mit enormer Erleichterung, dass Parker ein amerikanischer Geheimdienstmann war. Für einen Moment trafen sich ihre Blicke; Grey formte das Wort »danke« mit den Lippen, Parker nickte leicht und half dann, sich ausgiebig für seine Ungeschicklichkeit entschuldigend, den beiden Franzosen wieder auf.

Noch bevor sie wieder auf den Beinen waren, verschwand Grey im Foyer.

Louis hatte die Eingangstür bereits passiert und nahm gerade die Stufen in den Hof hinunter. Grey folgte ihm mit fünf Yards Abstand. Louis scheuchte Leclerc in eine wartende Kutsche und fuhr dann herum, um Grey dabei zu helfen, die ungestüme, um sich tretende Geneviève hineinzuheben.

Grey stieg nach ihr ins Innere, die Hand immer noch auf ihren Mund gepresst, und drückte sie in den Sitz neben ihren Vater.

»LOS«, rief Louis dem Kutscher zu, der die Sechsspänner-Zügel in der Hand schnalzen ließ, woraufhin die Kutsche unter dem Torbogen hindurch- und aus dem Hof hinauspreschte, während Louis immer noch auf dem Trittbrett stand. Grey kam ihm zu Hilfe und packte ihn vorne am Hemd, damit er beim Hineinklettern das Gleichgewicht halten konnte; über Louis' Schulter konnte Grey Théodore sehen, der aus dem Palais Thurn und Taxis gestürmt kam. Théodores Blick fiel auf die Kutsche – und in der nächsten Sekunde war er auch schon außer Sichtweite; die Kutsche hatte die Kurve der Zufahrtsstraße zum Palais umrundet und raste nun durch den Frankfurter Mittagsverkehr.

Louis schloss die Kutschentür hinter sich und setzte sich neben Grey, der eine Hand auf Genevièves Bauch drückte, um sie auf ihrem Platz zu halten.

»Nehmen Sie freundlicherweise die Hand von meiner Tochter, Sir«, wies Leclerc ihn an.

Das tat Grey, und im selben Moment schoss Genevièves Hand an den Türgriff. Louis umklammerte sie, doch sie bohrte ihre Fingernägel in seine Wange und hinterließ vier blutige Kratzer.

»*Geneviève!*«, befahl ihr Vater, die Hand auf ihrer Schulter. »*Halt still!*«

»Zu Hilfe!«, rief sie irgendwelchen Passanten durch das geschlossene Kutschenfenster zu. Aber falls diese sie gehört hatten, ließen sie es sich nicht anmerken.

»Ich bedaure«, sagte Grey und zog ein Stofftaschentuch aus seiner Westentasche. »Ich gebe Ihnen mein Wort, dass es blütenrein ist. Louis?«, fügte er mit einem Nicken in Genevièves Richtung hinzu. Dieser fasste die Dame an den Schultern, und Grey knebelte sie mit dem Stoff. »Ihr Turban?«, überlegte Grey an Louis gewandt und deutete mit dem Kinn auf dessen Kopfbedeckung, die seiner Verkleidung den letzten Schliff verliehen hatte.

»Bedienen Sie sich ruhig«, sagte Louis.

»Hören Sie auf, sich zu wehren«, forderte Grey Geneviève auf, »sonst werde ich Ihre Hände und Füße fesseln.«

Geneviève trat Grey so fest sie konnte in den Oberschenkel, verfehlte allerdings ihr Ziel.

»Wie Sie wollen«, erwiderte Grey und zog Louis den Turban vom Kopf. Dieser löste sich in seinen Händen, und Grey begann, die Beine der Dame zusammenzubinden.

»Das wird nicht nötig sein«, widersprach Leclerc.

»Sind Sie denn blind?«, fragte Louis beinahe lachend.

»Unterlassen Sie das, Sir!«, befahl Leclerc.

»Wenn es nicht nötig wäre, Sir«, erwiderte Grey, »würde ich es nicht tun.« Er war nun dazu übergegangen, Genevièves Hände zu fesseln.

»Verdammt noch mal, lassen Sie Ihre Hände von –«

»Ich rate Ihnen bei Gott, still zu sein, Sir, sonst fessle ich Sie als Nächstes. *Gottverdammt!*«, fuhr Grey ihn an, lehnte sich in seinem Sitz zurück und atmete einmal tief durch. »Anstatt auf mich einzureden, Mr Leclerc, sollten Sie Ihrer Tochter vielleicht lieber erzählen, dass dies alles auf Ihre eigene Bitte hin geschieht – und noch dazu ein verdammt großer Gefallen ist.«

»Aber, aber, Gentlemen, zügeln Sie Ihr Temperament«, wies Louis die beiden an. »Es ist schließlich eine Dame anwesend.« Geneviève Leclerc versuchte, Louis durch ihren Knebel hindurch mitzuteilen, was er mit seinem kavalierhaften Verhalten anfangen konnte.

Leclerc warf Grey einen finsteren Blick zu, bevor er seiner Tochter die Hand auf den Ellbogen legte.

»Was der Engländer sagt, ist wahr, meine Liebe. Ich habe darum gebeten. Oder um etwas in dieser Art. Es ist von unabdingbarer Wichtigkeit, dass wir nach England reisen, und diese zwei Männer haben die nötigen Arrangements getroffen. Bitte schreie jetzt nicht; ich werde dir den Knebel abnehmen.«

»Vielleicht sollten Sie sich vorher noch etwas umfassender erklären«, wandte Grey ein.

»Ich fürchte, meine Liebe«, fuhr Leclerc fort, Grey ignorierend und nach dem Knoten des Knebeltuchs am Hinterkopf seiner Tochter tastend, »dass unsere Regierung auf Abwege geraten ist. Sie ist nicht das, für das ich sie gehalten habe. Sie ist nicht das, was du glaubst.«

Der Knebel löste sich. Mit ihren zusammengebundenen Händen zog Geneviève ihn herunter und befühlte dann ihre Mundwinkel, wo er am straffsten gesessen hatte.

»Was sagst du da, Vater?«, fragte sie, während sie den Stoffknebel in der Hand zusammenknüllte und direkten Blickkontakt mit allen vermied.

»Was ich sage, ist, dass der Traum der Aufklärung in Frankreich tot ist, solange Napoleon Bonaparte nichts außer absolute Autorität über die Regierung des Volkes ausübt.«

Geneviève öffnete – vorsichtig, um Greys oder Louis' Zorn nicht auf sich zu ziehen – das Fenster einen Spalt breit. Sie atmete die frische Luft ein und warf dann Greys Stofftaschentuch hinaus. Louis lachte. Grey sah ihn an.

»Das war ein Weihnachtsgeschenk meiner Haushälterin, wissen Sie.« Das hielt Louis nicht davon ab, sich weiterhin darüber zu amüsieren, dass sie es hinausgeworfen hatte. Geneviève ignorierte sie beide.

»Ich fürchte, Vater, dass ich gezwungen bin, anderer Meinung zu sein. Nur durch die Stärke des Ersten Konsuls kann die Aufklärung vor der Tyrannei der Jakobiner gerettet werden. Der Schaden, den die Regierung ›des Volkes‹ angerichtet hat – von der wir beide wissen, dass es sie niemals war –, muss erst wiedergutgemacht werden, bevor Freiheit und Demokratie möglich sind. Wir müssen einen General Washington haben, bevor wir einen Präsident Washington haben.«

»Ich hatte geglaubt, dass das der Fall wäre, meine Liebste, aber das ist es nicht. Der Erste Konsul ist nicht Washington, er ist Oktavian. Und ich glaube, wenn er nicht aufgehalten wird, wird er bald Augustus sein.«

Geneviève schwieg erneut. Einen Augenblick später begann ihr Vater, die Fessel an ihren Handgelenken zu lösen.

Louis bedeutete ihm, zu warten. »Wenn Sie mir erlauben, Sir, lassen Sie uns zuerst eine Einigung erzielen. Was hat Ihre Tochter zu sagen?«

»Du sagst also«, begann Geneviève, »dass du glaubst, der Erste Konsul Bonaparte würde zu einem neuen Augustus, wenn er nicht aufgehalten wird?«

»Das sage ich«, bestätigte Leclerc. »Und das glaube ich.«

»Und du hast vor, den Engländern dabei zu helfen, ihn aufzuhalten?«

»Wenn ich kann«, erwiderte Leclerc.

Erneut schwieg Geneviève. Sie blickte hinaus auf die vorbeiziehenden Häuser. Sie waren jetzt schon in der Nähe der Frankfurter Außenbezirke. Die Brise, die durch Genevièves offenes Fenster in die Kutsche hereinwehte, war überraschend warm. Oder zumindest überraschend wenig kalt. Vielleicht hatte der Frühling ein paar Tage früher begonnen. Natürlich glaubte Grey nicht an »Zeichen«, doch dies wäre sicherlich ein gutes.

»Wenn du das glaubst«, sagte Geneviève zu ihrem Vater, »und dies deine Absicht ist, dann bist du ein Verräter Frankreichs.«

Ihr Vater sah tief getroffen aus. Dies war das erste Mal, dass Grey ihn seinen Mut verlieren sah. Leclerc blickte auf den Kutschenboden.

Louis schüttelte den Kopf, wechselte von Französisch zu Englisch und sagte: »Wie es schärfer nage als Löwenzahn.«

Grey sah Louis aus dem Augenwinkel an, korrigierte ihn aber nicht.

»Es tut mir sehr leid, dass du das so siehst, meine Liebe«, richtete sich Leclerc an seine Tochter, »aber ich fürchte, dass deine Überzeugungen das Thema betreffend keinen großen Unterschied machen. Ich habe Wind gesät, und du wurdest in den Wirbelsturm hineingesogen. Mit oder gegen deinen Willen wird er dich nach England tragen.«

»Aus Respekt vor Ihnen, Sir«, antwortete Geneviève ihrem Vater besonders förmlich, »werde ich in dieser Gesellschaft bleiben, bis Sie weit weg und in Sicherheit sind. Aber ich werde nicht mit Ihnen kommen.«

»Doch«, widersprach Leclerc, »das wirst du.«

»Beabsichtigen Sie etwa, mich von jetzt an bis an mein Lebensende jeden Augenblick beobachten zu lassen? Denn bei der ersten Gelegenheit werde ich nach Frankreich zurückkehren.«

»Dort wird es für dich nicht sicher sein.«

»Das glaube ich nicht.«

»Du weißt nichts von der Welt, meine Liebe. Ich habe dich dein ganzes Leben lang davor bewahrt.«

»Und aus Achtung davor werde ich mit Ihnen kommen, bis Sie weit weg und in Sicherheit sind. Aber keinen Schritt weiter. Bitte lösen Sie jetzt meine Fesseln. Meine Hände werden langsam taub.«

»Können wir Ihnen vertrauen?«, fragte Grey.

»Mein Vater kann mir vertrauen«, gab Geneviève zurück. »Das ist ausreichend.«

Grey schaute Leclerc an. Der nickte.

»Nun gut«, willigte Grey ein, ließ ein kleines Messer aus seinem Zigarrenetui hervorgleiten und schnitt damit Genevièves Fesseln durch. Sie rieb sich die Handgelenke. Ein Dankeschön blieb aus.

Die Kutsche rollte nun durch Ackerland auf den Oberwald zu, einen dichten Wald nördlich von Frankfurt. Überall schien es zu grünen, und Krokusse malten farbige Tupfer auf die Straßenseiten.

»Ist der Frühlingsbeginn hier immer so plötzlich?«

»Plötzlich?«, fragte Leclerc und ließ sich nicht dazu herab, Grey anzusehen. »Nein. Aber immer genau so.«

»Ja«, bestätigte Louis. »Entzückend, nicht wahr?«

16

Louis teilte allen mit, dass er einen Pferdewechsel bei einem Bauernhof organisiert hätte, sie bis dahin aber noch einen langen Weg vor sich hätten, mindestens sechs oder sieben Stunden, und sie genauso gut versuchen könnten, ein wenig zu schlafen. Grey war von Geneviève Leclercs Absicht, an Bord zu bleiben, immer noch nicht überzeugt – aber tatsächlich war es ihm ziemlich gleichgültig, ob sie mit ihnen kam oder nicht. Das war die Angelegenheit ihres Vaters. Jedenfalls fuhr die Kutsche jetzt zu schnell, als dass sie hätte abspringen können. Also folgte er Louis' Beispiel und schlief und scherte sich nicht im Geringsten darum, ob es ihnen die Leclercs gleichtun würden.

Als er das nächste Mal aufwachte, war es dunkel, und das Innere der Kutsche wurde nur von ein wenig dünnem Mondlicht erleuchtet. Geneviève hatte den Kopf zurückgelehnt und schaute aus dem Fenster, mit tieftrauriger Miene. Ein wenig Mondlicht fiel auf ihre Wangen; sie waren feucht. Grey beobachtete sie ein paar Minuten lang, bis sie es bemerkte. Dann wandte sie sich ihm zu und sah ihn ausdruckslos an.

»Es tut mir leid, dass ich Sie vorher so grob behandelt habe«, sagte Grey.

Sie schwieg, nickte dann aber nach einem Augenblick und drehte sich wieder zum Fenster.

»Sie sollten wirklich versuchen, sich etwas auszuruhen«, bemerkte Grey. »Wir werden mehrere Tage ohne Pause unterwegs sein.«

»Ausruhen?« Sie stieß einen Laut aus, der wie ein verächtliches Schnauben klang.

»Wie soll ich mich ausruhen? Meinem Zuhause, meinen Freunden und meinem Land entrissen. Vor der Wahl, entweder meinen Vater oder mich selbst zu verlieren?«

»Sie können immer noch einen Großteil Ihrer selbst in England behalten, Mademoiselle Leclerc. Viele Ihrer Landsmänner haben sich dort niedergelassen, während sie darauf warten, dass der Sturm vorüberzieht.«

»Verräter«, stieß Geneviève hervor. »Und meinen Vater als einen von ihnen zu sehen.« Sie blinzelte gegen die Tränen an.

»Seit ich Ihrem Vater vorgestellt wurde«, fuhr Grey fort, »gebe ich zu, dass ich ihn unhöflich, aufdringlich und unangenehm finde.«

»Zur Hölle mit Ihnen«, zischte Geneviève.

»Aber ich kannte ihn schon lange bevor wir uns vorgestellt wurden – dank seiner Reputation. 81 war er Offizier beim französischen Expeditionskorps auf Rhode Island in den Vereinigten Staaten. Nachdem er ein Jahr lang am Ufer gestanden und dabei zugesehen hatte, wie die französische Flotte in der Narragansett-Bucht von unserer britischen Blockade festgehalten wurde, überredete Ihr Vater den Comte de Rochambeau, gen Westen zu marschieren und sich George Washingtons Armee anzuschließen. Wenn Sie von Washington sprechen, sollten Sie vielleicht im Hinterkopf behalten, dass Ihr Vater den Mann kannte. Und dass er es ohne Rochambeaus Rückhalt vielleicht nicht geschafft hätte, seinen Sieg über uns in Yorktown äh ... herauszuholen. Es war ein enormes Risiko, fünfeinhalbtausend Männer hunderte Meilen weit ohne Unterstützung der Marine dorthin marschieren zu lassen. Wäre das Vorhaben gescheitert, hätte man Ihren Vater vielleicht dafür gehängt. Aber er glaubte, dass die einzige Hoffnung für ein freies Frankreich ein freies Amerika war. Mit vereinten Armeen marschierte er mit Washington und Lafayette nach Yorktown, wo er sich freiwillig dazu meldete, einen der Stürme auf die englischen Redouten anzuführen. Diese Stürme mussten nicht nur im Schutze der Dunkelheit, sondern auch mit ungeladenen Musketen ausgeführt werden, um versehentliche Schüsse zu vermeiden, die unsere Männer vor dem finalen Zugriff gewarnt hätten. Er führte eine Militäreinheit von französischen Berufssoldaten unter dem Marquis de Deux-Ponts an, um die neunte englische Redoute – eines unserer Verteidigungsforts – einzunehmen, während Alexander Hamilton die zehnte attackierte. Nur mit seinem Säbel bewaffnet führte er einen Bajonett-Angriff gegen eine befestigte Anlage an, erklomm die Barrikaden und zwang unsere nutzlosen deutschen Söldner zur Kapitulation.

Acht Jahre später leistete er den Ballhausschwur. Bedenken Sie, dass es damals sehr viel bedeutungsschwerer war, sich der Monarchie zu widersetzen, als heute – seine Unterschrift, unter fünfhundertsechsundsiebzig anderen, stellte den ersten Schlag gegen die absolute Monarchie in Europa dar. Fünf Jahre danach verteidigten er und eine Truppe von weniger als viertausend Republikanern die Festung von Metz gegen eine österreichische Armee von zwanzigtausend. Sie können den Duc d'Enghien danach fragen.« Grey nickte zu dem schlafenden Louis Antoine hinüber. »Er war dort, auf der anderen Seite, und nicht viel älter als Sie jetzt. Führte französische Royalisten in der österreichischen Koalition an. Und war ungefähr der einzige Franzose dort, auf der royalistischen Seite, der sich irgendwie Ehre gemacht hat.

Aber ich schweife ab. Natürlich werden Sie – vielleicht von Napoleon selbst – vom Dienst Ihres Vaters in Mantua und Hohenlinden gehört haben. Aber da er natürlich Ihr Vater ist, müssen Sie ihn weitaus besser kennen als ich. Wenn Sie also sagen, dass er ein Verräter Frankreichs ist, muss er auch einer sein.«

Grey hatte den Kopf wieder zurück gegen das Lederpolster gelehnt und wurde von dem regelmäßigen Schaukeln der Kutsche langsam in den Schlaf gewiegt.

»An Ihrer Stelle hätte ich vielleicht seine speziellen Gründe berücksichtigen wollen, warum er tut, was er tut. In dem Wissen, was er gesehen hat. Was er jetzt sieht. Aber Sie sind ungefähr zwanzig Jahre alt, nicht wahr? Ja, sicher wissen Sie es da besser.«

Geneviève Leclerc hielt seinen Blick noch einen Moment länger fest, schwieg aber. Dann wandte sie sich wieder dem Fenster zu, und Grey schlief weiter.

17

Thomas, aufwachen«, sagte Louis Antoine und stieß Grey mit dem Ellbogen an. Grey gähnte und sah hinaus. Die Dämmerung war schon so weit fortgeschritten, dass der Morgendunst über einem gepflügten Felde hängend sichtbar war; der Himmel hatte sich von purem Schwarz zu Tintenblau erhellt. Louis zog gerade seine Stiefelschnallen enger. Irgendwann in der Nacht hatte er sich seiner türkischen Gewänder entledigt und trug nun ein Hemd und eine Hose.

»Wir sind an dem Bauernhof angekommen«, erklärte er. »Während ich zusehe, dass die Pferde gewechselt werden, hab du bitte ein Auge auf unsere Gäste.« Den beiden gegenüber schliefen die Leclercs tief und fest.

»Sicher«, entgegnete Grey und folgte Louis aus der Kutsche. Louis ging auf ein Bauernhaus zu, und Grey übernahm seinen Posten. Sie wurden zu einem Pferdestall unweit der Straße hochgezogen. Grey machte einige Schritte, um sich die Beine zu vertreten, umrundete langsam die Kutsche und sprach mit Louis' Fahrer Helmuth, der aus einer Feldflasche trank.

»Guten Morgen, Sir«, sagte Grey auf Deutsch.

»Ihnen auch, Mr Caffery«, erwiderte der Kutscher. »Ein Schlückchen gefällig, Sir?«

»Ja, danke«, nahm Grey an und fing die Feldflasche auf, die der Fahrer ihm herunterwarf. Er nahm einen Schluck daraus. Es war Wasser. Grey musste »Schlückchen« falsch übersetzt haben. Egal, er benetzte seinen Hals und warf die Feldflasche wieder hoch.

»Sehr verbunden«, bedankte sich Grey. »Wie ich sehe, werden wir die Pferde, aber nicht den Kutscher wechseln.«

»Nein, Sir.«

»Soll ich eine Zeit lang für Sie die Zügel übernehmen?«

»Danke, Sir, aber ich bin nicht müde.«

»Sehr gut.« Grey zog die Schulterblätter zusammen und streckte die Brust und den Rücken durch. »Ich werde mal einen Blick auf die Straße weiter oben werfen; können Sie pfeifen, wenn sich die Fahrgäste bemerkbar machen?«

»Sicher, Sir.«

Grey nickte zum Dank und ging den Kutschpfad entlang zur Straße. Er musste sich eingestehen, dass er angesichts der Qualität dieser deutschen Straßen überrascht war. Glatt und gut befestigt. Er fragte sich, ob die Thurn-und-Taxis-Postboten etwas mit ihrer Instandhaltung zu tun hatten. Er gähnte nochmals und blickte erst die Straße in nördlicher Richtung hinauf, dann in südlicher Richtung hinunter.

Alles mucksmäuschenstill. Vielleicht schliefen sogar die Bauern noch. Er drehte sich um, um zur Kutsche zurückzugehen. –

Und blieb stehen. Er blickte erneut die Straße Richtung Süden hinab. Hatte sich dort im Morgendunst nicht etwas geregt? Hatte er sich das bloß eingebildet – oder war da tatsächlich eine Gestalt gewesen, eine große, dünne Silhouette eines Mannes auf einem Pferderücken?

Er kniff die Augen zusammen und betrachtete die Stelle, an der er dachte, jemanden gesehen zu haben. Da war nichts – nur die Dämmerung und etwas Morgendunst. Er hielt den Atem an und lauschte auf das Geräusch von Hufen. Aber da war nichts.

Dennoch, er arbeitete schon zu viele Jahre in diesem Beruf, um ein Risiko einzugehen.

Schnell kehrte er zur Kutsche zurück, an der zwei Zweiergespanne von Pferden ausgewechselt worden waren. Gerade wurden die Leittiere von einem stämmigen deutschen Bauern und seinem Sohn angeschirrt, während Louis auf einer Stufe auf halber Höhe des Kutschbocks stand und mit Helmuth über die Route oder das Wetter oder so etwas redete.

»Louis«, sagte Grey, als er nahe genug war, um nicht lauter reden zu müssen, »wir werden vielleicht verfolgt. Von einem Reiter.«

Louis nickte, machte eine letzte Bemerkung zu Helmuth und hüpfte herunter. »Dann sollten wir lieber aufbrechen.«

»Genau. Kann uns der Bauer vielleicht auf einen Umweg leiten? Ich glaube, es wäre besser, von dieser Straße herunterzukommen.«

Louis schüttelte den Kopf. »Diese Straßen sind zu wenig befahren, als dass es irgendeinen Unterschied machen würde – wenn wir verfolgt werden und eine andere Route einschlagen, wird nicht genug Verkehr sein, um unsere Spuren zu überdecken. Nein, wir müssen unsere Geschwindigkeit erhöhen, weiterhin vor denjenigen bleiben, von denen ein Späher entsandt wurde. Wenn sie Männer hier hätten, um etwas zu versuchen, hätten sie das bereits getan.« Er schüttelte nochmals den Kopf. »Die einzige Alternative wäre, die Kutsche zurückzulassen und eine Weile zu Fuß weiterzugehen, aber dadurch wären wir schrecklich ungeschützt.«

»Ja«, stimmte Grey zu, »das stimmt. Dann beeilen wir uns, wir haben keine Sekunde zu verlieren.«

»In der Tat«, bestätigte Louis. »Kontrollieren Sie die Pferde.« Grey überzeugte sich davon, dass alle Zaumzeuge fest angebracht waren, während Louis dem Bauern ein wenig Geld gab und ihm die Hand schüttelte. Grey kletterte wieder in die Kutsche, Louis hinter ihm und sagte dabei leise, aber mit Nachdruck »Los« zu Helmuth. Helmuth nahm die Zügel in die Hand, ließ die Kutsche in einem engen Kreis wenden und lenkte sie dann zurück auf die Straße.

Joseph Leclerc und seine Tochter verschliefen das meiste davon, bis der Kutscher den sechs frischen Pferden ein wenig Leben eingepeitscht und die Karosse ihre volle Geschwindigkeit wieder aufgenommen hatte, wodurch die kleinen Unebenheiten der breiten, flachen, schnurgeraden Straße deutlicher spürbar wurden. Die Straße war so gerade, dass Grey, obwohl er und Louis rückwärts, entgegen der Fahrtrichtung saßen, das Fenster öffnen und seinen Kopf hinausstrecken musste, um nach hinten Ausschau zu halten.

Nach ungefähr einer Stunde, während der sein Haar gründlich zerzaust worden war – die Kutsche preschte flott durch die ländlichen Gegenden, schneller als eine halbe Meile pro Minute –, begann Grey zu glauben, dass er sich den frühmorgendlichen Reiter tatsächlich eingebildet hatte. Er war schon fast bereit, Louis darum zu bitten, die Wache zu übernehmen, um einer permanenten Verrenkung in seinem Hals zuvorzukommen, als er in einiger Entfernung ein aufblitzendes Licht bemerkte – irgendwo im dämmrigen Morgendunst.

Zuerst dachte er, dass es das Schießpulver eines Gewehrs gewesen wäre. Doch diesem ersten aufblitzenden Lichtpunkt schloss sich ein zweiter und dann ein weiteres Dutzend an und schließlich wusste Grey, was das war. Das vom Kupferhelm reflektierte Sonnenlicht eines französischen Dragoners.

Grey wollte gerade die Hand ausstrecken, um Louis auf die Schulter zu tippen, da brachen sie auch schon aus dem Nebel hervor. Flaschengrüne Jacken mit rotem Wams, weiße, über der Brust gekreuzte Gürtel, schwarze, kniehohe Stiefel und die gefiederten Kupferhelme der Schergen Napoleons.

»Ah ja«, bemerkte Louis Antoine, nachdem er den

Kopf auf seiner Seite aus dem Fenster gestreckt hatte. Er beugte sich nach vorne und zog einen Kasten unter seinem Sitz hervor.

»Was ist los?«, fragte Leclerc.

»*Le deuxième dragons*«, erklärte Louis. Leclerc reckte das Kinn. Genevièves Gesicht zeigte eine verwirrende Mischung aus Erleichterung und Angst. Louis öffnete seinen Kasten. Darin lagen zwei Paar Duellpistolen. Er kontrollierte die Steinschlösser und hielt eine Grey hin.

Grey schüttelte den Kopf und sagte: »Geben Sie sie Leclerc. Ich habe ein Gewehr in meinem Koffer.« Louis nickte und bot die Pistole Leclerc an, der sie annahm und sowohl das Steinschloss als auch das Pulverfach erneut kontrollierte.

»Kann sie laden?«, fragte Louis und nickte zu Geneviève hinüber.

»Das kann ich«, gab Geneviève zurück, mit der Betonung auf »kann«, um zu verdeutlichen, dass sie es nicht sicher tun würde. Grey wartete nicht darauf, um es herauszufinden. Er zog seine Jacke aus und öffnete die Tür auf seiner Seite der Kutsche, hielt sich dann am Türgriff fest und schwang sich hinaus in den frischen deutschen Morgen.

Der Luftzug außen an einer Kutsche, die von sechs starken rheinischen Warmblütern in vollem Galopp gezogen wurde, war beachtlich; Greys Hemd und Haare wurden durchgepeitscht wie Segel, die gegen einen starken Gegenwind aufkreuzen. Grey griff über sich und bekam das Gestänge der Gepäckhalterung zu fassen, stellte einen Fuß auf den Fenstervorsprung, aus dem er sich zuvor hinausgelehnt hatte, und hievte sich auf das Kutschendach. Für einen anderen Mann wäre dieser Aufstieg vielleicht gewagt gewesen, doch nach all den Jahren, die er als königlicher Marinesoldat in der Takelage von Schiffen verbracht hatte, war Grey daran gewöhnt, dass sein Hemd umtost und seine Haare zerzaust wurden. Für besseren Halt schlüpfte er mit einem Fuß unter eine der Gepäckstangen und zog seine Truhe unter dem Befestigungsseil hervor.

Hinter der Kutsche holten die Dragoner auf; so schnell sechs rheinische Warmblüter auch ziehen mochten, ein einzelner Kavalleriesoldat war unweigerlich schneller. Bald schon würden sie nahe genug sein, um das Feuer zu eröffnen. Eine Feuerwaffe mit Vorderladung im Galopp neu zu laden war unmöglich, deshalb trug jeder Dragoner neben seinem Karabiner mindesten zwei Pistolen mit sich, oft mehr. Da die Dragoner Napoleons ganzer Stolz waren – die Speerspitze seiner Armee –, wurden bei ihnen keine Ausgaben gescheut.

Grey öffnete seine Truhe und wühlte sich durch seine Kleidung (ein paar Kleidungsstücke wehten davon; ein Dragoner duckte sich geschickt unter einer von Greys Hosen weg), um *seinen* ganzen Stolz zu finden – seine Girandoni-Repetierflinte. Wenn Grey den Lufttankschaft abnahm, passte sie gut in seine Reisetasche, wo er das Magazin geladen und den Tank gefüllt aufbewahrte. Ein Dragoner feuerte einen Karabinerschuss ab – um die Entfernung für das ganze Dutzend auszuloten, während sie in sechs engen Zweierreihen ritten. Der Schuss zischte an Greys linkem Ohr vorbei, während er gerade den Tank in die Abzug- und Laufvorrichtung der Girandoni schraubte. Er lud sie mit der ersten Kugel und zielte auf die Dragoner, die jetzt weniger als dreißig Yards entfernt waren. Sie begannen nun, aus ihrer engen Formation auszubrechen, und sortierten sich neu in einer geschlossenen Reihe, die nun breit statt lang war, indem die meisten von ihnen die harte, befestigte Straße verließen und auf die umliegenden Felder ausritten, ohne ihren Galopp zu verlangsamen.

Seit die Dragoner aus dem Dunst aufgetaucht waren, war eine Minute verstrichen – und nun gab ein anderer einen weiteren dröhnenden Schuss auf die Kutsche ab. Bevor Grey diesen erwidern konnte, krachte ein Schuss unter ihm aus dem linken Kutschenfenster hervor; diesem folgte einen Augenblick später ein Schuss von rechts. Louis und Leclerc hatten ihre Pistolen geladen und gut gezielt: Zwei Dragoner wurden aus dem Sattel geworfen. Wenn die Schüsse sie nicht getötet hatten, dann sicherlich die Stürze; Grey meinte, das Geräusch von brechenden Knochen und Genicken gehört zu haben.

Nun war die Dragonerreihe allerdings nahe genug herangekommen, um in vollem Galopp Schüsse mit einer gewissen Genauigkeit abgeben zu können, und die zwei Schüsse aus der Kutsche wurden schnell von einer anhaltenden Karabinersalve erwidert. Von einem Ende der Reihe bis zum anderen donnerte es wie aus der Breitseite eines Kriegsschiffes, und zehn Bleikugeln krachten in die

Kutsche und die Koffer darauf. Durch eine Wolke aus Splittern und Stoff – den Überresten des zerschossenen Gepäcks – visierte Grey einen Dragonerunteroffizier an und betätigte den Abzug der Girandoni. Ein Luftzug, und der Unteroffizier wurde rückwärts aus dem Sattel gerissen, als ob er mit dem Oberkörper gegen den Ast eines unsichtbaren Baumes geprallt wäre.

Eine Pistolenkugel zerfetzte einen der Koffer und riss ein Stück Fleisch aus Greys Oberschenkel. Er ignorierte die Wunde und zielte erneut. Bevor er den Abzug betätigte, wurden noch ein paar Schüsse von den Männern unter ihm aus der Kutsche abgefeuert. Diesmal fiel nur ein Dragoner. Grey schoss und erwischte selbst noch einen – aber bloß am Arm, der, zusammen mit der Pistole des Mannes, von dem Einschuss schlimm getroffen wurde. Mit beachtlicher Fassung ließ der Mann die Zügel in der linken Hand los, zog eine andere Pistole aus einem Sattelholster und zielte auf Grey, als dieser gerade erneut auf ihn schoss. Diesmal ging er zu Boden.

Grey schwenkte sein Zielfernrohr von dem reiterlosen galoppierenden Pferd des gestürzten Dragoners weg, auf der Suche nach seinem nächsten Ziel. Jetzt bemerkte er, dass dort bei den zwölf blitzenden Kupferhelmen der Dragoner ein dreizehnter Reiter war, der sich leicht zurückfallen ließ – nicht im Grün und Rot der Dragoner gekleidet, sondern im Dunkelblau eines französischen Soldaten.

Doch dessen Uniform war nicht vollständig – die Jacke eines Offiziers über dem Hemd und der Hose, die der

Mann am Vortrag getragen hatte. Es war Théodore. Major Théodore, wie es schien. Die Zügel seines galoppierenden Pferds hielt er mit beiden Händen, was bedeutete, dass er keine unmittelbare Bedrohung darstellte, also bewegte Grey sein Zielfernrohr wieder weg, auf einen anderen Dragoner, und feuerte. Noch einmal entwich zischend die Luft; eine weitere Kugel vom Kaliber. 46 durchfetzte den Körper eines französischen Kavalleriesoldaten. Dieser wurde noch einen Moment lang von einem Steigbügel mitgezogen, bevor er fiel.

Auf die konzentrierte erste Karabinersalve der Dragoner war ein weniger organisiertes Sperrfeuer aus Reserve-Karabinern und Pistolen gefolgt, die willkürlich abgefeuert wurden. Sechs Dragoner waren bereits tot, doch die restlichen sechs holten die Kutsche schnell ein. Grey hob sein Gewehr wieder an die Schulter und betätigte den Abzug. Er und entweder Louis oder Leclerc hatten dasselbe Ziel ausgewählt und rissen ein gähnendes Loch in die Brust eines Dragoners. Gleichzeitig waren auf der anderen Kutschenseite zwei Dragoner auf weniger als einen halben Meter Entfernung zu den Trittbrettern der Kutsche herangeritten und schienen entschlossen – nachdem sie ihre begrenzten Vorräte an Pulverwaffen offensichtlich erschöpft hatten –, mit ihren Kavallerieschwertern in die Reichweite der Kutscheninsassen zu kommen. Einer griff mit der linken Hand nach dem Gepäckgestänge, ließ sein Pferd unter sich hinwegreiten und stieß mit der rechten Hand einen Säbel durch eines der Fenster ins Innere. Ein Schrei ertönte – von Leclerc –, und ein

Fluch wurde ausgestoßen – von Louis, der die Tür auftrat und den Dragoner somit von der Kutsche segeln ließ. Nun schrie der Dragoner, bis sein lauter, dumpfer Aufprall ihn verstummen ließ. Der zweite Dragoner, der nahe an die Karosse herangeritten war, kletterte gerade flink den Heckteil der Kutsche hinauf. Grey feuerte die Girandoni aus weniger als einem Yard Entfernung in das Gesicht des Mannes ab.

Nun aber musste Grey seine Girandoni ablegen, da keine Zeit mehr war, deren langen Lauf zu einem dritten Dragoner herumzuschwingen, der es geschafft hatte, auf das Dach der Kutsche zu klettern. Halb gebückt schwang der Mann seinen Säbel nach Greys Schulter unter ihm; Grey schnappte sich den Mann am Arm und bremste den Schwung ab, woraufhin die zwei kämpften, rangen und sich auf dem Dach der dahinfliegenden, holpernden Kutsche vor ihren gegenseitigen Versuchen, den anderen zu Fall zu bringen und über Bord zu werfen, wegduckten.

Der Dragoner hatte mit einem Bein Halt unter dem Gestänge gefunden; Greys Fuß rutschte weg, und er fiel, schrammte über eine Truhe und fasste blindlings um sich, um sich irgendwo festzuhalten – rechnete jeden Augenblick damit, in den Abgrund hinabzustürzen –, bekam etwas zu fassen, sah aber, dass es zu spät war. Der Dragoner ragte über ihm auf, sein Schwert zum Todesstoß erhoben. Bevor dieser ihn allerdings durchbohren konnte, verzog sich das Gesicht des Mannes vor Schmerzen, da Helmuth sich auf seinem Kutschbock umgedreht und dem Dragoner mit seiner Peitsche auf den Rücken geschlagen hatte.

Dies war Ablenkung genug, damit sich Grey den Dragoner am Gürtel schnappen und ihn in den vorbeirauschenden Luftstrom stürzen konnte.

Gleichzeitig zog ein Dragoner, der immer noch im Sattel geblieben und auf die Höhe des Vorderteils der Kutsche aufgeholt hatte, eine Pistole und feuerte sie in Helmuths Bauch ab. Grey bekam die Überreste einer der Truhen zu fassen und stieß diese in den Weg des Reiters, was ihn zu Fall brachte – und, wie Grey hoffte, tötete. Grey kämpfte sich nach vorne zu Helmuth, der schon leichenblass war. Mit einer Hand hielt er immer noch die Zügel fest und versuchte, sie Grey nach hinten zu reichen. Damit war sein letzter Atemzug getan. In der Drehung sackte er nach hinten weg, fiel von der Kutsche und zog die Zügel mit sich. Grey versuchte, sie noch zu fassen zu bekommen, aber es war zu spät.

Als die Pferde die nachlassende Spannung in den Zügeln spürten, wussten sie sofort, dass sich etwas verändert hatte, dass etwas nicht stimmte, und kamen langsam aus dem Gleichschritt. Grey kontrollierte, dass er einen festen Stand vor dem Kutschbock hatte und sprang nach vorne auf den Rücken des rechten, hintersten Pferds. Beinahe wäre er abgerutscht – griff in die Mähne des Pferdes, um sich festzuhalten –, und dann trat er, indem er sein rechtes Bein hinüberschwang, auf die mittlere Deichsel, die vom hintersten Doppelgespann des Sechsspänners bis kurz vor die Leittiere verlief.

Grey schob sich langsam nach vorne, sich einzig und allein mit den Händen festhaltend, die er in das Rückenhaar und die Mähnen der galoppierenden Pferde gekrallt hatte. Er musste zu dem vorderen Gespann gelangen, zu einem der Leittiere, und es wieder anschirren. Sonst würde die fahrerlose Kutsche bei der nächsten Kurve zweifellos umkippen. Und ebenso zweifellos würden alle darin umkommen.

Nahe hinter Grey ertönte ein Schuss – aus dem Augenwinkel konnte er einen der zwei übrigen Dragoner von seinem Weg neben der Straße, der einem Hindernispfad glich, ab- und auf ihn und die Kutschpferde zureiten sehen. Aber der Schuss war nicht von ihm gekommen. Instinktiv schoss Greys Kopf zurück zur Kutsche, um gerade noch so zu erkennen, wie Louis den leblosen Körper des anderen (ehemals) übrigen Dragoners hinauswarf.

Ein weiterer Schuss. Diesmal *war* es der Dragoner, der auf Grey zugeprescht kam. Die Kugel flog Zentimeter über Greys Kopf hinweg; nahe genug, um sich einzubilden, dass er sie durch sein Haar streifen gespürt hatte. Und noch ein Schuss aus der Kutsche, als Louis, aus der Tür gelehnt, nochmals feuerte und eine Kugel durch die Wange des Dragoners jagte.

Louis rief etwas, das Grey nicht verstehen konnte, aber Grey – immer noch die Mähnen der zwei mittleren Pferde umklammernd – konnte Louis sehen, der ihm hektisch bedeutete, in die andere Richtung zu schauen. Grey schwang sein Kinn von der rechten Schulter zur linken –

Gerade noch rechtzeitig, um Théodore zu bemerken, der seine Pistole gezogen hatte und zielte, aber nicht auf Grey – sondern auf den Kopf des linken Leittiers. Théodore feuerte, beinahe aus nächster Nähe, in den Kopf des Kutschpferds. Das Pferd brach in einem Wirrwarr aus seinen eigenen leblosen Gliedmaßen zusammen. Die anderen fünf Pferde wurden aus dem Gleichgewicht gerissen, und auf einmal drehte sich alles, wurde umhergeworfen und schrie, als die Pferde und die Kutsche ins Straucheln und Schleudern gerieten. Die Deichsel, auf der Grey stand, grub sich in die Straße, und er wurde nach vorne katapultiert. Er musste seinen Kopf schützen. Dies war sein letzter Gedanke, bevor er bewusstlos wurde.

*

Lange war er allerdings nicht bewusstlos – lautes Geschrei riss ihn aus der Dunkelheit. Jedoch nicht das Geschrei von Menschen, sondern das von Pferden. Es klang wahrhaftig schrecklich. Greys erster Impuls war, seinen Körper nach seinem Gewehr abzutasten – nach einer Pistole, nach irgendetwas, mit dem er dem Leiden der Tiere ein Ende bereiten konnte. Er lag mit dem Gesicht nach unten auf dem Boden, seine Gliedmaßen unbeholfen neben sich ausgestreckt. (Wie ein Kamel – der Gedanke kam ihm ungebeten in den Sinn.) Er rollte sich auf den Rücken. Sein linker Arm funktionierte nicht. Er hob den Kopf und versuchte den Staub wegzublinzeln, um deutlicher zu sehen.

Vor ihm lag ein totes Pferd, und seine fünf verletzten Artgenossen wieherten in Todesqualen. Hinter ihnen lag die Kutsche auf der Seite, ein Wrack aus zersplitterter

Karosserie und verbogenem Metall. Hinter der Kutsche trat Théodore hervor. Er lud seine Pistole nach.

Gott sei Dank, sagte sich Grey. Er wird die Pferde erschießen. Obwohl alles, wofür Grey monatelang gearbeitet hatte, um ihn herum in Trümmern lag, verspürte er einen Moment lang Erleichterung. Sogar einen Moment der Anerkennung für Théodore. Aber während Grey zusah, stieg Théodore über die schreienden Pferde hinweg, scheinbar ohne sie überhaupt wahrzunehmen. Er ließ den Ladestock aus seiner Pistole gleiten, nachdem er die Kugel und das Kugelpflaster aus Watte darin platziert hatte. Er öffnete ein Pulverhorn und füllte das Schloss. Die Pferde ignorierte er und ging weiter auf Grey zu.

Dann zielte er auf Greys Gesicht. Grey spürte Zorn in sich aufwallen – seltsamerweise weniger aufgrund seines herannahenden Todes, sondern eher wegen Théodores Unmenschlichkeit den leidenden Pferden gegenüber. Grey sah von der Pistole zu den Tieren, sein Herz brach, sein Blut kochte, und durch das Dröhnen in seinen Ohren hörte er Théodore sagen: »Können Sie mich hören?«

Und hinter den Pferden sah Grey eine blasse, erschrockene, aber anscheinend unversehrte Geneviève Leclerc aus den Überresten der Kutsche klettern.

»Ja«, erwiderte Grey und wandte den Blick von Geneviève ab und Théodore zu, »ich kann Sie hören.«

»Normalerweise«, begann Théodore, »überlasse ich die Theatralik lieber den Österreichern und Italienern. Aber mich um die Freude zu bringen, Sie sicherheitshalber wissen zu lassen, dass unser Spiel letztendlich in einem ziemlich dramatischen Sieg für mich geendet hat, fand ich grausam. Und in einer erdrückenden und sehr endgültigen Niederlage für Sie.«

»Ja«, gab Grey zurück. »So scheint es.« Aus dem Augenwinkel konnte er erkennen, dass Geneviève eine Pistole in der Hand hielt. Doch für wen war sie gedacht?, fragte er sich. »Aber wie viele Männer haben Sie dabei verloren?«

»Das Zweite Dragonerregiment? Irgendwo sind noch mehr als genug von denen übrig. Diese wenigen mögen vielleicht wie Ritter im Rösselsprung ausgesehen haben, aber sie waren – glauben Sie mir – nicht mehr als Bauern. Ein paar Bauern, um einen Turm zurückzuerobern, ist ein geringer Preis.«

»Nun ja, das ehrt mich natürlich, aber ich bin kein Turm.«

»Nein, natürlich nicht«, feixte Théodore. »Ich habe natürlich von dem Verräter Leclerc gesprochen. Und der Läufer ›Herzog von Enghien‹ ist natürlich ein netter Zusatz.« Da sie Französisch sprachen, benutzte Théodore den französischen Namen für die Schachfigur: der »Narr« Herzog von Enghien. »Aber Sie, Caffery, sind bloß ein Bauer, der von der anderen Seite geopfert wurde. Eine Spielfigur ohne jegliche Bedeutung.«

Théodore entsicherte seine Pistole. »Wenn Sie sich in Ihrer Ehre verletzt fühlen, müssen Sie sich wegen einem Duell keine Sorgen machen«, fuhr er fort. »Mir wird genug Ehre für uns beide zuteilwerden.«

»Ein letztes Wort?«, fragte Grey. Geneviève benutzte beide Daumen, um ihre eigene Pistole zu entsichern. Das

Geräusch ging im ohrenbetäubenden Wiehern der Pferde unter.

»Nun gut«, sagte Théodore. »Heraus damit.« Er wartete. Grey wollte etwas Schlaues über die Schwäche von Théodores Endspiel sagen, doch ihm schwirrte der Kopf zu sehr.

»Nichts?«, fragte Théodore. Warum hatte Geneviève noch nicht abgedrückt? Greys Augen huschten zu ihr und verrieten sie. Théodore fuhr herum. Er sah sie an, vor sich stehend, mit der Pistole in den Händen. Beide Hände zitterten. Ihre Lippen bebten. Er fing an zu lachen.

»Willst du mich etwa erschießen, Kind? Leg das dumme Ding auf den Boden, bevor du dir noch selbst wehtust.«

Da feuerte Geneviève in Théodores Brust. Er fiel zu Boden. Grey ließ den Kopf sinken und entschwand wieder in die Bewusstlosigkeit.

18

Grey wurde schlagartig von Louis Antoine geweckt – den Fuß auf Greys Schulter –, der an Greys ausgekugeltem Arm zog und ihn somit zurück in seine Gelenkpfanne beförderte.

Grey fluchte, und Louis bemerkte: »Ja, ich dachte mir schon, dass du davon vielleicht wach werden würdest.« Er lächelte. Sein Gesicht zierten schlimme Schürfwunden, und der Großteil seines rechten Ohrs schien abgerissen worden zu sein.

»Setzen Sie sich hin«, sagte Geneviève Leclerc im Befehlston. »Ich habe Ihnen doch gesagt, Sie sollen sich nicht bewegen, während ich die Bandage zurechtschneide.«

»Verzeihung, Mamselle«, entschuldigte sich Louis. »Dachte bloß, ich bring's lieber schnell hinter mich.«

»Hinsetzen«, wiederholte Geneviève. Grey lag flach auf dem Boden; er sah Louis dabei zu, wie er sich auf einem grob geschreinerten Holzstuhl niederließ und wie Geneviève ein wenig frisches Blut unter seinem entstellten Ohr abtupfte, bevor sie einen gefalteten Wattebausch darüberlegte und Louis' Kopf langsam mit einem Sacktuch umwickelte.

Grey sah sich um. Sie befanden sich in einer kleinen Holzhütte. Grey lag auf einer Decke auf dem Boden. Weiter rechts von ihm, hinter Louis und Geneviève, lag Joseph Leclerc auf einem Bett, entweder schlafend oder bewusstlos, mit einem feuchten Lappen auf der Stirn.

»Wie geht es Leclerc?«, fragte Grey.

»Sehr schlecht, dank Ihnen«, sagte Geneviève ruhig, aber deutlich verärgert.

»Und wie geht es Ihnen?«, wollte Grey wissen.

»Auch sehr schlecht«, antwortete sie.

»Obwohl sie von uns allen eindeutig die Stärkste ist«, kommentierte Louis. »Die Einzige, die den Unfall unbeschadet überstanden hat. Hat einen Bauern zu Hilfe geholt, um die Pferde zu töten und uns von der Straße runterzubekommen, bevor noch andere Bonapartisten nachgekommen wären.« Geneviève schaute finster drein. »Anwesende ausgeschlossen«, fügte Louis schnell hinzu.

»Und was fehlt Ihnen sonst noch?«, erkundigte sich Grey bei Louis. Louis lachte.

»Weniger als Ihnen.«

Grey fasste sich an den Kopf, um zu kontrollieren, ob seine Ohren noch dran waren. Dann an seine Nase. Beide Augen schienen auch zu funktionieren sowie beide Beine. Er suchte seine Körpermitte ab.

»Wir mussten Sie aus Ihren Kleidern schneiden«, erklärte Geneviève, während sie weiterhin Louis' Kopf bandagierte.

Grey hatte gar nicht bemerkt – es war ihm nicht in den Sinn gekommen –, dass er *dénudé* war. Er atmete erleichtert auf. Louis lachte wieder.

»Geneviève und der gute Bauer konnten etwas von unserer Kleidung aus dem Wrack bergen«, sagte er und deutete auf einen unordentlichen Haufen in der Ecke. »Zusammen mit dem hier –« Er streckte den Arm zu einem Tisch neben ihm aus.

»Wenn Sie sich noch einmal bewegen«, drohte Geneviève, die gerade Louis' Bandage abschnitt, »schneide ich Ihnen Ihr zweites Ohr ab. Und zwar nicht aus Versehen.« Louis hielt Greys Girandoni-Repetierflinte hoch.

»Was für ein außergewöhnliches Gewehr«, sagte Louis bewundernd. »Ich habe davon gehört, aber noch nie eines in echt gesehen. Wie um alles in der Welt sind Sie an die gelangt?«

»Ist der Lufttank intakt?«, fragte Grey mit einem Anflug von Furcht in der Stimme.

»Ja«, bestätigte Louis. »Ich wünschte, ich könnte dasselbe über meine Pistolen sagen. Nicht eine hat mit ihrem Schloss überlebt. Die hatte ich schon vor der Revolution.« Dies erklärte er mit einem Anflug von Keckheit. Und dann mit echtem Kummer: »Helmuth hatte ich noch nicht so lange bei mir gehabt. Aber ein Kampfgenosse kann einem ganz schön ans Herz wachsen … ganz zu schweigen von einem Kutscher. Ein verdammt guter Mann. Er wird mir fehlen.«

»Er hat mir das Leben gerettet«, erinnerte sich Grey, und nachdem er einen Moment lang nachgedacht hatte, fügte er zu Geneviève gewandt hinzu: »Genau wie Sie, Mademoiselle Leclerc. Ich stehe tief in Ihrer Schuld.«

»Ja, allerdings, Engländer«, sagte sie und spie die Worte aus, ohne ihn anzusehen. »Wie soll ich nun Ihrer Meinung nach jemals wieder nach Hause zurückkehren können? Nachdem ich einen französischen Offizier kaltblütig getötet habe?«

»Da war kein einziger Tropfen kalten Blutes im Umkreis von einer Meile um Sie herum, Mamselle«, beteuerte Louis.

»Das ist das Ende«, sagte Geneviève resigniert, hauptsächlich zu sich selbst. Die anderen schwiegen eine Weile lang. Geneviève ging nun zu ihrem Vater, nahm ihm den feuchten Wickel ab und fühlte seine Stirn.

»Er hat Fieber«, stellte Geneviève fest.

Ein Mann betrat die Hütte – der Bauer, nahm Grey an, dem sie gehörte. Er hatte einen Krug Wasser dabei, den er Louis reichte.

»Tausend Dank«, sagte Louis, der Geneviève den Krug anbot. Sie ignorierte ihn, also nahm er einige gierige Schlucke und reichte den Krug dann nach unten zu Grey weiter, der sich aufsetzte und nach hinten gegen die Wand lehnte. Grey – der jetzt erst bemerkt hatte, wie wahnsinnig durstig er war – trank ebenfalls gierig und gab den Krug zurück. Louis bot ihn nochmals Geneviève an, die ihn abwesend nahm, die Finger hineintauchte und das Gesicht ihres Vaters mit ein wenig kühlem Wasser bespritzte. Er stöhnte leise.

»Wie geht es ihm?«, fragte der deutsche Bauer.

»Nicht besser, fürchte ich«, antwortete Louis. Zu Grey gewandt fügte er hinzu: »Er hat einen Säbel in die Brust abbekommen, und sein rechtes Bein ist übel zugerichtet. Ich weiß nicht genau, wie schlimm«, und dann, wieder zu dem Bauern: »Aber zumindest ist der da« – er deutete mit dem Daumen hinter sich auf Grey – »inzwischen aufgewacht.«

Der Bauer nickte. »Meine Frau packt Ihnen etwas zu essen zusammen. Sie können nicht lange bleiben. Es wird nicht schwierig sein, eine Spur von Ihrer Unfallstelle bis zu meinem Stall zu finden.«

»Ja«, entgegnete Louis. »Sobald wir können.«

»Nein«, widersprach Geneviève. »Mein Vater kann nicht fortgebracht werden. Nicht, bis das Fieber gesunken ist.«

Der Bauer schüttelte den Kopf.

»Er hat recht«, bekräftigte Louis, »hier können wir nicht bleiben. Eine Dragonereinheit kann nicht einfach so verschwinden, ohne ziemlich viel Aufmerksamkeit auf sich zu ziehen. Wir müssen weiter.«

»In einem holpernden und schaukelnden Wagen? Das wird ihn umbringen.«

»Wenn er bleibt«, sagte der Bauer, »wird uns das alle umbringen. Sie müssen gehen.«

»Lassen Sie mich einmal einen Blick auf ihn werfen«, meldete sich Grey zu Wort und kam ungelenk auf die Beine. Schwindel überfiel ihn, und er torkelte zurück gegen die Wand. Er stieß sich nach vorne ab, und Louis hielt ihn an der Schulter fest, bis er sein Gleichgewicht wiedergefunden hatte.

»Was soll das nützen?«, fragte Geneviève. Ihre Stimme sprühte immer noch vor Gift.

»Ich war viele Jahre lang auf hoher See«, erklärte Grey. »Ich habe mehr gebrochene Beine gesehen, als Sie warme Mahlzeiten gegessen haben.« Geneviève schaute finster drein, trat aber einen Schritt zur Seite, damit Grey sich ihren Vater ansehen konnte.

Sanft tastete Grey die ganze Länge von Leclercs Bein ab. Da war ein Bruch, aber bloß in dem dünnen Außenknochen des Unterschenkels.

»Es ist gebrochen, aber nicht allzu schlimm. Nur da, wo die Verfärbung ist. Aber sie hat recht«, bestätigte er und drehte sich zu Louis um. »Wenn er auf diesen Straßen durchgeschüttelt wird, wird sich der Bruch vergrößern und Wundbrand verursachen. Er würde das Bein verlieren, und mit dieser Brustwunde« – Geneviève hatte sie zwar bereits gesäubert und verbunden, aber Grey konnte deren Ausmaß wegen des Blutes, das durch den weißen Stoff sickerte, trotzdem gut einschätzen – »würde es ihn vermutlich umbringen. Blutvergiftung.«

»Sie können nicht hierblieben«, wiederholte der Bauer.

»Nein«, besänftigte Grey ihn. »Das können wir nicht. Haben Sie einen Handkarren?«

»Ja«, entgegnete der Bauer. »Mit dem haben wir Sie hergebracht.«

Grey nickte. »Würden Sie uns den verkaufen?«

»Ja«, sagte der Bauer.

»Wir werden ihn darin bis zum Rhein transportieren«,

erklärte Grey. »Und eine Barge zum Meer nehmen. Wie weit ist der nächste Flussanlegesteg entfernt?«

»Etwa fünfzehn Meilen auf der Straße – aber ich kann Ihnen einen Pfad im Wald zeigen, auf dem Sie langsamer und vorsichtiger vorankommen können, und vielleicht nach zwanzig Meilen oder ein wenig mehr ankommen.«

»Sehr gut«, entschied Grey. »Bitte holen Sie uns das Essen und den Karren, und wir werden sofort aufbrechen. Louis, wären Sie so nett und würden mir ein paar meiner Kleidungsstücke geben? Und, falls mein Portemonnaie überlebt hat, auch das? Und nun«, an Geneviève gewandt, »lassen Sie uns dieses Bein schienen.«

19

Der Waldweg war alt und ausgefahren – eine vorrömische Straße vermutlich, die einem Bach zum Rhein folgte. Sein Wert lag darin, dass er meilenweit von so etwas wie einer echten Straße entfernt war. Da der Bauer ihnen geholfen hatte, ihre Spuren dorthin zu verwischen, konnten sie sich Zeit nehmen und darauf achten, Leclerc nicht zu sehr durchzurütteln. Er lag, irgendwo zwischen Delirium und Bewusstlosigkeit, auf einem Bett aus Stroh auf dem Handkarren des Bauern.

Sie folgten dem Pfad den restlichen Tag und die darauffolgende Nacht über, wurden oft langsamer, hielten aber nie ganz an, außer um die verschiedenen Bandagen jede einzeln im Wasser des Baches neben ihnen zu waschen und zu kühlen. Im Dämmerlicht des nächsten Tages, am Morgen des 4. März, kamen sie am Rheinufer an. Der neue Flussanlegesteg, wie ihnen der Bauer erklärt hatte, lag flussabwärts, wo der Waldweg endete, weniger als eine Meile von irgendeinem alten Steinhaufen eines Stegs entfernt, der schon lange nicht mehr benutzt wurde. Wo der Pfad aus dem Wald führte und der Bach und der Rhein zusammenflossen, wusch Geneviève ihren Vater, während Grey und Louis selbst badeten; danach badete auch sie, und Grey und Louis besprachen, wie viele Bandagen sie in der Öffentlichkeit wagen sollten zu tragen. Zu zweit schafften sie es, aus den geborgenen Gepäckstücken Männerkleidung für drei zusammenzubekommen; Leclerc zogen sie auch an. Und zuletzt beanspruchte Louis Mr Leclercs Perücke für sich, die, da sie ihm ein wenig zu groß war, sein kaputtes Ohr verdeckte.

Während sich Geneviève abtrocknete und anzog, legten sie sich ihren neuen detaillierten Fluchtplan zurecht, den sie nicht im Beisein des Bauern hatten besprechen wollen und wozu sie vor dem eiskalten Bad, das sie wieder etwas belebt hatte, noch keine Energie gehabt hatten. Sie würden die erste Barge Richtung Norden heranwinken, die gewillt war, Passagiere von einer nicht verzeichneten Zwischenanlegestelle an Bord zu nehmen (der Steg, den sie benutzen würden, gehörte zu dem Dörfchen Linz am Rhein). Sie würden auf Privatkabinen bestehen, wenn nötig auch auf eine Barge warten, die diese anbieten konnte, und sich dann darin verschanzen, bis sie Rotterdam erreichten. Einmal dort, mussten sie es nur vermeiden, über die wenigen hundert Yards zwischen den Flussstegen und den Meerhafendocks entdeckt zu werden, und eine Passage auf einem Handelsschiff nach England kaufen, um sicher außerhalb der Reichweite von Paris zu sein.

Nachdem sie sich darauf geeinigt hatten, nahmen sie sich einen Moment Zeit, um sich über das eisige Verhalten auszutauschen, das Geneviève ihnen gegenüber nun an den Tag legte – sie behandelte sie nun mehr oder weniger wie Fremde, die zufällig auf derselben Route unterwegs waren, und sprach sehr wenig. Sie stimmten beide darin überein, dass man ihr unter diesen Umständen keinen Vorwurf machen könnte: Ihr Vater war verletzt, und sie hatte zum ersten Mal einen Mann getötet. Der einzige Streitpunkt war, ob man ihr vertrauen konnte oder nicht. Grey war sich sicher, dass man ihr trauen konnte – was sollte er auch sonst denken, sagte er, nachdem sie Théodore getötet hatte, um ihn zu retten? Louis mahnte allerdings zur Vorsicht. Wenn Georges Danton sich für *mise en garde* anstatt *l'audace* ausgesprochen hätte, erinnerte Louis Antoine de Bourbon, Duc d'Enghien, säße Dantons Kopf heute immer noch auf seinen Schultern. Grey wagte es zu behaupten, dass niemand Louis einen Mangel an Wagemut vorwerfen könnte, aber ein weiterer Austausch zu diesem Thema wurde vorzeitig dadurch beendet, dass Geneviève sich fertig angezogen hatte.

Während Geneviève ihnen stumm hinterherlief – und die Hand auf die Schulter ihres immer noch fiebernden, jedoch endlich schlafenden Vaters gelegt hatte –, zogen Grey und Louis den Karren weiter am Flussufer entlang nach Linz. Allmählich kam zwischen dem Wasser und dem Wald die Stadt in Sicht, und von ihren Vororten bis zur Anlegestelle herrschte wenig Verkehr. Grey kaufte einen Laib Brot und einen halben Laib Käse, die sie sich während des Wartens teilten. Nachdem Louis die Signalflagge der Anlegestelle gehisst hatte, um den Flussbooten mitzuteilen, dass sie an einer Mitfahrt interessiert waren, konnten sie nichts anderes mehr tun, als zu warten und zu essen. Und auf die andere Flussseite zu schauen, die jetzt Frankreich war. Geredet wurde nur wenig.

Obwohl beinahe ununterbrochen lange, schmale Flussboote vorbeifuhren – es gab wenig Ware in Westdeutschland und Ostfrankreich, die nicht auf dem Rhein transportiert wurde –, dauerte es beinahe eine Stunde, bis eine Reisebarge auftauchte, die gewillt war, Passagiere an Bord zu nehmen. Und trotzdem – nachdem sie sich mit der immer noch fahrenden Barge in hin- und hergerufener Verhandlung zwei Kabinen nach Rotterdam gesichert hatten – war es sehr riskant, da der Kahn nicht gänzlich zum Stehen kam und Grey mit Leclerc auf dem Arm an Bord des sich bewegenden Bootes steigen musste, während Geneviève und Louis ihr Bestes taten, um dessen gebrochenes Bein zu stützen.

Ein Freiwächter führte sie zu ihren Kabinen auf der westlichen Seite des Bootes. Der Gang zwischen den Kabinen und den Seitendecks war so eng, dass Grey gezwungen war, Leclerc auf das Dach der Kabinen zu tragen, wo (wie auf einer großen Gondel) die Rudermänner standen und ihn dann mit Hilfe des Freiwächters und einem Passagier, der zum Sonnen auf dem Dach gewesen war, zu Louis hinunterzulassen. Geneviève erklärte die Verletzungen ihres Vaters als die Folgen eines schlimmen Sturzes von einem Pferd.

Die Barge war keine königliche Yacht. Tatsächlich unterschied sie sich bloß insoweit von einem rheinischen Frachtkahn, als dass die Fracht, die sie transportierte,

Menschen waren. Nichtsdestotrotz waren die Kabinen völlig akzeptabel – jede war mit einer Koje und einer Hängematte ausgestattet, die man darüber aufhängen konnte, einem Tisch, einem Stuhl und – um rheinische Großfamilien unterbringen zu können – mit einer paarweisen Verbindungstür, was bedeutete, dass beim Aufmachen eine frische Flussbrise nicht auszuschließen war.

Nachdem sie Leclerc abgeladen hatten und Mademoiselle Leclerc Grey und Louis davon überzeugt hatte, dass sie auf keinen Fall zustimmen würde, in der Koje der anderen Kabine zu schlafen, sondern die Hängematte in der Kabine ihres Vaters aufhängen würde, zogen Grey und Louis sich nun in ihre eigene Kabine zurück. Sie einigten sich darauf, dass derjenige von ihnen, der zuerst wachen würde, eine Hundswache halten und für deren Dauer die Koje bekommen sollte; dann spielten sie eine Runde Morra darum. Grey hatte die geraden Zahlen und gewann, was ihm die erste Runde Schlaf verschaffte. Hängematten hatten ihm noch nie etwas ausgemacht.

Vier Stunden später – die Zeit behielten sie größtenteils durch Uhren an vorbeiziehenden Kirchtürmen im Auge; der Fährkahn läutete keine Glocke, und weder Greys Uhr noch irgendeine der Franzosen hatte den Kutschenunfall überlebt – weckte Louis Grey auf, ohne etwas berichten zu können, außer dass sie Bonn passiert hätten und ein halbes Dutzend Passagiere von und an Bord gegangen wäre. Mit einer Namensliste hätte der Mannschaftssteward nicht dienen können, da keine Passagierliste geführt würde, aber er hätte Louis sagen können, dass keine davon

Offiziere wären und niemand an den Anlegestegen gefragt hätte, wer auf der Barge eventuell mitführe. Louis fügte hinzu, dass dieser bestimmte Steward sie wegen der Fragen nicht verdächtigte, da Louis ihm erzählt hätte, sie wären eine Familie auf der Flucht vor schlimmen Schulden, die der missratene Sohn – Grey – mit seiner Trink- und Spielsucht angehäuft hätte. Grey stieß ein freudloses Lachen aus und ließ Louis müde, aber optimistisch zurück, damit der sich nun ausruhen konnte.

Greys Wache dauerte bis nach Einbruch der Dunkelheit und bis zur Ankunft der Barge in Köln. Dort weckte er Louis, um für zehn Minuten zu übernehmen, damit Grey von Bord gehen und von den Hafenhändlern für sie alle etwas zu essen kaufen konnte. Er kehrte mit Laugengebäck und zwei Taschen voller kleiner Äpfel zurück. Wasser war aus dem Wasserfass der Barge zu bekommen, Grey hatte jedoch vorsichtshalber auch ein paar Flaschen Bier gekauft. Und (am allerwichtigsten) nach einem aufreibenden Tag und einer Nacht hatte er es endlich geschafft, seine Tabakvorräte wieder aufzufüllen. Louis nahm ein Gebäck und ein Bier und ging zurück in seine Koje, vor sich hin murmelnd, dass er morgen versuchen würde, seine zerbrochene Pfeife wieder zusammenzusetzen. Grey klopfte leise an die Kabinentür der Leclercs, und einen Moment später öffnete Geneviève, trat hinaus, teilte ihm mit, dass ihr Vater endlich friedlich schlafe, und fragte, was Grey wolle.

Grey bot ihr ein Gebäckstück und einen Apfel an. Sie nahm dieses und aß langsam, indem sie kleine Stückchen abriss und an ihnen knabberte. Da Grey es müde war, Gesprächsversuche mit ihr zu starten, schwieg er und arbeitete sich stattdessen durch ein paar Äpfel und Bierflaschen, während er im Vorbeigleiten die französische *patrie* betrachtete. Die Kölner Stege, an denen sie angelegt hatten, waren auf der französischen Seite gewesen – Greys erstes Mal in Frankreich, seit er damals in einem Schmugglerboot von einem normannischen Strand abgelegt hatte. Seitdem waren ein paar anstrengende Monate vergangen, genau das Richtige, um nicht über sein Privatleben nachdenken zu müssen. Er fragte sich, ob sein Garten und sein Piano wohl in Gebrauch waren.

»Vermutlich«, begann Geneviève unvermittelt, »sollte ich Ihnen dafür danken, dass Sie sich so für meinen Vater eingesetzt haben.«

»Das tue ich gerne«, sagte Grey, biss ein letztes Mal von seinem Apfel ab und warf das Kerngehäuse in den Rhein. Geneviève verfiel wieder in Schweigen, und Grey schnitt mit dem Messer aus seinem leeren Zigarrenetui den Strunk aus einem neuen Apfel heraus. Dann bohrte er oben ein Loch hinein und schnitt weitere zwei Löcher im rechten Winkel in den Rundkörper. Als Nächstes streute er etwas von seinem neuen Tabak hinein und zündete ihn mit dem Apfelstiel, den er als Streichholz benutzte, an einer der Flammen der Positionslichter des Schiffs an.

Er paffte los, jetzt weniger seinen Gedanken nachhängend als vielmehr darüber nachsinnend, wie eigenartig, aber angenehm die Geschmackskombination von gebackenem Apfel und Tabak war.

»Sie haben gestern den Großteil von einem Dutzend Männer umgebracht«, bemerkte Geneviève.

»Nein«, widersprach Grey, »ich glaube nicht, dass ich mit Recht mehr als die Hälfte für mich beanspruchen kann. Louis Antoine und Ihr Vater haben es mit dem Rest aufgenommen.«

»Was gibt Ihnen das für ein Gefühl?«, fragte Geneviève.

»Was mir das für ein Gefühl gibt?«, wiederholte Grey überrascht. Er zuckte mit den Schultern. »Ich sehe Töten nicht als etwas an, für das man sich schämen muss, wenn man es aus den richtigen Gründen tut. Nur Mord ist eine Sünde.«

»Dann war das also kein Mord?«

»Nun ja, ich für meinen Teil kann behaupten, dass diese Männer mich getötet hätten, wenn ich sie nicht zuerst getötet hätte. Die Regeln der Welt besagen, dass man das gute Recht dazu hat, einen Mann, der versucht, einen zu töten, ebenfalls zu töten.«

»Allerdings hätte der Mann, den ich getötet habe, nicht mich getötet.«

»Aber mich. Wenn Sie möchten, übernehme ich die Verantwortung für seinen Tod. Das wird mich des Nachts nicht wachhalten.«

»Ich fürchte, so funktioniert das nicht.« Sie klang sehr ernst. Sie verfielen in ein weiteres kurzes Schweigen.

»Er hätte Sie getötet«, nahm Geneviève das Gespräch wieder auf, »weil Sie sein Feind waren. Er war ein Soldat.«

»Das ist so nicht ganz richtig«, erwiderte Grey. Als sie

nicht fortfuhr, aber zu wünschen schien, dass er es tat, fügte er hinzu: »Aus welchem Grund haben Sie ihn erschossen? Zu dem Zeitpunkt. Ich nehme an, nicht, um *mich* zu retten.«

»Ich hatte Angst um meinen Vater.«

»Und das aus gutem Grund«, pflichtete Grey ihr bei. »Soldaten wie Théodore tun ihren Feinden schlimme Dinge an.«

»Aber solche wie Sie nicht?«

»Wie ich?«

»Spione? Kriminelle? Diebe im Dienste Seiner Majestät?«

Grey zuckte mit den Schultern. »Wie Sie meinen. Aber es tut mir leid, Sie enttäuschen zu müssen – nein, solche wie ich tun so etwas nicht.«

Geneviève Leclerc stieß ein sehr kurzes, verächtliches Lachen aus. »Und was genau tut ein französischer Offizier, das, wie Sie behaupten, unter seiner eigenen Würde wäre?«

»Es hat überhaupt nichts damit zu tun, Franzose zu sein. Ich wage zu behaupten, dass Sie Louis als Franzosen erkannt haben. Es hat mit … ach, ich weiß nicht … der Einstellung zu tun. Frankreich wurde in letzter Zeit von einer neuen Philosophie gelenkt, die besagt, dass der Zweck die Mittel heiligt. Wir – soll heißen, diejenigen, die auf der anderen Seite dieses Kampfes stehen – sehen das nicht so.«

»Und wie viele Amerikaner und Iren haben Sie in Ihren Versuchen getötet, sie davon zu überzeugen, dass der Zweck nicht die Mittel heiligt?«

»Das ist ein vollends gerechtfertigter Einwand«, gab Grey zu und paffte an seinem Apfel. »Aber hier würde ich anmerken, dass es einen Unterschied gibt, auf der einen Seite zwischen Gut und Böse abzuwägen und auf der anderen zu verkünden, dass der Wunsch, Gutes zu tun, Böses zu Gutem macht. Während des amerikanischen Kriegs wurde die amerikanische Seite von vielen Engländern lautstark vertreten, viele Parlamentsmitglieder eingeschlossen. Ebenso ist das Parlament unweigerlich voller Verteidiger der irischen Rechte. Der amerikanische Präsident – oder vielleicht sein Vorgänger, in meinem Kopf vermischen sie sich immer ein bisschen –, der jedenfalls, diente vor deren Revolution als Rechtsbeistand der englischen Soldaten, die des sogenannten Massakers von Boston beschuldigt wurden. Ein brennender Revoluzzer, wohlgemerkt, und er soll gesagt haben, dass die Verteidigung dieser Soldaten der stolzeste Augenblick in seinem Leben war, weil es jeder Mensch verdient hat, seine Rechte auf dieselbe Weise verteidigt zu wissen. Aber ich schweife ab, glaube ich. Dieses deutsche Bier, fürchte ich, ist mir zu Kopf gestiegen.« Er warf eine leere Flasche in den Fluss. »Aber wenn Sie wüssten, was ihre geschätzte Nationalversammlung, die Direktorate und der Erste Konsul so ausgeheckt haben … würde sich Ihnen der Magen umdrehen.«

»Das sagen Sie.«

»Das sage ich. Ich kann kaum glauben, dass es fast schon ein Jahr her ist, seit mir die Arme von einem professionellen Folterknecht in den Kerkern der Conciergerie beinahe ausgerissen worden wären.«

»Sie hätten Frankreich vor der Revolution besuchen sollen«, ließ Louis Antoine hinter ihnen verlauten. »Es hat sich von einer freundlicheren Seite gezeigt, als es noch ein Parlament statt einem Gefängnis war.« Louis stand in der offenen Kabinentür; er trat hinaus auf den engen Gang und stützte sich auf der Reling des Seitendecks ab. »Wo sind wir?«

»Etwas nördlich von Köln.«

»Sehr gut. Ich löse Sie ab. Und werde das Bier in Beschlag nehmen.«

»Sehr verbunden, Louis«, dankte Grey. »Gute Nacht, Mademoiselle Leclerc.«

»Gute Nacht, Mr Caffery.«

Louis und Grey lachten beide. Grey betrat seine Kabine und überließ es Louis, eine Erklärung abzugeben, wenn er wollte. Grey war schon fast eingeschlafen, noch bevor er seine Hängematte aufgehängt hatte.

20

Grey schlief den Großteil der Nacht durch und wurde am Morgen von Louis geweckt. Dieser hatte sich bei seinem Steward-Freund versichert, dass keine Offiziere an Bord der Barge gekommen waren oder nach den Passagieren gefragt hatten. Daher schlossen er und Grey eine unmittelbare Gefahr, dass man ihre Spuren von der Unfallstelle mit der Kutsche aus weiterverfolgt hatte, einstimmig aus. Der Verlauf der restlichen Reise würde einfach darin bestehen, weiterhin auf der Hut zu sein. Mit einer minimalen Barzahlung an Louis' Steward konnte dieser Spielkarten und eine Stecktafel aus dem kleinen Gemeinschaftsraum nahe des Bugs entwenden lassen. Fast den ganzen Tag – nachdem Louis ein kurzes Nickerchen gemacht und Grey einige Spiele Solitär gelegt hatte – verbrachten sie mit einer verzweifelten, mörderischen Partie Cribbage. Die Gentlemen vergaßen sich dermaßen, dass Geneviève irgendwann gezwungen war, durch die Verbindungstür hereinzukommen und sie wegen ihres ununterbrochenen Brüllens von »Töffel« zu schimpfen.

Louis lud sie ein, sich zu ihnen zu gesellen. Nach ein wenig anfänglichem Widerwillen und nachdem man sie davon überzeugt hatte, dass es die beste Garantie für Ruhe wäre, wenn sie sie nach Belieben ausschimpfen konnte (dies war Greys Vorschlag gewesen), willigte Geneviève ein und wurde in die nächste Runde miteinbezogen.

Sie war geschickt im Cribbage und gewann einige Spiele, erwies sich aber als unfähig, ihr Blut in eine derart fiebrige Wettbewerbswallung zu versetzen, welche Grey und Louis im Leben antrieb. Nach kurzer Zeit erklärte sie, dass sie auf dem Oberdeck ein wenig frische Luft schnappen und die Männer ihrem theatralischen Getue überlassen würde. Falls sie zurückkommen sollte und sähe, dass ihr Vater gestört würde, fügte sie hinzu, würden sie Ohren einbüßen.

Eine halbe Stunde später kam sie ganz bleich im Gesicht zurück. »Einer der batavischen Spieler ist an Bord«, brach es aus ihr hervor, sobald sie die Tür hinter sich geschlossen hatte.

Jeder Gedanke an Cribbage war sofort verflogen. »Einer der Schachspieler?«, fragte Louis. »Hat er Sie erkannt?«, wollte Grey wissen. Sie nickte Louis zu und sagte zu Grey: »Ja. Er hat sich nach der überstürzten Abreise meines Vaters erkundigt.«

»Hat er seinen Namen genannt?«, fragte Louis.

»Ja«, antwortete Geneviève. »Dekker.«

»Beschreiben Sie ihn«, forderte Grey sie auf.

»Kleiner als Sie«, sagte sie zu Grey, »aber irgendwie trotzdem noch zu dünn für seine Größe. Kleine Nase, leicht feminin. Dünne Lippen. Rote Haare und Sommersprossen.«

»Der *barbarossa*«, stellte Louis fest, »ja, ich erinnere mich an ihn.«

»Ja«, bestätigte Geneviève, »er trägt eine Art Bart. Einen sehr batavischen Bart.«

Grey nickte. Er erinnerte sich ebenfalls an den Mann. Hatte seine erste Partie gewonnen und die zweite verloren. »Hat jemand von Ihnen in Frankfurt mit ihm gesprochen?«, fragte er.

Louis schüttelte den Kopf.

»Ja«, entgegnete Geneviève. »Er ist ein brennender Unterstützer der batavischen Republik.«

»Sie meinen, er ist ein Bonapartist.«

Geneviève zögerte einen Augenblick, nickte dann aber.

Ein kurzes Schweigen entstand, während dem alle drei von ihnen die Situation überdachten. Louis nahm den Faden wieder auf, indem er sein Cribbage-Blatt hinwarf und feststellte: »Das ist ziemlich ungünstig.«

»Mhm«, machte Grey, nickte zustimmend und überlegte dann laut: »Wenn wir anlegen, könnte er Alarm schlagen – aber zwischen hier und Rotterdam liegen bloß deutsche Städte. Das würde ihm also wahrscheinlich nicht sehr viel Gutes einbringen. Aber … er könnte eine Nachricht an jeden beliebigen Franzosen weitergeben, der sich gerade zufällig an einem Anlegesteg auf dem östlichen Flussufer aufhält. Und am nächsten Anlegesteg würde uns dann ein Dragonerregiment erwarten, um uns festzunehmen.«

Louis nickte. Geneviève sah zu Boden und blickte gelegentlich zur Kabinentür, hinter der ihr Vater schlief.

»Aber –«, warf Grey ein.

»Es sind nur noch zwei Halte bis nach Rotterdam«, führte Louis Greys Gedanken zu Ende. »Wir müssen einfach beide ein Auge auf ihn haben – ein sehr genaues Auge – und dann in Rotterdam sichergehen, dass wir vor ihm von Bord gehen. Das sollte eigentlich kein großes Problem sein.«

»Genau«, pflichtete Grey ihm bei. »Wir sollten allerdings vermutlich von jetzt an ein Auge auf ihn werfen.«

»Ja«, bestätigte Louis. »Wissen Sie, in welcher Kabine er sich befindet?«

Es dauerte einen Moment, bis Geneviève verstand, dass Louis mit ihr sprach.

»Nein«, antwortete sie.

»Macht nichts«, entgegnete Louis. »Das kann ich ganz leicht von unserem Freund dem Steward erfahren. Ich bin gleich wieder zurück«, sagte er, stand auf, drückte sich an Geneviève vorbei und ging auf das Deck hinaus.

Geneviève fluchte leise auf Französisch und erklärte, dass sie nach ihrem Vater sehen würde.

21

Der batavische Schachspieler hatte eine Kabine auf der Ostseite der Barge bezogen, ziemlich weit vorne. Da man wahrscheinlich eher Grey als Louis wiedererkennen würde – der als gesichtsloser Diener und nicht als Mitstreiter beim Turnier gewesen war –, bestand dieser darauf, die erste Wache zu übernehmen. Grey warf ein, dass er schon die ganze vergangene Nacht über aufgeblieben sei, doch Louis war fest entschlossen. Daher willigte Grey ein, zu übernehmen, sobald die Sonne weit genug untergegangen war, damit die Dunkelheit seine Gesichtszüge etwas verbarg. Bis dahin würde Louis vor dem Bug stehen, mit dem Rücken zum Wind, und die Tür des Batavers beobachten, indem er so tat, als rauchte er hier draußen gemütlich. Mit grimmiger Resignation gab Grey seinen neu gekauften Tabak her und wünschte Louis bei der Reparatur seiner einstig langstieligen Tonpfeife viel Glück.

In der Zwischenzeit hatte Louis die Kabine des Holländers ausfindig gemacht. Bevor er zu seinem Wachposten aufbrach, kam Geneviève aus ihrer Kabine und schlug vor, dass sie die Wachpflicht vielleicht aufteilen könnten. Louis tat die Idee ab, sagte, es wäre wichtiger, sich um die Gesundheit ihres Vaters zu kümmern, und ging. Geneviève sah verärgert aus, dass sie keine Chance auf eine Erwiderung bekommen hatte, und setzte sich auf Louis' Koje.

»Mein Vater schläft immer noch und scheint kein Fieber mehr zu haben«, sagte sie. »Er schwitzt nicht mehr.«

»Hat er genug Wasser bekommen?«, fragte Grey. Geneviève nickte. »Gut. Das freut mich.«

»Was haben Sie vorher über die Conciergerie gesagt? Ich habe Louis Antoine danach gefragt, aber der meinte, es wäre nicht seine Angelegenheit, und er wolle nicht darüber sprechen.«

»Ich war dort letztes Jahr zu Gast. Als Gast des Ersten Konsuls Bonaparte.«

»Was hatten Sie getan?«

Grey erwiderte ihren Blick und schwieg.

»Wurden Sie gefoltert?«, fragte Geneviève.

Grey schwieg noch einen Moment, dann gab er nach. »Ja, das wurde ich.«

Geneviève wandte den Blick von Grey ab, wartete einen Augenblick und fragte dann: »Wie war es?«

»Gefoltert zu werden?«

»Ja.«

Grey sah Geneviève Leclerc neugierig an. Das hatte ihn bisher noch niemand gefragt.

»Es war, äh ... sehr schmerzhaft.«

»Was haben sie Ihnen angetan?«

»Ich wurde gestreckt. Sie wissen schon, auf einer Streckbank, an Händen und Füßen gefesselt.«

»Und das war sehr qualvoll?«

»Es war ungefähr so, als ob man mich an zwei Pflugpferde gekettet hätte, die in entgegengesetzte Richtungen getrieben wurden … Sie sind ein mutiges Mädchen, nicht wahr?«

»Die Kinder der Revolution können mit den Gepflogenheiten der Vergangenheit nichts anfangen.«

»Ist das so?«

»Ja, so ist es.«

»Wenn der Gentleman, der mich foltern ließ, doch auch bloß so offen gewesen wäre. Unter anderem war er schrecklich verärgert darüber, dass ich seine Schwester gevögelt habe.«

Geneviève errötete heftig, stand auf, verließ den Raum und ging wieder in die Kabine zurück, in der ihr Vater schlief.

Grey lachte leise in sich hinein – mit den Gepflogenheiten der Vergangenheit konnte sie also nichts anfangen, was? – und begann sich ein Blatt Solitär aufzulegen.

Dann spürte er jedoch Scham in sich aufsteigen und beschloss, stattdessen ein Nickerchen zu machen.

*

Das Nickerchen und das Solitär brachten die verbliebenen Stunden bis zur Abenddämmerung herum, und ab da löste Grey Louis ab; er nahm seinen Platz am Bug ein, atmete beiläufig die Abendluft ein und hoffte, dass die relative Dunkelheit den Bataver, sollte er denn aus seiner Kabine herauskommen, daran hindern würde, ihn zu erkennen. Bei der Wachablösung sagte ihm Louis, der Steward hätte vorher bestätigt, dass der Mann auf seiner Kabine sei und seitdem niemand mehr dort ein oder aus gegangen wäre. Grey wies auf die Verbindungstür zwischen den Kabinen hin, doch Louis konnte nicht erkennen, was der Bataver von einer Täuschung hätte. In jedem Fall hätte Louis jeden gesehen, der in das Dutzend Steuerbordkabinen hinein- oder hinausgegangen wäre, und keiner davon wäre der Bataver gewesen.

Kurz nachdem er die Wache übernommen hatte, kam die Barge in Düsseldorf an, der Bataver streckte den Kopf aus der Kabine und rief einen der Bootsstewards zu sich. Der Steward folgte dem Mann in seine Kabine und kam einen Augenblick später wieder heraus. Unter Greys wachsamem Blick ging er zum hinteren Teil des Schiffs, sagte etwas zu einem der Kahnführer am Rande des Anlegestegs und trat dann an Land. Grey folgte ihm auf dem Fuße.

Zu demselben Kahnführer sagte Grey: »Ich gehe kurz für das Abendessen von Bord … wann legen wir wieder ab?«

»In zehn Minuten, kommen Sie nicht zu spät.«

Grey nickte, durchquerte die Flussdocks Richtung stadteinwärts und behielt den Steward immer geradeaus vor sich. Sobald sie vom Boot aus nicht mehr zu sehen waren, holte Grey den Steward ein, packte ihn am Schlafittchen und zerrte ihn in eine Seitenstraße.

»Es tut mir leid, Sie zu belästigen«, begann Grey, »aber ich frage mich, ob Sie mir wohl sagen könnten, worum Sie der rotbärtige Bataver gebeten hat.«

»Um gar nichts hat er mich gebeten«, gab der Steward zurück.

Grey griff in seine Hosentasche und holte vier Schillinge hervor.

»Wenn Sie mir verraten, was er gesagt hat, werde ich es für mich behalten, und Sie bekommen sowohl meine als auch seine Bezahlung.«

Der Mann sah aus, als ob er erwartete, dass Grey noch eine Drohung hinzufügen würde: den Stock, als Ausgleich zu der lockenden Karotte. Tatsächlich hatte Grey in Betracht gezogen, den Mann zu bedrohen, aber dann beschlossen, dass es unnötig war. Und er hatte recht. Einen Moment später zuckte der Mann mit den Schultern und streckte ihm seine offene Hand für die Bezahlung entgegen. Grey ließ einen Schilling in seine Handfläche fallen.

»Was wollte er?«

»Er wollte, dass ich eine Nachricht überbringe.«

»An wen?«

»An einen französischen Offizier.«

»An welchen französischen Offizier?«

»An einen beliebigen französischen Offizier. Das ist alles. Mein Geld, Sir?«

»Geben Sie mir die Nachricht.«

Der Steward überlegte einen Augenblick, ob er für

die Nachricht nicht eine zusätzliche Gebühr einfordern sollte, sah dann aber ein, dass er sein Glück besser nicht auf die Spitze trieb. Er griff in seine Tasche und zog einen klein zusammengefalteten Zettel mit einem Wachssiegel hervor. Grey ließ die übrigen drei Schillinge in die offene Hand des Mannes fallen, und dieser gab ihm die Nachricht.

»Gehen Sie nicht direkt zurück«, ordnete Grey an. »Drehen Sie eine Runde; nehmen Sie sich so lange Zeit, wie es gedauert hätte, das hier zuzustellen. Erwartet er von Ihnen, dass Sie ihm danach Bericht erstatten?«

»Ja«, sagte der Kahnführer.

»Gut. Wie ich schon sagte, richten Sie ihm aus, dass alles nach Plan gelaufen ist, und behalten Sie beide Bezahlungen. Und sagen Sie mir, welcher dieser fettig aussehenden Hafenstände verkauft das beste Essen?« Der Bote zeigte auf einen Wurststand und wollte bereits losgehen. Doch bevor er sich davonmachen konnte, fügte Grey noch hinzu: »Wenn ich herausfinde, dass Sie dem Batave von unserem Treffen verraten haben, breche ich Ihnen den rechten Arm.« Der Mann nickte bloß, dann brach Grey das Siegel der Nachricht und las.

Sie war kurz und bündig: Der Mann gab seinen Namen an und teilte mit, er glaube, dass einige Feinde der Republiken, sowohl der französischen als auch der batavischen, an Bord der Barge reisten und beschrieb kurz das Verschwinden beim Turnier von Thurn und Taxis. Grey steckte die Nachricht ein, kaufte an dem Wurststand mehrere Paar Würste und von einem Apotheker etwas Tabak und kehrte dann zur Barge zurück.

Tatsächlich war alles noch mal gut gegangen. Der Bataver würde glauben, er hätte seiner Pflicht Genüge getan. Er wäre vielleicht überrascht, wenn in Duisburg niemand darauf wartete, seine Verräter zu verhaften, doch Duisburg war der letzte Halt vor Rotterdam, also würde er nicht mehr viel dagegen tun können. Endlich einmal schien es so, als hätten sie Glück gehabt. Grey hoffte, dass sich das Blatt von nun an wenden würde. Sie mussten noch diese Nacht, einen Tag und noch eine Nacht hinter sich bringen, dann sollten sie alle sicher auf einem Butterboot über den englischen Ärmelkanal sein.

Louis stimmte Greys Schlussfolgerungen zu, meinte aber, dass sie weiterhin vor der Kabine des Batavers Wache halten sollten. Grey war damit einverstanden und nahm seinen Posten vor dem Bug wieder ein.

Die restliche Nacht verlief ruhig. Grey sah, wie der Bote dem Bataver Bericht erstattete. Er schlich nahe genug den Gang hinunter, um ein paar Worte aufschnappen zu können, und war zufrieden, dass der Diener sie nicht verkauft hatte. Ansonsten stand Grey an Deck, genoss die frische Flussluft und das an den Seiten der Barge vorbeigleitende Wasser, sah gelegentlich hoch zu den Sternen und hielt nach einigen seiner Lieblinge Ausschau (man verbrachte nicht so viele Jahre wie Grey auf hoher See, ohne Zuneigung für einige Wegweiser der himmlischen Navigation zu entwickeln). Er ging eine Weile auf und ab und verrauchte das meiste seines neuen Tabaks. Am frühen, tintenblauen Morgen war nur noch ein letzter Apfel übrig;

ihm fiel auf, dass er so voraussichtig hätte sein sollen, eine Pfeife oder etwas Papier zu kaufen. Dann kam er dank eines Geistesblitzes darauf, die Nachricht des Batavers aufzurollen und diese zu rauchen. Diese hatte er beinahe bis zur Unterschrift heruntergeraucht, als Louis kam, um ihn abzulösen. Die Morgendämmerung war nicht mehr fern, und Grey konnte nun keinen Grund mehr sehen, warum er sich weiterhin verstecken sollte – der Batayer hatte ihre Anwesenheit eindeutig bemerkt. Aber Louis fand, es hätte keinen Sinn, dass Grey weitermachte, wenn auch nur aus dem einen Grund, schon die ganze Nacht wach gewesen zu sein. Deshalb ging Grey schließlich doch in ihre Kabine zurück.

Er brachte gerade seine Hängematte an, als die Tür zu Leclercs Kabine aufging. Geneviève trat ein und schloss sie wieder hinter sich.

»Wie geht es Ihrem Vater?«, erkundigte sich Grey, nachdem die Tür ins Schloss gefallen war.

»Besser, danke. Er ist vor ein paar Stunden aufgewacht und bat mich um etwas Wasser, dann ist er wieder eingeschlafen.«

»Gut«, sagte Grey. »Das freut mich.«

»Ich bin gekommen, um mich zu entschuldigen.«

Grey hantierte weiter mit der Hängematte herum. »Ich bin derjenige, der sich entschuldigen sollte«, erwiderte er. »Es tut mir leid, Sie so in Verlegenheit gebracht zu haben; das war unentschuldbar unhöflich.«

»Ich habe es provoziert«, gab Geneviève zu. »Ich habe mich schrecklich verhalten, als ich in Ihrem Privatleben herumgeschnüffelt habe. Natürlich wünschte ich, irgendeine Entschuldigung für meine Landsmänner zu finden. Aber an Ihrer Stelle hätte ich sicherlich auch nicht auf einen kleinen Seitenhieb verzichtet.«

»Nun ja, dann einigen wir uns doch für den Augenblick auf ein Remis.« Grey hatte die Hängematte fertig aufgehängt und schaute Geneviève an, die immer noch stumm mit dem Rücken zu der geschlossenen Verbindungstür dastand.

»Kann ich Ihnen etwas anbieten? Ich habe verschiedene deftige deutsche Speisen, die eingewickelt auf der Koje liegen. Und ein bisschen Bier ist noch übrig.«

Geneviève fing an zu weinen. Grey, der gerne die Augen verdreht hätte, es aber unterließ, fasste das Mädchen am Ellbogen und führte es zu dem Stuhl in der Kabine; nachdem sie sich hingesetzt hatte, ließ er sich ihr gegenüber auf der Koje nieder. Er setzte seine onkelhafteste Miene auf und wollte sich gerade im Trösten versuchen, als sie zu sprechen begann: »Was soll ich denn jetzt bloß tun?«

»Sie werden mit uns nach England kommen, dort mit Ihrem Vater – der dort, wie ich Ihnen versichern kann, ein *höchst* ehrenwerter Gast sein wird – in großem Komfort leben und dann, in ein paar Jahren, wenn der Krieg vorbei ist, wieder nach Frankreich zurückkehren.«

Geneviève schüttelte den Kopf. »Ich kann nie mehr nach Hause nach Frankreich.«

»Warum nicht?«

»Ich habe diesen Mann getötet. Théodore. Ich habe ihm ins Herz geschossen.«

»Sie haben sich selbst und Ihren Vater verteidigt. Wenn der Krieg vorüber ist, wird sich jedenfalls niemand einen Dre… – wird sich niemand dafür interessieren, wer wen getötet hat. Die Menschen sind dann zu erleichtert darüber, dass wieder Frieden herrscht, und das nachfolgende Regime – wer auch immer das Verliererland von dem Verliereroberhaupt übernimmt – wird die ganze Schuld für alle Tode auf seinem Vorgänger abladen, sodass alle anderen mit blütenweißer Weste nach vorne schauen können.

Wenn es so weit ist, wird es Ihnen freigestellt sein, hinzugehen, wo Sie möchten, zu treffen, wen Sie möchten, und zu tun, was Sie möchten. Alles wird wieder so wie vorher.«

Sie hatte aufgehört zu weinen und sah nun, vielmehr als alles andere, müde aus. Sie lehnte sich zurück an die Kabinenwand – an die Trennwand zwischen Greys Zimmer und der Kabine, wo ihr Vater schlief – und seufzte.

»Das sagt sich so leicht, wo Sie doch nicht das verloren haben, was ich verloren habe. Mein Zuhause, meine Freunde, mein Land. All meine Besitztümer bis auf wenige wertlose Gegenstände und die Kleidung, die ich am Leib trage. Vielleicht wird für Sie wieder alles wie früher, wenn der Krieg endet. Aber für mich nicht.«

Das Mitgefühl, das in Grey für diese ziemlich aufrichtige junge Dame herangewachsen war, verschrumpelte wieder. Er hatte nicht vor, mit ihr über den Tod seiner Frau zu sprechen. Er hatte bereits viel zu persönliche Dinge mit ihr geteilt. Tatsächlich war sie sogar älter, als seine Frau zum Zeitpunkt ihrer Hochzeit gewesen war, doch Paulette hatte ein übernatürliches Taktgefühl und Verständnis besessen, eine Weisheit jenseits ihrer Jahre. Dieses unreife, hübsche Ding hatte keine Ahnung, wie die Welt war, und Grey fühlte sich nicht im Geringsten dazu verleitet, es ihr zu offenbaren.

»Hm«, machte Grey. »Nun ja, das wird sich mit der Zeit zeigen. Und in der Zwischenzeit wird es das Beste sein, sich abzulenken. Mit einem Nickerchen vielleicht.«

Sie schüttelte den Kopf und rutschte noch etwas tiefer an der Wand herunter. Armes, verletztes Fohlen. Grey wurde dessen langsam überdrüssig. Wenn er doch nur Geneviève zurückgelassen und statt ihr Bathilde mit sich gezogen hätte.

»Ist irgendetwas lustig?«, fragte Geneviève.

Grey lächelte. Dann glätteten sich seine Gesichtszüge.

»Nein, entschuldigen Sie mich. Ich habe bloß … an das Ende des Krieges gedacht. Was für eine Freude das sein wird et cetera. Und Ihr Vater und Sie werden eine große Rolle dabei spielen, es herbeizuführen.«

Geneviève sah Grey nun finster an und schwieg.

»Haben Sie Lust auf, äh … ein Kartenspiel. Cribbage?«

Geneviève nickte. »Kennen Sie Brag?«, fragte sie.

Grey verdrehte die Augen.

22

Nach etwa einer Dreiviertelstunde Brag erwähnte Grey, dass er die ganze Nacht lang Wache gehalten hätte, entschuldigte sich und ging schlafen. Geneviève fragte, ob es ihm etwas ausmache, wenn sie im Raum blieb und Solitär spielte, da sie ihren Vater nicht stören wollte. Grey hatte nichts einzuwenden, kletterte in seine Hängematte und war innerhalb von zwei Minuten eingeschlafen.

»Aufwachen«, drängte Louis und schüttelte ihn. »Wir haben ein Problem.«

Grey wachte ruckartig auf. »Was ist?« Er zog sich bereits an einem Deckenbalken hoch und schwang sich aus der Hängematte.

»Wir haben gerade in Duisburg angelegt und ein französischer Offizier ist an Bord gegangen – ich habe gesehen, wie er heraufgekommen ist, und habe daraufhin direkt unseren Steward nach Informationen losgeschickt. Der Offizier wurde zur französischen Botschaft in Den Haag beordert. Unser Bataver hat ihn noch nicht entdeckt, aber wenn es dazu kommt …« Louis fuhr sich mit dem Zeigefinger über den Hals, um eine Enthauptung anzudeuten.

Grey nickte. Gleichzeitig regte sich Geneviève, die auf der Koje eingeschlafen war. »Was ist los?«, fragte sie und stützte sich auf einem Arm ab.

»Eine Komplikation, Mamselle«, erklärte Louis. »Wir müssen uns einmal kurz mit unserem batavischen Freund unterhalten.«

»Möchten Sie, dass ich mitkomme?«, fragte Geneviève und setzte sich aufrecht hin, bereit zu handeln.

»Nein«, entgegnete Louis. Unter den verschiedenen Gegenständen, die nach dem Kutschenunfall geborgen werden konnten, waren eine Pistole – zwar keine von Louis' Pistolen, aber eine der Dragoner – und einige Messer. Grey bot die Pistole Louis an, doch der schüttelte den Kopf. Sie war sowieso nicht geladen, weswegen sie sich nur für einen dramatischen Effekt eignete. Grey steckte sie sich hinten am Rücken in den Hosenbund. Louis verbarg einen Kavalleriedegen an einer ähnlichen Stelle in seinem Hosenbund und eine kleinere Klinge – ein Schnappmesser aus Stahl und Holz – in seiner Hosentasche. Grey kontrollierte, dass das Schneidemesser immer noch in seinem Zigarrenetui steckte. Er nickte Louis zu; dieser nickte zurück und öffnete die Tür.

»Bleiben Sie hier«, wies Louis Geneviève an.

»Wir kommen bald zurück«, fügte Grey hinzu. Die Männer verließen die Kabine und gingen den Korridor entlang nach vorne, auf den Bug der Barge zu. Sie durchquerten den Gemeinschaftsraum, wo Grey einen Seitenblick auf den französischen Offizier erhaschen konnte. Grey mutmaßte, dass er wartete, bis ein Zimmer für ihn geputzt worden war. Auf jeden Fall blickte er aus den offenen, vergitterten Fenstern, von denen aus man einen Blick auf den Bug der Barge hatte, und bemerkte Grey und Louis im Vorbeigehen nicht. Außerdem waren noch drei oder vier andere Leute im Raum, die sich unterhielten und aßen, weswegen es keinen Grund gab, warum sie seine Aufmerksamkeit hätten auf sich ziehen sollen. Auf der Steuerbordseite des Bootes angelangt, bahnten sich Grey und Louis einen Weg nach hinten zur Kabine des Holländers. Die Stangen der Kahnführer warfen lange, dünne Schatten auf den Steuerbordkorridor, als sie die Barge vom Flussufer wegstießen und in die Strömung hineinlenkten. Grey blickte über die Schulter, um sicherzugehen, dass sie niemand beobachtete, und Louis klopfte an die Tür des Batavers.

Grey tippte Louis auf die Schulter und bat ihn, zur Seite zu treten. Das tat er, und Grey ließ die Pistole genau in dem Moment unter seiner Jacke hervorgleiten, in dem die Tür aufging. Die Augen des Batavers weiteten sich, als sich die Pistole in seinen Nabel grub. Ruckartig nahm er die Hände hoch, und Grey schubste ihn in den Raum hinein und auf seine Koje. Louis folgte ihm und schloss die Tür hinter sich.

»Es bereitet mir keine Freude, Sie so überfallen zu müssen, mein lieber Freund«, sagte Grey auf Niederländisch. So eine seltsam klingende Sprache für das englische Ohr, aber doch so nahe am Englischen, dass Grey sich nicht damit aufhielt, einen Akzent zu mimen. »Aber aus Gründen, die Sie sicherlich schon kennen – da Sie ja so ein schlauer Bursche sind –, können wir Sie nicht mehr länger die Freiheit der Barge genießen lassen.« Louis stopfte dem Mann ein Stofftaschentuch in den Mund. »Die Offiziere, auf die Sie warten, werden nicht kommen. Ihre Nachricht wurde nicht zugestellt. Aber das werfen wir Ihnen nicht vor. Wir werden Sie einfach darum bitten, hier in Ihrer Kabine zu bleiben, bis wir in Rotterdam angelegt haben und die übrigen Passagiere von Bord gegangen sind. Ihnen wird kein Leid geschehen, wenn Sie kooperieren.«

»Louis«, sagte er, ohne sich zu seinem Partner umzudrehen, »was ist die ungewöhnlichste Sprache, die Sie sprechen?«

»Ungarisch?«

Grey schmunzelte und schüttelte den Kopf.

»Rätoromanisch vielleicht?«

Grey schaute Louis über die Schulter hinweg an. »Bleiben Sie ernst.«

»Russisch?«, bot Louis an.

»In Ordnung«, gab sich Grey zufrieden. Zu dem Batavер sagte er: »Sprechen Sie Russisch?«

Dieser schüttelte den Kopf.

»Deine Mutter ist eine Hure«, probierte Grey es auf Russisch. Der Mann zeigte keine Reaktion.

»Gut«, befand Grey.

Louis löste ein Seil aus der Aufhängung der Hängematte in dem Zimmer. »Umdrehen«, befahl er auf Niederländisch. »Ich werde Ihre Hände fesseln.«

»Fick dich«, gab der Batayer zurück.

Louis schüttelte müde den Kopf, zog das Schnappmesser aus seiner Hosentasche und ließ es aufspringen. Er rammte es mit der Spitze in die Tischplatte und wiederholte seine Anweisung: »Umdrehen.«

Diesmal folgte der Bataver.

»Ich werde bei ihm bleiben, bis wir in Rotterdam sind«, begann Grey auf Russisch, »und bis Sie sicher mit den Leclercs auf einem Butterschiff nach Harwich auf und davon sind.«

»Seien Sie nicht albern«, widersprach Louis. »Sie müssen nach England zurück, und ich habe nicht die Absicht, nach Harwich überzusetzen. Ich werde mit ihm hierbleiben.«

»Das wird zu viel Aufmerksamkeit auf Sie lenken, Louis. Der Herzog von Enghien wird eine erfreuliche Prise für die Bataver abgeben, und Napoleon wird etwas im Austausch für Leclercs Verlust wollen. Aber ich – sie werden keine Ahnung haben, wer ich bin; ich werde bloß ein paar Tage lang in ein batavisches Gefängnis geworfen; das soll mich nicht weiter stören.«

»Die Leclercs werden Sie auf der anderen Seite brauchen – eine Troika von Franzosen, die in Harwich auftaucht, würde mehr Aufruhr verursachen, als uns allen lieb wäre. Auf jeden Fall habe ich aber, wie ich schon sagte, nicht die geringste Absicht, den Kontinent zu verlassen. Ich habe hier Arbeit zu erledigen.«

Aus seinem Ton ging eindeutig hervor, dass die Diskussion hiermit beendet war. Grey hatte keinen Grund, weiterhin darauf zu bestehen. »Nun gut, Louis Antoine. Dann will ich Ihnen meine Girandoni geben. Wenn Sie – mit größtem Widerwillen – den hier, oder wen anders, umbringen müssen, ist sie ziemlich leise.«

»Nein, danke«, lehnte Louis ab. »Sosehr ich Sie auch um Ihr Gewehr beneide, wird es sich als zu großes Hindernis erweisen. Ich habe nämlich vor, mich danach unbemerkt davonzumachen, wissen Sie.« Louis hatte die Fesseln an den Handgelenken des Batavers überprüft und war zufrieden damit. Er drehte den Mann schwungvoll um und ließ ihn sich auf seine Koje setzen. »Nein«, fuhr Louis fort, »ich werde das Schnappmesser und das Stilett benutzen, sollte es so weit kommen. Aber das bezweifle ich. Sobald wir in Rotterdam anlegen, sollten wir mindesten zehn oder zwanzig Minuten haben, bis die Zimmer geräumt werden. Ich werde mich hier drin verbarrikadieren und so tun, als ob die Tür versehentlich klemmt. Ich kann Ihnen, denke ich, eine Stunde versprechen. Nicht mehr.«

»Das wird mehr als genug sein«, sagte Grey. »Zu Fuß sind es nur wenige Minuten rüber auf die andere Seite« – damit meinte er die Nordsee – »und es wird nicht schwer sein, ein Schiff zu finden, das uns mit hinübernimmt.«

»Ja, es herrscht reger Schiffsverkehr in beide Richtungen, aber lassen Sie mich Ihnen diesen Ratschlag geben: Halten Sie sich nicht damit auf, eines zu finden, dem die Franzosen scheinbar gleichgültig sind. Überall werden die ganze Zeit über Ladungsoffiziere mit an Bord sein, und eine großzügige Handvoll Silber wird Sie hier weiter bringen als Politik.«

Grey nickte. Er streckte die Hand aus.

»Dann ist das hier der Abschied. Ich stehe tief in Ihrer Schuld, Louis. Ich hoffe, dass wir uns eines Tages wiedersehen, damit ich sie begleichen kann.«

»Unsinn, Thomas. Aber falls sich unsere Wege auf dem Feld nicht mehr kreuzen sollten, kommen Sie mich doch in Paris besuchen, wenn das alles hier vorbei ist. Ich glaube, ich kann Ihnen versprechen, dass erstrangige Siegesregelungen ausgehandelt werden.« Er lächelte sein breites, sorgloses Lächeln, und die Männer schüttelten sich die Hände. Der Abschied wurde daraufhin nicht weiter in die Länge gezogen. Grey öffnete die Tür zum Deck, trat hindurch und schloss sie sofort wieder hinter sich. Er ging weiter nach vorne, abermals durch den Gemeinschaftsraum, um zurück auf die Backbordseite der Barge zu gelangen.

Der französische Offizier saß immer noch dort auf einer Bank und versuchte, seine Pfeife anzuzünden. Als Grey an ihm vorbeiging, erlosch gerade sein Streichholz.

»Verzeihung, Sir«, sprach er Grey an. »Wenn Sie so freundlich wären und mir die Kerze aus diesem Ding reichen würden?« Er deutete nach oben zu einer Laterne nahe Greys Kopf. Grey machte die kleine Tür der Laterne auf und nahm die Kerze aus dem Ständer, hielt sie dem Franzosen hin, der damit seine Pfeife anzündete, und stellte sie dann wieder zurück.

»Sehr verbunden«, bedankte sich der französische

Offizier nach ein paar Zügen. Er stand auf und streckte die Hand aus. »DeJordy, Sir.«

»Schmidt«, entgegnete Grey und hielt ihm ebenfalls die Hand hin. Sie sprachen Deutsch miteinander.

»Kann ich Sie für ein Kartenspiel gewinnen? Oder Schach?«

»Das ist sehr freundlich von Ihnen, Sir, aber ich fürchte, dass ich weitermuss.«

»Ja, natürlich; ich will Sie nicht aufhalten. Obwohl Sie mich später sicherlich immer noch hier antreffen können, falls Sie es sich anders überlegen.«

»Haben Sie keine Kabine bekommen können, mein Herr?«

»Ich fürchte nicht – sie sind alle voll. Und ich wollte nicht auf die nächste Barge warten, eine Nacht im Aufenthaltsraum wird mich nicht umbringen.«

»*Bonne chance*«, sagte Grey.

»Danke«, antwortete DeJordy mit einem freundlichen Lächeln. Grey ging weiter Richtung Backbord und nach hinten zu der Kabine, die er sich mit Louis geteilt hatte. Darin war Geneviève und schritt trotz der engen Wände auf und ab.

»Sie sind wieder zurück!«, rief sie aus. »Erzählen Sie mir, was ist passiert?«

»Wir mussten den Bataver auf seine Kabine verbannen«, erklärte Grey. »Ein französischer Offizier ist an Bord gekommen, und wir können es nicht riskieren, dass sich die zwei treffen. Louis wird heute Nacht bei ihm bleiben. Am Morgen werden wir in Rotterdam ankommen.«

»Ich habe mir solch schreckliche Dinge vorgestellt«, klagte Geneviève. »Dass wir entdeckt wurden. Dass Sie und Louis gefangen genommen und umgebracht wurden. Was hätte ich mit meinem Vater tun sollen, wenn wir alleine geblieben wären? Ich kenne keine Details von Ihrem Plan. Wo hätten wir hingehen sollen? Was hätten wir tun sollen? Wie Ratten wären wir in der Falle gesessen.«

»Es ist alles gut, Mademoiselle Leclerc.«

»Ach, in Gottes Namen, hören Sie endlich auf, mich so zu nennen. Mein Name ist Geneviève.«

»Dann eben Geneviève: Im Moment ist alles in bester Ordnung. Wie auch immer, wenn Sie tatsächlich sich selbst überlassen wären, würden Sie das Gesicht Ihres Vaters zu verbergen suchen und dann einen Hafenarbeiter anheuern, der Sie auf die Meeresseite des Hafens bringt. Haben Sie Geld?«

»Ja.«

»Lassen Sie sich von dem Hafenarbeiter zu irgendeinem Boot oder Schiff bringen, das nach England fährt – das Butter oder Edamer oder was auch immer geladen hat –, und bezahlen Sie es für eine Überfahrt. Zahlen Sie alles freimütig, und es sollte keine Probleme geben. Sobald Sie einmal in England sind, halten Sie nach jeglichen Männern in Uniform Ausschau und sagen Sie ihnen, dass Sie sofort nach London in die Admiralität müssen. Sagen Sie ihnen, dass Sie und Ihr Vater Nachrichten mit sich führen; das wird Ihrer Aufforderung Nachdruck verleihen.«

Geneviève nickte.

»Auf jeden Fall werden Sie in Sicherheit sein, sobald Sie

einmal auf dem Wasser sind. Sowohl die französische als auch die englische Seite haben sich darauf geeinigt, den Batavern weiterhin die Erlaubnis zu geben, hin und her zu segeln. Die Franzosen haben akzeptiert, dass die Bataver und ihre Bauern das Geld brauchen, und die Engländer können, aus irgendeinem unerfindlichen Grund, *nicht* ohne deren Butter leben.«

Es war ein schwacher Versuch, die Stimmung aufzulockern, aber Geneviève, die die ganze Zeit über einen sehr ernsten Gesichtsausdruck gehabt hatte, lachte darüber. Die Spannung, die sich in ihr aufgebaut hatte, fiel wie ein Soufflé in sich zusammen. Wie es so oft der Fall ist, wenn fiktive Ängste durch ein wenig Information ersetzt werden. »Machen Sie sich nichts aus Butter?«

»Doch«, sagte Grey. »Ich meinte eher, dass England eigentlich, wie mir gesagt wurde, eine große Anzahl von Kühen beherbergt und für sich arbeiten lässt. Sie müssen furchtbar arbeitsscheu sein.«

Geneviève, die aussah, als ob sie gerade eine Herkulesaufgabe bewältigt hätte, ließ sich auf die Koje plumpsen. Sie dozierte, allerdings in keinem überheblichen Tonfall: »Batavische Butter hat mehr Fettgehalt als jede englische Butter.«

Grey, der zuvor noch nie wirklich darüber nachgedacht hatte, hob eine Augenbraue. »Wirklich?«

»Mhm«, machte Geneviève und nickte.

»Ach«, sagte Grey. »Wie witzig, in all den Jahren habe ich nie wirklich darüber nachgedacht, was der Unterschied ist. Wie bei schottischem Whisky. Man denkt nicht so sehr darüber nach, warum er besser ist als englischer. Das ist einfach so. Stört es Sie, wenn ich meine Jacke ausziehe?« Die Luft in der Kabine war heiß und stickig.

Geneviève schüttelte den Kopf. Grey zog sie aus und setzte sich.

»Ich fürchte, dass Whisky jenseits meines Verständnisses liegt«, sagte Geneviève. »Aber ich kenne meine Butter.«

»Weil Sie Französin sind?«

»Die Leclercs waren schon seit grauer Vorzeit Milchbauern. Mein Teil der Familie allerdings nicht mehr. Aber meine Cousins auf dem Land. Nachdem meine Mutter gestorben ist, haben sie sich um mich gekümmert. Während mein Vater mit der Armee fort war.«

»Sie sind also ein Bauernmädchen?«

»Überrascht Sie das?«

»Allerdings«, bestätigte Grey. »Ich weiß nicht genau, warum. Aber das tut es.«

»Leclerc ist kein Name von Adel«, erklärte Geneviève.

»Und doch sind Sie das Herzstück der Pariser Gesellschaft.«

»In der Tat. Weil es eine postrevolutionäre Gesellschaft ist, in der Adel nicht im eigenen Blut liegt, sondern im Blut, das man vergießt.«

»Ist das vorzugsweise das eigene Blut, das vergossen wird, oder das anderer?«

»Sehr witzig«, bemerkte Geneviève, ohne zu lächeln.

»Entschuldigung – tatsächlich bewundere ich wirklich

ein System, das Leistung über Geburt stellt. Ich sorge mich nur darum, dass ein Diktator dazu ermächtigt wird zu entscheiden, worin diese Leistung besteht.«

»Und wer sollte das Ihrer Meinung nach entscheiden?«

Grey zuckte mit den Schultern. »Niemand. Oder Gott. Oder, wenn Ihnen das lieber ist, der gesunde Menschenverstand.«

»Warum sind Sie Engländer dermaßen von Gott besessen?«

»Sie meinen, warum wir die Verehrung Gottes nicht durch die Verehrung des Vaterlandes ersetzt haben? Ich dachte, nachdem ihr Robespierre geköpft habt, wärt ihr alle derselben Meinung gewesen, dass das keine so gute Idee war.«

»Keine Verehrung des Staates – eine Hingabe an das Gemeinwohl. Im Gegensatz zur Hingabe an Worte, die ein paar Juden vor Tausenden von Jahren in der Wüste niedergeschrieben haben.«

»Ich nehme an, die Frage lautet, wer sagt, was für das Gemeinwohl gut ist und was nicht? Deswegen haben wir ein Parlament. Damit das gemeine Volk für sich selbst entscheiden kann. Und um sicherzugehen, dass das Parlament nicht jeden hinrichten lässt, der anderer Meinung ist – so wie es Ihr Parlament getan hat –, haben wir einen König, der den alten Ideen der Wüstenjuden sehr verbunden ist. Ich finde, das ist ein recht guter Ausgleich. Es hat sich bewährt, wissen Sie.«

»Sind Sie sehr religiös?«, fragte Geneviève.

»Nein.«

»Macht Sie das dann nicht zu einem Heuchler?«

»Ich glaube nicht«, überlegte Grey. »Mit der Kirche halte ich es in etwa so wie mit der Königlichen Marine. Auch wenn ich kein Mitglied bin, bin ich doch froh zu wissen, dass es sie gibt.«

Geneviève lächelte. »Ja, ich denke auch, dass die Kirche wie die Königliche Marine ist. Sie blockiert unsere Häfen, hält unseren Verkehr auf und uns davon ab, Dinge zu tun, die Spaß machen.«

Grey schnaubte. »Sie sind also eine freie Frau? Haben sich jener Fesseln entledigt?«

»Allerdings.«

»Und ich habe mich noch dafür geschämt, dass ich Sie vorher schockiert habe. Mit meiner groben Bemerkung über … die Schwester dieses Kerls.«

»Ich war nicht wirklich schockiert. Ich war empört. Es war, als ob der Feind … eine grobe Bemerkung über ganz Frankreich gemacht hätte.«

»Ich verstehe«, sagte Grey. »Nun ja, ich hoffe, dass ich klargestellt habe, dass es nur die Regierung Frankreichs ist, deren Feind ich bin. Für das Volk habe ich nichts als Zuneigung übrig.«

Geneviève zuckte mit den Schultern. »Vielleicht überzeugen Sie mich ja noch davon, bis wir in Rotterdam ankommen.«

23

Mr Leclerc war die ganze Flussreise nach Norden über auf seiner Kabine geblieben – zuerst im Delirium, und nachdem er kein Fieber mehr hatte, beinahe ununterbrochen schlafend. Am letzten Tag hatte er sich mit Genevièves Hilfe aufsetzen können und es sogar geschafft, ein wenig Brot, das sie in einer Tasse mit Wasser aufgeweicht hatte, bei sich zu behalten. (Umso beeindruckender, da Grey es für unwahrscheinlich hielt, dass er selbst es bei sich behalten hätte.) Leclerc war immer noch sehr schwach und hatte so gut wie nichts gesagt – nicht mehr, als gelegentlich nachzufragen, wo sie gerade wären –, aber ihm blieb keine Zeit mehr, sich weiter zu erholen. Der wenige Yards lange Weg vom Rhein zur Nordsee war zwar kurz, aber Leclerc musste bei Bewusstsein sein und aufrecht stehen. Alles andere würde Grey dazu nötigen, Hilfe anzuheuern, da er allein keine Bahre tragen konnte. Wenn möglich, wollte Grey es vermeiden, irgendjemand anderen mit hineinzuziehen. Sie waren nun auf der Zielgeraden, aber es bestand immer noch die Möglichkeit, dass ihnen ein neugieriger republikanischer Hafenarbeiter ein Bein stellte, der sich fragte, warum er eine Trage zu einem Schiff nach England bringen sollte.

Als sich die Barge also Rotterdam näherte, ließ Grey Geneviève schlafen und machte sich auf die Suche nach Louis' Steward, der es schaffte – mit der üblichen handwerklichen Begabung von Männern, die auf Schiffen arbeiten –, eine Achselkrücke zusammenzuzimmern. Nach einer kurzen Suche stattete er Grey auch mit einem langen, kratzigen Schal und etwas Segeltuch aus; Letzteres würde Grey dazu verwenden, um die auseinandergebaute Girandoni in einem Bündel zu verstauen. Grey zahlte großzügig für alles, und der Steward wünschte ihm von nun an mehr Glück mit seiner Trink- und Spielsucht.

Gleich nachdem er wieder in der Kabine war, fing Grey an, sein Gewehr in das Bündel zu packen. Er wickelte den losen Lauf und den Lufttank gerade fest in das Segeltuch ein, als Geneviève erwachte. Sie lächelte ihn an; er lächelte zurück und sagte: »In weniger als einer Stunde werden wir in Rotterdam sein. Wir müssen Ihren Vater zum Aufbruch bereit machen.«

Geneviève nickte und schlüpfte durch die Verbindungstür. Grey füllte seine Taschen mit diesem und jenem seiner Besitztümer, die den Kutschenunfall überlebt hatten, und kontrollierte, dass er auch nichts zurückgelassen hatte. Die leere Pistole steckte er sich wieder in den Hosenbund; das Bündel mit dem Gewehr hatte er sich unter den Arm geklemmt. Dann hob er die Krücke auf und ging hinüber in die Kabine der Leclercs.

Durch gelegentliches Lüften hatten sie verhindert, dass

es darin zu sehr stank, und Miss Leclerc hatte gute Arbeit geleistet, ihren Vater sauber zu halten. Grey fragte sich, wo sie gelernt hatte, einem Mann das Gesicht zu rasieren. Allerdings spielte die Rasur keine wirkliche Rolle, da Grey vorhatte, die untere Hälfte von Leclercs Gesicht in einen Schal einzuwickeln – aber zweifelsohne fühlte dieser sich dadurch etwas gepflegter. Zumindest hatte es diese Wirkung auf Grey gehabt. In der Nacht, während Geneviève schlief, hatte er sich draußen auf dem Korridor rasiert, an der frischen Flussluft, und ab und an einen Blick auf seinen Fortschritt im vorbeigleitenden Wasser erhascht, wo es von den seitlichen Lichtern der Barge erhellt wurde. Er rieb sich das Gesicht.

»Mr Caffery«, begrüßte ihn Leclerc matt, »guten Morgen.« Geneviève half ihm gerade beim Aufsetzen.

»Guten Morgen, Sir«, antwortete Grey. »Wenn Sie mich entschuldigen würden.« Wie er es seit dem Unfall regelmäßig getan hatte, roch Grey an Leclercs gebrochenem Bein. Kein Wundbrand.

»Wie sieht es mit Ihnen aus, Sir?«, fragte Leclerc.

»Gut«, entgegnete Grey. »Und Ihr Bein erscheint mir ebenso gut.«

»Wohl kaum«, bemerkte Leclerc.

»Ich meine, Sir, dass es nicht verwest ist. Ich würde sagen, dass Sie es höchstwahrscheinlich behalten können.«

Leclerc nickte. »Wenn wir es nach Harwich schaffen.«

»Das werden wir«, sagte Geneviève. Leclerc sah sie leicht überrascht an.

»Hat dich Mr Caffery etwa von meiner Sicht der Dinge überzeugen können?«

»Nein«, erwiderte Geneviève. »Ich denke, dass er wie du ein Narr ist. Ich kann dich also eindeutig nicht dir selbst überlassen. Wenn du dich in England niedergelassen hast und außer Gefahr bist, dann werde ich entscheiden, was ich mit mir selbst anfangen werde.«

Leclerc nickte und scheiterte damit, seine enorme Erleichterung zu verbergen. Sie war ein launisches Mädchen, diese Geneviève. Wankelmütig sogar. Grey hatte schon halb erwartet, sie würde sich keinen Millimeter aus Rotterdam wegbewegen, um zu verkünden, dass sie zurück nach Paris gehen würde, nachdem ihr Vater an Bord gegangen war, und um sich dem Schafott auszuliefern, weil sie Théodore getötet hatte, und es ihr bloß leidtäte, dass sie ihrem Land nur einen Kopf opfern konnte. Doch dies war ein gutes Zeichen.

»Wo ist der Herzog?«, fragte Leclerc.

»Er vertuscht unseren Abgang«, erklärte Grey.

Leclerc nickte. »Sehr gut.« Die Barge war langsamer geworden und drehte sich nun leicht, als sie aus der Strömung herausgestakt und auf einen Anlegeplatz zugesteuert wurde. »Lassen Sie uns anfangen.«

»Verdecken Sie damit Ihr Gesicht«, wies Grey Leclerc an und gab ihm den Schal. Leclerc nahm ihn und wickelte ihn sich um das Kinn. Geneviève half ihm und trat dann einen Schritt zurück. Alles unterhalb der Nase war verdeckt, und die langen Enden des Schals steckten in Leclercs Hemd.

Grey nickte. »Gut. Versuchen Sie, krank auszusehen, ja?« Leclerc lachte schnaubend auf.

Geneviève trat wieder nach vorne, um ihrem Vater auf die Beine zu helfen. Grey berührte sie am Arm. »Wenn Sie erlauben«, sagte er. »Und wenn Sie das bitte tragen« – er reichte ihr das eingewickelte Gewehr – »und das hier halten würden« – er gab ihr die Krücke. Er beugte sich nach vorne und griff Leclerc unter die Arme. »Bereit?«, fragte er.

Leclerc nickte, und Grey hob ihn auf die Füße. Leclerc biss die Zähne zusammen und unterdrückte ein Stöhnen. »Geben Sie mir die«, wies Grey an und Geneviève reichte ihm die Krücke. Grey drückte sie unter Leclercs Achsel, unter die zu dem gebrochenen Bein entgegengesetzte Schulter, und stützte Leclerc dann fest mit einem Arm um die Taille ab. Leclerc griff nach dem Schaft der Krücke, kontrollierte, dass sie sein Gewicht tragen konnte (sie war nichts Besonderes: ein großes T mit sehr langem Schaft), und legte dann den anderen Arm um Greys Schultern.

»Mir wurde gesagt, dass die Barge vor dem Anlegen wendet, wir werden also auf dieser Seite von Bord gehen können«, erklärte Grey. »Sobald wir Land berühren, gehen wir runter. Sind Sie beide bereit?«

»Ja«, bestätigte Leclerc.

»Und ich auch«, sagte Geneviève. Neben Greys Paket trug sie außerdem ein kleines Bündel mit verschiedenen Sachen von sich und ihrem Vater, die sie nach dem Kutschenunfall aufgelesen hatte.

»Gut«, sagte Grey. Alle spürten sie, wie sie leicht aus

dem Gleichgewicht gerieten, als die Barge am Pier anlegte. »Gehen wir.«

Geneviève öffnete die Tür, und Grey half Leclerc hindurch. Der frühe Morgen war grau und kühl. Ungünstigerweise mussten sie den ganzen Korridor bis zum Backborddeck seitlich entlanggehen, das für die von Bord gehenden Passagiere geöffnet wurde, damit diese hoch auf den Pier treten konnten. »Hoch«, weil es eine Trockenzeit auf dem Kontinent gegeben hatte und die Barge niedriger als sonst lag. Dies war eine ärgerliche Komplikation. Grey half zuerst Geneviève nach oben und reichte ihr die Krücke. Dann machte er sich dazu bereit, Leclerc – wie am besten? – von der Barge nach oben zu heben; überlegte, dass er ihn vielleicht um die Körpermitte fassen könnte, wie seine Tochter, überlegte es sich dann anders und schaute sich Hilfe suchend nach einem Steward um – sah aber, dass alle damit beschäftigt waren, die Leinen festzuzurren – und hörte dann eine Stimme von ein paar Metern weiter vorne.

»Herr Schmidt, kann ich Ihnen vielleicht behilflich sein?« Die Stimme gehörte dem französischen Offizier DeJordy. Da er die Nacht im Passagieraufenthaltsraum verbracht hatte, war auch er früh zur Abreise bereit.

»Ja, das wäre sehr freundlich«, entgegnete Grey. »Erlauben Sie mir, Ihnen meinen Vater, Herrn Schmidt, und meine Schwester, Frau Gutenberg, vorzustellen. Captain DeJordy.«

Leclerc murmelte etwas, und Geneviève knickste. DeJordy fasste Leclerc am rechten Arm, Grey ihn am linken, und zusammen hoben sie ihn vorsichtig auf die Anlegestelle hoch.

»Danke schön«, sagte Leclerc leise mit heiserer Stimme.

»Wohin müssen Sie, Freunde?«, erkundigte sich DeJordy. »Vielleicht kann ich helfen.«

»Hinüber zu den Meeresdocks«, antwortete Grey. »Aber Sie sind viel zu freundlich – von hier aus werden wir es auch gut alleine schaffen.«

»Unsinn – es wird mir eine Freude sein«, widersprach DeJordy. »In so einer Situation ist ein zusätzliches Paar Hände doch immer nützlich. Darf ich?« Er streckte die Hände aus, um Geneviève die Bündel abzunehmen. Geneviève sah Grey an.

»Aber sollten Sie Ihr eigenes Gepäck zurücklassen, Captain?«, fragte Grey.

»Mein Gepäck ist schon vor mir angekommen – es war schneller als ich und hat es auf die Barge geschafft, die ich eigentlich nehmen wollte. Sicherlich hat es eine komfortable Reise in der Privatkabine hinter sich, die ich gebucht habe, haha!«

Grey nickte Geneviève zu, die DeJordy ihre Sachen nehmen ließ.

»Sie sind ein echter Gentleman, Sir«, sagte Grey, half Leclerc, die Krücke wieder unter seiner Achsel zu platzieren, und legte sich dessen anderen Arm wieder um die Schultern. »Dann lassen Sie uns gehen.«

In der Geschwindigkeit von Leclerc bahnten sich die vier ihren Weg durch das Hafengelände und schlängelten sich an Holzkisten und Warenballen mit diesem und jenem vorbei. Eine Reihe von Lagerhäusern aus Backstein, die an einem Ende zu den Flussanlegestellen hin geöffnet waren und am anderen zur Meeresseite hin, türmte sich vor ihnen auf. Grey lenkte die Gruppe in eine Gasse zwischen zwei Lagerhäusern, in denen sich anscheinend eine Porzellanlagerhalle auf der linken und ein riesiger Speicherraum für Felle auf der rechten Seite befanden. Hundert Yards vor ihnen konnte er … nicht die Nordsee sehen, aber Schiffe, die gemächlich auf ihr auf und ab schaukelten. Und er konnte sie riechen und die Möwen kreischen hören.

Die Gasse vor ihnen lag verlassen da – vermutlich, weil sie zu oft benutzt und deswegen ausgefahren und von der Seeluft matschig war. Ihr Gang wurde langsamer und DeJordy hielt Leclerc am rechten Ellbogen fest, während dieser versuchte, trockene Stellen zu finden, auf denen er sich mit seiner Krücke abstützen konnte. Die Krücke rutschte weg und sank ein paar Zentimeter tief in den Schlamm ein; Leclerc verlor das Gleichgewicht und stolperte nach vorne; Grey und DeJordy fingen ihn auf, bevor er fallen konnte, jedoch nicht bevor ihm der Schal vom Gesicht und auf den Boden rutschte.

DeJordy bückte sich, um ihn aufzuheben, richtete sich auf, um ihn zurückzugeben, und blickte Leclerc direkt ins Gesicht. Sein überraschter Blick ließ keinen Zweifel daran, dass er genau wusste, wer Leclerc war.

Grey zog die leere Pistole aus dem Hosenbund, lud sie laut durch und richtete sie auf DeJordy. DeJordy – immer noch geschockt – nahm die Hände hoch, aber eher aus

Reflex, denn aus Zwang. Ein paar Yards weiter unten in der Gasse war eine Holztür, die in den Warenspeicher der Pelzhändler führte. Grey deutete mit dem Lauf der Pistole darauf.

»Rein da«, wies er DeJordy an. Zu den Leclercs: »Warten Sie nicht auf mich.«

DeJordy wich vor Grey zurück und drehte sich dann zu der Tür um. »Ich werde meine Hände herunternehmen müssen«, sagte er.

»Bloß Ihre linke Hand«, erwiderte Grey. »Das wird genügen.«

DeJordy nahm die linke Hand herunter, drückte gegen die Tür und zog dann an dem ausgefransten Ring aus Tau. »Sie ist verschlossen«, stellte er fest.

»Gehen Sie zwei Schritte in Richtung Meer«, befahl Grey. DeJordy tat, wie ihm geheißen, und Grey ging auf die Tür zu, sorgte für sicheren Stand und trat sie dann auf. »Rein«, forderte er DeJordy auf, einen Schritt zurücktretend.

Mit der Pistole winkte er DeJordy in das Lagerhaus, folgte ihm und schloss die Tür hinter ihnen. Sie befanden sich in einem gigantischen, muffigen Raum mit engen Gängen, die zwischen gigantischen Pelzbündeln verliefen. Grey richtete die Pistole auf DeJordys Gesicht und legte einen Finger an die Lippen. Einen Augenblick lang lauschten die zwei Männer schweigend. Dann, zufrieden, dass sie alleine waren – dass das Lagerhaus leer war –, ließ Grey die Pistole auf eine weniger bedrohliche Höhe sinken. Richtete sie irgendwo auf DeJordys Bauch.

»Es bereitet mir keine Freude, Sie in diese Situation zu bringen«, sagte Grey. »Sie waren die ganze Zeit über ein durchaus netter Kerl. Aber ich werde Sie fesseln müssen.« Mit seiner freien Hand löste Grey einen Knoten, der ein Bündel Tierhäute zusammenhielt, und zog das Seil darunter hervor. »Ich werde sicherstellen, dass in ein paar Stunden jemand vorbeikommt und Sie losschneidet.«

»Kann Joseph Leclerc wirklich ein Verräter sein? Oder entführen Sie ihn?«

Grey ignorierte die Frage. »Drehen Sie sich um und nehmen Sie die Hände auf den Rücken.«

»Nun gut«, gab sich DeJordy geschlagen. Langsam drehte er sich um. Nach einer Drehung von neunzig Grad schnellte er nach vorne, machte einen Satz und schnappte sich eine Leiter. Schnell erklomm er sie und kletterte zu den Laufplanken hinauf, die ungesichert auf den Pelzbündeln ausbalanciert lagen. Grey war darauf vorbereitet – hatte den Franzosen mehrmals vor seinem Sprung zu der Leiter hinüberschielen sehen. Er schnappte sich einen von DeJordys Füßen und zog ihn ruckartig auf den Boden zurück. DeJordy landete auf dem Rücken. Die Luft wurde mit einem Schlag aus ihm herausgepresst – aber er war nicht außer Gefecht gesetzt; immer noch nach Luft schnappend trat er wild nach Greys Pistole. Noch ein Reflex, ohne Zweifel dachte er, er wäre nur einen Sekundenbruchteil davon entfernt, erschossen zu werden. Der Tritt fand sein Ziel, ließ die Pistole durch die Luft segeln und dann einen der Pelz-Gänge entlangschlittern. DeJordy rollte sich auf den Bauch und sprang wieder auf die

Füße. Er griff in einen seiner Stiefel und holte ein Bajonett hervor.

»Fühlen Sie sich ohne Ihre Pistole etwa nackt?«, fragte DeJordy hochmütig.

»Nicht wirklich«, antwortete Grey und zog ein langes Messer aus seiner Hosentasche. »Sie war nicht geladen.«

DeJordy sagte nichts, ging aber zur Verteidigung in die Knie und fing an, Grey zu umkreisen.

»Captain«, beschwor Grey ihn, »wie ich zuvor schon sagte, Sie haben sich in dieser Sache durchgehend ehrenhaft verhalten. Lassen Sie mich Ihre Hände fesseln, und in drei oder vier Stunden können Sie Ihres Weges gehen, trotz allem unbeschadet. Ansonsten bin ich gezwungen, Sie zu töten.«

»Dann versuch doch, mir Schaden zuzufügen, du Bastard«, erwiderte DeJordy, ihn immer noch umkreisend.

»Ich bitte Sie, mich beim Wort zu nehmen, Sir, dass ich darin besser bin als Sie.« Flink drehte Grey das Messer in seiner Hand um.

»Hüten Sie sich«, warnte DeJordy und machte einen Satz nach vorne.

Trotz gewisser objektiver Ähnlichkeiten zwischen Messern und Schwertern war der Messerkampf viel mehr wie Boxen als Fechten. Und so viel Zeit Grey auch mit einem Schwert verbracht hatte, hatte er doch zehnmal mehr Zeit damit verbracht, grün und blau geprügelt zu werden und seinerseits seine Matrosenkameraden grün und blau zu prügeln. Auf hoher See behielt sich ein Soldat seine Kampffertigkeit bei, indem er aus der Not eine

Tugend machte. Und so ein Belegnagel kam recht nah an ein Bajonett hin.

Doch trotzdem, nach allem, was Grey wusste, war DeJordy ein geübter und kühner Soldat – und kam mit einem Satz auf ihn zu.

Mit seiner freien Hand hieb Grey in DeJordys Ausfallschritt, um diesen noch weiter zu machen. Gleichzeitig zog er seine eigene Messerspitze über DeJordys Brust und hoffte, dass ein tiefer, aber nicht tödlicher Schnitt vielleicht seinen Zweck erfüllen würde.

Stattdessen, während Grey DeJordy seinen frontalen Schnitt zufügte, schnappte sich DeJordy Greys Handgelenk und zog es in die Richtung von Greys Bewegung, wodurch dieser aus dem Gleichgewicht geworfen wurde. Mit dem rechten Bein trat DeJordy fest auf Greys linkes Schienbein, was Grey zu Fall brachte.

Grey landete auf dem Rücken. Er hatte schon von Savate gehört, dem sogenannten *jeu marseillais* – einem Schuhkampf –, bei dem sich französische Matrosen mit Tritten und offenen Händen besinnungslos schlugen. In Marseille war eine geballte Faust, rechtlich gesehen, eine tödliche Waffe. Bisher war ihm Savate in der Realität allerdings noch nicht begegnet, und er hatte auch eine ziemlich niedrige Meinung davon – jeder echte Engländer wusste, dass ein Gentleman in einem Kampf niemals tritt. Da konnte er genauso gut beißen und kratzen; das waren alles Frauen vorbehaltene Manöver.

Dies war allerdings eine eher akademische als praktische Ansicht. Im Moment lag Grey flach auf dem Rücken, und DeJordys Ferse schnellte auf sein Gesicht hinunter. Grey rollte sich nach rechts, vollführte anderthalb Umdrehungen und sprang wieder auf die Füße, gerade noch rechtzeitig, um DeJordys anderem Fuß zu entkommen, mit dem er nach oben trat, und um einen Rückhandstich abzublocken, der auf Greys Bauch abgezielt hatte.

Grey stach nach DeJordys Brust. DeJordy schlug den Stich mit dem Ellbogen weg und versenkte einen langen, ausladenden Tritt in Greys Körpermitte. Grey stolperte nach hinten und krachte in die Holzvorrichtung, welche die riesigen Pelzbündel an Ort und Stelle hielt. DeJordy stach nach Greys Rippen; Grey hielt DeJordy am Unterarm fest, lenkte das Bajonett in die Pelze hinter sich und vollführte dann mit seinem eigenen Messer einen Rückhandschnitt nach DeJordys Seite. DeJordy schnappte sich Greys Handgelenk, drehte es nach außen und warf Grey nach links, was diesen über den Boden rollen ließ. Grey kam wieder auf die Beine, gerade als DeJordy Entfernung gutmachte und erneut mit einer langen, kreisenden Fußbewegung nach Greys Körpermitte trat.

Diesmal kam der Tritt weniger unerwartet; Grey lehnte sich hinein, hielt DeJordy an der Wade und am Knie fest und stieß ihn auf die Holzvorrichtung, die nach innen einbrach, wodurch ein enormes Pelzbündel von oben herunterstürzte. Grey machte einen Schritt zurück, um es nicht abzubekommen. Der Ballen klatschte auf dem Boden auf, mit der Hautseite nach unten, was wie eine riesige Handfläche auf einer riesigen Trommel klang. DeJordy stellte einen Fuß darauf und trat es hinüber auf

Greys Knie zu. Grey wich zur Seite aus, doch da hatte sich DeJordy schon wieder auf ihn gestürzt, mit seinem Messer schnell nach vorne und hinten ausholend. Grey tänzelte zurück, wartete und hieb dann mit seiner leeren Hand auf DeJordys Messerarm, als einer dessen Stiche ins Leere ging, was DeJordy ins Taumeln brachte und Grey eine Lücke bot, um selbst einen Stich geradeaus in DeJordys ungeschützte Leber zu versenken.

Bevor Greys Messerstich allerdings dessen Körper erreichte, hatte DeJordy sein Bajonett losgelassen und umklammerte Greys rechten Arm mit beiden Händen. So hielt er ihn fest, stoppte seine Bewegung und beugte seinen Ellbogen. DeJordy machte einen Schritt nach vorne, sodass sich die beiden Männer nur Zentimeter voneinander entfernt gegenüberstanden, und hielt Greys Messerhand fest auf dessen Brust gerichtet.

Langsam verdrehte DeJordy Greys Handgelenk mit dem nach innen gerichteten Messer und drückte Greys Hand immer weiter, sodass sich das Messer in dessen eigene Lunge zu bohren drohte.

Mit der linken Hand versuchte Grey, DeJordys Griff zu lösen, allerdings ohne Erfolg. Also öffnete Grey die rechte Hand und ließ das Messer fallen. Mit der linken fing er es auf der Höhe von DeJordys Hüfte auf und stach nach oben direkt in DeJordys Magen.

DeJordy keuchte auf, taumelte zurück, drückte die Hände auf die Wunde und fiel um. Innerhalb von Sekunden war er vom Schock gelähmt und in weniger als einer Minute war er tot.

Grey konnte nicht behaupten, dass DeJordys Tod ihm sehr leidtat. Übermäßig erfreut war er aber auch nicht. Er war einfach nur müde. Es war eine sehr lange Woche gewesen.

Grey zog den toten Offizier einen der Gänge hinunter, in eine dunklere Nische hinten im Lagerhaus und wickelte ihn in ein Bündel aus Fellen aus Louisiana ein, die für einen Markt in einem kleinen deutschen Staat bestimmt waren. Dann brachte er das Schlachtfeld in Ordnung und, so gut er konnte, auch sich selbst und kehrte schließlich in die Gasse zurück.

Von den Leclercs war nichts mehr zu sehen, aber ein Paar frischer Wagenspuren legte nahe, dass sie sich entschlossen hatten, einem Schauermann zu vertrauen, der ihnen mit dem restlichen Weg geholfen haben musste. Grey folgte den Spuren bis zum Meer und widerstand dem Drang loszulaufen. Die Wasserkante war mit Ziegeln gepflastert, und jenseits der Gasse verschwanden die Spuren nach ein paar kurzen, matschigen Strichen.

Grey ging in deren Richtung weiter, an einer Reihe Handelsboote entlang, die am Kai vertäut waren und leicht auf der sich hebenden und senkenden Nordsee schaukelten. Hinter ihnen im Hafen lagen Schiffe vor Anker, und Männer kamen und gingen in Beibooten und Jollen.

Und dahinter bewegte sich sehr langsam ein kleines Handelsschiff, das gerade die Segel setzte und auf das offene Meer hinaussteuerte. Plötzlich wurde Grey von der fatalistischen Sicherheit erfasst, dass die Leclercs dort an Bord waren.

»Sind Sie Mr Caffery?«, fragte da jemand auf Niederländisch. Grey drehte sich um. Es war ein Fischer. Dem Geruch nach zu urteilen.

»Ja«, sagte Grey.

»Die Lady hat mir beschrieben, wie Sie aussehen, und mir einen Gulden gegeben, damit ich Sie zur *Stad Gouda* hinausrudere, wenn Sie ankämen. Hat mir gesagt, sie würde mir bei der Zustellung noch mal einen geben. Bitte kommen Sie mit, Sir.«

Der Mann winkte Grey ungeduldig zu, und Grey setzte sich in Bewegung.

»Ist die *Stad Gouda* die Ketsch dort, die gerade ihre Segel im Kanal setzt?«, fragte Grey, immer noch dem davongleitenden Handelsschiff hinterherschauend.

Der Fischer kniff die Augen zusammen. »Nein«, antwortete er. »Es ist die Hermaphrodit-Brigg hinter deren Heck.« Grey zuckte mit den Schultern. Er hatte sich auch vorher schon mal geirrt. Er folgte dem Fischer eine Leiter hinunter und in ein Zweimannboot. »Sie können auch mitrudern, Sir, wenn Sie es eilig haben«, sagte der Fischer herausfordernd. Grey ließ das zweite Paar Ruder herabsinken, zog mit und befolgte den Kurs, den der Fischer und Steuermann angab. Sogar als sie sich zu zweit in die Riemen legten, kamen sie nur langsam voran. Es dauerte eine lange Viertelstunde, bis sie die *Stad Gouda* erreicht hatten. Bei ihrer Ankunft wurde sie vom Klang eines batavischen Arbeitslieds erfüllt, während die Mannschaft die Ankerwinde drehte und den schwersten Buganker lichtete.

»AHOI AN DIE BRIGG«, rief der Fischer. »WENN IHR UNS BITTE EIN TAU ZUWERFEN WÜRDET? EIN MANN MUSS AN BORD.« Er wartete gar nicht erst auf eine Antwort, sondern tippte Grey auf die Schulter. »Halten Sie hier mal fest«, wies er ihn an und ergriff das Fallreep. Der Fischer kletterte von Bord, und Grey fing das Tau der *Stad Gouda* auf, das er an einer Klampe festmachte. Einen Augenblick später kletterte der Fischer wieder nach unten. Er tätschelte seinen Geldbeutel und sagte zu Grey: »Sie können jetzt hochklettern.«

»Sehr verbunden«, bedankte sich Grey.

»Ich hab nicht den ganzen Tag Zeit, wissen Sie«, erwiderte der Fischer.

Grey überkam der Impuls, den Mann ins Meer zu schubsen, widerstand dem aber und zog sich die Strickleiter nach oben. Er hievte sich über das Seitendeck, wovon niemand außer Geneviève Leclerc Notiz nahm, die an der Reling auf ihn wartete.

»Sie haben mich zwei Gulden gekostet«, stellte sie fest. »Aber sagen wir einfach, damit sind wir quitt.«

»Wo ist Ihr Vater?«

»Wir haben die Kapitänskajüte gemietet. Er hat es sich bereits in der Koje des Kapitäns gemütlich gemacht.«

»Gott sei Dank«, sagte Grey.

»Sie zollen sich selbst aber wenig Anerkennung«, bemerkte Geneviève.

»Ich könnte einen Monat lang schlafen«, erwiderte Grey.

»SEGEL SETZEN, IHR JÄMMERLICHEN BAS-

TARDE«, schrie ein Steuermann. Die *Stad Gouda* setzte langsam ihre Segel und erreichte bald Steuerfähigkeit.

Als das Gouda-Schiff davonsegelte, gab sich Grey ganz dem Gefühl von Entspannung hin. Er atmete einmal tief durch und genoss es. Er und Geneviève waren nach oben auf das Achterdeck gegangen, um von unten wegzukommen, und standen jetzt nebeneinander an der Steuerbordreling, den Sonnenaufgang betrachtend. Hinter ihnen machte der Kapitän der *Stad Gouda* dem Rudermann gegenüber eine Bemerkung zur Landbrise und seinen persönlichen Ansichten über die Segelvorteile einer Gaffel-Brigantine. Grey, der eine klare Meinung zu diesem Thema vertrat, drehte sich um, um diese zur Sprache zu bringen. Einen Augenblick später unterbrach Geneviève aber: »Gentleman, bitte – was ist das?«

Grey und die zwei anderen drehten sich um, um zu sehen, was sie meinte. Eine helle rote Leuchtrakete schoss in den Himmel hinauf, erreichte ihren Zenit und fiel dann wieder zurück auf die Erde.

»Das ist ein Leuchtsignal, Ma'am«, erklärte der Kapitän und hob sein Fernrohr ans Gesicht; er schaute zurück aufs Land. »Sie soll die Aufmerksamkeit der Schiffe für etwas an Land erregen.«

Der Rudermann holte ein zweites Fernrohr aus dem Kompasshäuschen und bot es Geneviève an. »Falls Sie einen Blick hindurchwerfen möchten, Madame?«

»Danke«, erwiderte sie und hob es ans Auge, dem Blick des Kapitäns folgend.

»Es ist ein Signal für uns«, stellte der Kapitän der *Stad*

Gouda fest. »Es befiehlt uns, zurück an Land zu kommen: Ein Notfall.«

Grey leerte bereits seinen Geldbeutel in die offene Hand und zählte dessen Inhalt. »Sir, ich werde Ihnen achtzehn englische Pfund geben, wenn Sie diese Leuchtrakete nicht gesehen haben, zusammen mit einer handschriftlichen Notiz über nochmals fünfzig Pfund, sobald wir Harwich erreichen.«

Der Kapitän streckte ihm die Handfläche entgegen. »Was für eine Leuchtrakete?«, fragte er.

»Gott bewahre uns«, sagte Geneviève mit brüchiger Stimme.

»Was?«, fragte Grey und drehte sich zu ihr. Sie war weiß wie eine Wand. »Was ist los?«

Sie ließ das Fernrohr sinken. »Ein Geist«, flüsterte sie.

»DeJordy?«, wollte Grey erstaunt wissen, nahm ihr das Fernrohr aus der Hand und schaute zurück ans Ufer.

»Nein«, brachte Geneviève hervor. Grey richtete das Fernrohr auf das Haus des Hafenmeisters, dem Ursprung der Leuchtsignale.

Ein Mann in Uniform stand dort auf dem Dach neben dem Leitungsmast – er hatte sich eine Decke übergeworfen –, sein Gesicht eingesunken und noch viel blasser als das von Geneviève.

»Théodore«, wisperte sie.

24

Als die *Stad Gouda* in Harwich an einem Kai verholt wurde, erblickte Grey an Land einen jungen, faul aussehenden Seekadetten, der gerade einen Keks aß. Nachdem er sich als Captain Grey der Königlichen Marine identifiziert hatte, brüllte er dem Jungen den Befehl zu, vier Matrosen und eine Trage aufzutreiben und diese, in der Zeit, in der die *Gouda* festgemacht wurde, schon am Kai bereitstehen zu lassen. Der Kadett rannte gehorsam los, und als eine Planke zum Abladen ausgelegt wurde, standen ein Unteroffizier der Marine und drei seiner Männer bereit und erwarteten Greys Befehle. Sie brachten ihre Bahre an Bord und trugen Joseph Leclerc, wach und seine Umgebung bewundernd, wieder hinunter. Grey ging voraus, um finanzielle Rücklagen aus einem Notfallgeldbeutel zu holen, der im Büro des Hafenadmirals deponiert war, und um dann die Kutsche mit der besten Federung aufzutreiben, die für gutes Geld zu haben war. Während die Matrosen Leclerc so sanft wie nur irgend möglich hineinluden – alle von ihnen hatten bereits Erfahrungen mit einer Trage gemacht, und das meistens auf hoher See –, fand Grey einen Reiter, der Sir Edward vorab unterrichten würde.

Grey wies den Kutscher an, den er angeheuert hatte, rauchen zu gehen; dann saß Grey ungefähr eine halbe Stunde lang auf dem leeren Kutschbock und kodierte Briefe, die zurück auf den Kontinent gebracht werden sollten. Diese sollten weitschweifig an einige seiner Vertrauten gehen, die vielleicht herausfinden konnten, ob sich Louis Antoine in Théodores Gewalt befand. Zusammen mit den noch ausstehenden fünfzig Pfund und weiteren zehn, um für Grey als Postbote zu fungieren, übergab Grey die Briefe dem Kapitän der *Stad Gouda*. Nachdem der seinen Weichkäse und seine Butter abgeladen und Hartkäse und Kaffee wieder aufgeladen hatte, lichtete der Kapitän den Anker und kehrte noch am selben Tag nach Rotterdam zurück.

*

Bevor irgendeiner der Briefe beantwortet wurde – nachdem der Geheimdienst die Verantwortung für die Leclercs übernommen und Grey zu der üblichen Befragung geschickt hatte; nachdem er schon ganz heiser vom Erzählen und erneuten Nacherzählen der Geschichte war; nach einer guten Woche –, erhielt Grey eine hastig verfasste Nachricht, die von einem batavischen Fischer erst einem englischen Kriegsschiff in der Blockade vor Anvers und dann dem Kapitän eines Kutters übergeben wurde, der sie dann die Themse hoch bis zur Admiralität brachte:

TG – Seien Sie gewarnt, dass Théodore am Leben ist.
(Ebenso wie ich) – LA

Dies geschah am 19. März. Derweil erholte sich Joseph Leclerc gut im Harrington House, einem Stadthaus, das nur ein paar Schritte oberhalb von Whitehall und dem alten Admiralitätsgebäude entfernt lag. Es befand sich am Ende einer Sackgasse, die sich Craig's Court nannte und vom Marinegeheimdienst für Angelegenheiten unterhalten wurde, die untypischer Diskretion bedurften. Eine Woche lang hatten die Angestellten des Geheimdienstes Seiner Majestät Spurrinnen in den Fußboden gegraben vor lauter Auf-und-ab-Gehen und dem langen Warten auf die Erlaubnis von Leclercs Regierungsärzten, mit ihrem Patienten reden zu dürfen. In den zehnminütigen Audienzen, die ein- oder zweimal am Tag gewährt wurden, hatten sie allerdings bereits eine gewisse Anzahl der ausgesuchtesten, unvorstellbarsten Geheimnisse zusammengetragen.

Neuigkeiten zu einem ganz bestimmten Geheimnis wurden Grey vom Stabschef höchstpersönlich überbracht.

»Tom«, sagte Aaron Willys, als er Greys Büro betrat und Grey flink das Papier mit dem durchgepausten Stein von Rosetta verdeckte, an dem er gearbeitet hatte – als Belohnung dafür, Louis' Brief feiern zu können, der seine Bedenken nun endlich ruhen ließ, »erinnern Sie sich noch an die verschlüsselten Nachrichten aus dem Beutel von diesem Froschfresser-Schiff *Marianne* – den Sie aus dem Golf von Biskaya gefischt haben?«

»Ja«, erinnerte sich Grey. »Von Bonapartes Schreibtisch, wie Sie mir mitgeteilt haben, stimmt's?«

»Genau«, bestätigte Willys und sah dabei aus wie ein Vater an Weihnachten. »Nun ja, Ihr Mann Leclerc hat uns den Schlüssel dazu geliefert.«

Grey grinste bis über beide Ohren und schlug mit der flachen Hand auf seinen Schreibtisch. »Verdammt gut, Aaron«, freute er sich. »Damit hätten wir dem Korsen jetzt aber eins ausgewischt, oder?«

»Allerdings«, antwortete Willys. »Wollen Sie sie lesen?«

»Sie haben sie bereits transkribiert?«

»Das habe ich«, erwiderte Willys, trat nach vorne und legte den entschlüsselten Text auf Greys Schreibtisch, wobei er den Stein von Rosetta unter einem Haufen von Aktennotizen hervorlugen sah. »Darf ich?«, fragte er, nahm die Frottage und ging auf Greys Bürofenster zu, um es zu öffnen. Grey sah ihn traurig an.

»Lesen Sie«, wies Willys ihn an und zerriss die Frottage in Fetzen, die er nacheinander hinaus in den regnerischen Nachmittag warf.

Grey schüttelte den Kopf, etwas über ein ganzes Leben im Dienste des Königs und Landes murmelnd, und wandte sich dann dem entschlüsselten Text zu.

»›Nachweislich an Louis-André Pichon adressiert‹«, las Grey laut vor, »›den französischen Botschafter in Washington.‹«

»Ja«, bestätigte Willys, warf den letzten Fetzen hinaus und schloss das Fenster.

»›An Pichon – Sichern Sie sofort, mit allen Mitteln und

ohne zu scheitern, einen Vertrag, der ein Monopol auf den amerikanischen Holzexport garantiert. Napoleon.‹« Grey sah Willys an. »Wie überaus ungeheuerlich.«

»Das ist es in der Tat«, sagte Willys. »Aber ich habe auch nicht erwartet, dass ein ungehobeltes Subjekt wie Sie das beim ersten Mal kapiert. Leclerc sagte uns, dass der Holzertrag aus dem Süden des Kontinents – sowohl aus Südfrankreich als auch von Napoleons Lehensgütern in Italien – sehr enttäuschend war.«

»Die Franzosen haben kein Holz mehr?«

»So ist es.«

»Ich nehme meinen Sarkasmus zurück.«

»Das sollten Sie auch. *HMS Diana* wird in« – Willys sah auf seine Uhr – »weniger als vier Stunden mit einer Handelsgesandtschaft nach Washington auslaufen. Soweit wir wissen, ist Pichon weiterhin im Dunkeln über die Tatsache, dass er das Holz der Amerikaner aufkaufen soll. Wenn wir ihm zuvorkommen – und Amerikas Bäume aus den gierigen Händen der Froschfresser heraushalten können – nun, dann kann die Rede davon sein, Napoleon eins ausgewischt zu haben.«

»In der Tat.« Grey nickte nachdenklich. In der Tat. »Ich würde sagen, das verlangt nach einem Getränk.«

»Allerdings«, bestätigte Willys, »aber ich fürchte, Sie werden den vollen Humpen ohne mich leeren müssen; der Alte macht keine Anstalten, irgendwann in der vorhersehbaren Zukunft kürzerzutreten.«

Grey schüttelte den Kopf. »Wann waren Sie zum letzten Mal zu Hause?«

»Samstag letzte Woche. Waren Sie schon draußen in Sheerness?«

Grey schüttelte den Kopf. »Ich übernachte bei Buttle's.«

»Nun ja, dann trinken Sie ein volles Glas für mich mit«, sagte Willys, ließ die Schultern kreisen und strich seinen Mantel glatt.

»Ich werd's trinken und schwenken und Trauer ertränken.«

Willys trat gerade schon auf den Korridor hinaus, rief aber zurück: »Aufs Wohl, ihr Matrosen, auf dass ihr habt Spaß.«

25

Auf seinem Weg zu Buttle's schaute Grey im Harrington House vorbei, mit der Absicht, die diensthabenden Männer nach einer Zusammenfassung der Gespräche mit Leclerc zu fragen. Grey antwortete auf das »Guten Abend, Sir« des Butlers (der Ausdruck »Butler« wurde mit Bedacht benutzt), von dem Grey wusste, dass er eine Pistole unter seinem eng anliegenden Leibrock trug, mit dem unscheinbaren Passwort-Satz: »Es ist aber doch immer noch Nachmittag, Potter.« Daraufhin trat er ein und traf Leclercs Doktoren und Sir Edwards vernehmende Beamte beinahe dabei an, wie sie die Schwerter darüber kreuzten, wann und für wie lange die Letzteren den Schützling der Ersteren befragen durften.

»Gentlemen«, beschwichtigte Grey, »vielleicht kann ich behilflich sein: Kann ich Ihnen eventuell eine Münze zum Werfen anbieten?«

»Und wer sind Sie, Sir?«, schnauzte einer der Ärzte.

»Ein Mann, dem gegenüber Sie Ihre Manieren am besten nicht vergessen, Sir«, blaffte einer der Geheimdienstmänner zurück. »Oder Sie bekommen eine verpasst.«

»Ich bin Grey«, stellte Grey sich vor und streckte dem irritierten Doktor die Hand entgegen.

»Ah ja, Grey«, sagte der Arzt. »Unser Patient hat schon nach Ihnen gefragt. Vielleicht wären Sie so freundlich, nach ihm zu sehen; die zweite Tür links. Das könnte sich nach dieser unablässigen und, ich wage zu sagen, *destruktiven* Beharrlichkeit dieser Männer vielleicht als beruhigender Einfluss erweisen.«

»Wagen Sie zu sagen, was?«, erwiderte derselbe Geheimdienstmann. »Ich würde da gleich mehr wagen, Sie lächerlicher Bastard von einem Knochensäger.«

Grey lächelte vor sich hin, als er an ihnen vorbei und die Treppe hinaufging. Dieser bestimmte Gentleman des Marinegeheimdienstes hatte einige Jahre vor dem Mast verbracht, und nachdem er des Doktors Abstammungslinie, die ehelichen Aussichten seiner Mutter und den Charakter seiner Ehefrau kommentiert hatte, wandte er sich gerade den fragwürdigen Behandlungsmethoden von so manchen Ärzten zu, als Grey an die zweite Tür links klopfte und von einer Krankenschwester eingelassen wurde.

»Mr Grey!«, rief Leclerc aus, offensichtlich guter Laune. »Geborener Caffery. Ich hatte gehofft, dass Sie vorbeikommen und mir die Gelegenheit geben würden, Ihnen in angebrachterer Weise als bei unserem letzten Abschied zu danken. Ich fürchte, da war ich nicht ganz bei mir; konnte kaum bei Bewusstsein bleiben, Sie verstehen.«

»Natürlich, Sir, und ich bin mir Ihrer Höflichkeit

bewusst, aber Ihr Dank war mehr als adäquat – es freut mich, Sie so viel besserer Gesundheit anzutreffen.« Tatsächlich sah Leclerc immer noch ziemlich blass aus, aber jetzt hatte er zumindest die Blässe eines lebenden Mannes und nicht die eines Stücks Seezunge.

»Danke, Mr Grey, danke. Aber bitte setzen Sie sich doch. Ich fürchte, die verdammten Ärzte – oder vielleicht nicht die verdammten, jedoch ziemlich strengen –, die verdammt strengen Ärzte werden Sie jeden Moment wieder hinausschmeißen, aber erzählen Sie mir doch wenigstens, wie es Ihnen seit unserer Ankunft ergangen ist. Sie waren mehr als nur ein bisschen aufgekratzt wegen dieser wenigen langen Tage.«

»Nett von Ihnen, dass Sie fragen«, antwortete Grey und setzte sich. Mehr noch als sein Aussehen hatte sich Leclercs Temperament stark verändert. Aber natürlich hatte ein neues Leben auf einen Mann einen solchen Effekt. Genau wie eine flüchtige Begegnung mit dem Tod. »Es geht mir sehr gut«, fuhr Grey fort. »Eine Seereise richtet mich immer wieder auf, auch wenn es nur eine so kurze wie eine Überfahrt vom Kontinent nach England ist.«

»Dann sind Sie also ein Seemann durch und durch, nicht wahr? Ich kenne Soldaten, die genauso sind, was den Ritt auf einem Pferderücken angeht. Ich bin zwar zufällig keiner von ihnen, allerdings könnte ich mir das gut vorstellen.«

Grey nickte. »Wie geht es Ihrer Tochter, Sir?« Grey hatte natürlich angenommen, sie wäre hier – hatte erwartet, dass anstelle einer Krankenschwester sie ihn einlassen würde.

»Ach, sie ist eher wie Sie, Sir, hat sich schnell erholt. Unsere Emigrantinnen hier haben sie in ihre Obhut genommen; die Offiziere der Armé-de-Condé waren überaus aufmerksam. Die meisten davon sehr entschlossen, sie von dem Wert des *petit* Paris zu überzeugen, das hier aufgebaut wurde.«

»Sehr gut«, befand Grey. Nun, das würde ihm den Umstand ersparen, sie herumzuführen. Auch gut. Oder eigentlich noch besser. Er hatte so wenig Zeit für sich selbst. Gott möge mit ihr sein.

»Apropos Armée-de-Condé«, fuhr Leclerc fort, »das erinnert mich daran, zu fragen, wie es dem Herzog Louis Antoine geht? Mir wurde gesagt, er wäre in der Batavischen Republik zurückgeblieben?«

»Ja«, bestätigte Grey. »Aber eine Nachricht von ihm hat mich darüber unterrichtet, dass er am Leben und, wie ich dieser entnehme, wohlauf ist.«

»Ausgezeichnet, ausgezeichnet«, freute sich Leclerc. Seine Stimme wurde weicher.

»Ich glaube, ich gehe jetzt besser wieder, Sir«, bemerkte Grey. »Es steht noch eine Menge Arbeit an. Aber ich freue mich darüber, Sie bei guter Gesundheit angetroffen zu haben.«

»Danke Ihnen, Grey, danke. Ja, kommen Sie bitte gerne wieder. Ich weiß, dass Geneviève es bedauern wird, Sie verpasst zu haben.«

»Das werde ich. *À tout à l'heure.*«

Als Grey auf seinem Rückweg wieder das Foyer passierte, war der Butler Potter – ein gut über eins achtzig großer Mann – zwischen den Geheimdienstmann und den Arzt gegangen und schien in der Angelegenheit zu vermitteln, ob jemandem eine Medizinflasche an den Kopf geworfen werden sollte.

*

Das Wetter war seit dem Nachmittag besser geworden, und obwohl es immer noch recht kühl war, ging Grey von Whitehall zu Buttle's zu Fuß und kam dort noch vor Einbruch der Dunkelheit an. Mathers informierte ihn über Paters Bitte, nach seiner Ankunft auf ein Wort zu ihm in das Speisezimmer zu stoßen; ein Page würde ihn dorthin führen. Untypischerweise war Pater vollkommen in seine Arbeit vertieft, die Halbbrille auf der Nase und vor ihm ein Rechnungsbuch, in das er auf mehreren Zeitungsbögen eingekreiste Zahlen übertrug, die über dem Rechnungsbuch in einem Bogen von seinem linken bis zu seinem rechten Ellbogen ausgebreitet lagen.

»Ah, Tom, gut – Sie leisten mir beim Abendessen Gesellschaft, nicht wahr? Ich bin verdammt hungrig – römische Löwen sind kein Vergleich dazu –, aber ich muss noch ein paar letzte Sachen in diesem Report hier fertig machen.« Er tippte mit dem Stift auf das Rechnungsbuch. »Der Markt, wissen Sie. Aber Ihre Anteile machen sich natürlich prächtig. Bestellen Sie sich was zu trinken, und ich werde in fünf Minuten bei Ihnen sein.«

»Kaffee, wenn er denn einigermaßen frisch ist, und ein Schlückchen Whisky«, bestellte Grey beim Pagen, dessen Name ihm vorübergehend entfallen war.

»Bringen Sie ihm den Old Bourbon Whisky«, sagte Pater, ohne von seiner Arbeit aufzusehen. »Der Club bekommt ihn gerade wieder, jetzt, wo die Amerikaner Louisiana gekauft haben.«

Grey zog einen Lehnstuhl heran, zündete sich einen Stumpen an und trank seinen Kaffee, während er ein Schachproblem im *Monthly Magazine* zu lösen versuchte. Danach trank er den Whisky. Bevor er es allerdings mit einem weiteren aufnehmen konnte, rief Pater den Pagen herbei, um den Tisch abzuräumen.

»Philips, bringen Sie das bitte alles auf mein Zimmer hoch, ja? So ist's gut. Und schicken Sie Oscars rüber.«

»Sie wollten mich sprechen?«, fragte Grey und zündete sich noch eine der kleinen Zigarren an.

»Ja – nichts Wichtiges, bloß, dass Ihre Unterschriftenseite voll ist und dass das Mitgliederkomitee plant, irgendwann in den nächsten zwei Wochen über Sie zu beraten. Da ich Sie nominiert habe, bin ich miteingeschlossen. Und ich vermute, dass dies das letzte Abendessen sein wird, das ich Ihnen als Gast ausgebe.«

»Dafür bin ich Ihnen sehr verbunden, Pater. Dass Sie mich für einen Platz im Mitgliederregister vorgeschlagen haben. Ganz zu schweigen davon, dass Sie mich Ihre Mitgliedschaft haben ausnutzen lassen«, bedankte sich Grey.

»Unsinn«, erwiderte Pater. »Denken Sie gar nicht daran. Oder tun Sie es und zahlen Sie es mir zurück, indem

Sie heute Abend als mein Partner an einem Whist-Tisch spielen – gerade sind ein paar Burschen aus Indien zurückgekommen, die dort schnell zu Geld gekommen sind und eine Lektion in sinnvoller Investmentfinanzierung nötig haben. Aber lassen Sie uns zuerst essen. Oscars –«

Der Steward war zwischen ihnen aufgetaucht, bereit, ihre Bestellung fürs Abendessen entgegenzunehmen.

»Zwiebelsuppe, ein paar Scheiben Kalbfleisch; Spargel, Schildkröte und Blancmanger; Schwarzkappen und ein Stück von diesem Mandelkäsekuchen, den ich vorher gegessen habe. Thomas?«

»Toast, Zunge, Erbsen und Camembert.«

»Sehr wohl, Mr Grey, Mr Pater«, sagte Oscars. »Soll ich den Sommelier rufen?«

Pater deutete rücksichtsvoll auf Grey.

»Ich glaube nicht – nur noch einen Bourbon, einen Blanc de Blancs Ihrer Empfehlung, Oscars, und einen Kaffee.«

»Blanc de Blancs?«, fragte Pater.

»Ja«, sagte Grey.

»Sie sind aber mutig. Nun gut, Oscars, dasselbe für mich, aber Tee zum Schluss.«

»Ja, Sir. Wenn ich den 97 Ruinart empfehlen dürfte? Wir konnten einige Kisten während des Friedens beschaffen, aber inzwischen ist fast alles davon aufgebraucht. Den sollte man allerdings gekostet haben.«

»Danke, Oscars«, willigte Grey ein. »Bringen Sie ihn mit dem ersten Gang, ja?«

»Sir«, meldete sich ein Page – Parslow – zu Wort, der

ziemlich schnell an den Tisch herangetreten war und nun Grey ansprach, »ein Mann vom Außenministerium ist in der Lobby und besteht darauf, mit Ihnen zu sprechen.«

»Allmächtiger«, kommentierte Pater und verdrehte die Augen.

»Es tut mir leid, Pater – wenn Sie mich kurz entschuldigen würden?«

»Natürlich, Tom. Aber für die letztendliche Verfassung Ihres Toasts werde ich mich nicht verantwortlich machen lassen.«

Grey folgte Parslow in die Lobby. Ein Unteroffizier des Marinegeheimdienstes wartete dort auf ihn. Grey winkte ihn in eine Nische, wo sie ungestört reden konnten.

»Sir Edward lässt fragen, ob er Sie vielleicht auf ein Wort sprechen könnte, Sir. Im Admiralitätsgebäude.«

*

Ein zweirädriger Einspänner brachte Grey zurück nach Whitehall; innerhalb einer Viertelstunde betrat er Sir Edward Banks' Vorzimmer – und fand Willys dort vor, der auf ihn wartete und ihn dann in das eigentliche Büro winkte, wo Banks seinen Schreibtisch aufgegeben hatte und vor dem Kartentisch auf und ab ging.

»Grey, kommen Sie rein. Es ist etwas passiert.«

Ist Geneviève etwas zugestoßen?, war Greys erster Gedanke. Zurück nach Frankreich entführt? Vielleicht, um sie als Bauern gegen ihren Vater einzutauschen?

Banks fuhr fort: »Wir haben einen Brief von Bathilde

d'Orléans erhalten – sie hat von allen ihr zur Verfügung stehenden Mitteln Gebrauch gemacht, um uns diesen in größter Eile zukommen zu lassen, aber das war vor drei Tagen, und angesichts der Dringlichkeit … ich bin mir nicht sicher, ob ich Sie nun noch guten Gewissens darauf ansetzen kann. Ich glaube nicht, dass es noch einen Unterschied machen würde.«

Grey spürte, wie er sich versteifte, wie sich seine Muskeln anspannten; ihn darauf vorbereiteten, sofort in Aktion zu treten. Gleichzeitig hätte er Banks fast erwürgen können, weil er so lange brauchte, um die letzte Information zu enthüllen.

»Sir, wenn Sie bitte –«

»Ja – Sie werden mein lautes Nachdenken entschuldigen; langer Rede kurzer Sinn: In der Nacht des 13. März überquerten französische Dragoner den Rhein nahe Straßburg, bahnten sich heimlich einen Weg zu dem Haus, in dem *le duc* Louis Antoine untergekommen war, und umzingelten es. Nachdem Louis chaotisch an die Sache herangegangen war – ich weiß nicht, wie vielen er eines über den Schädel gezogen hat –, zerrten sie ihn zurück über den Fluss nach Frankreich. Seit dem 15. wird er im Kerker des Château de Vincennes festgehalten. Er wurde vor das Militärgericht gebracht und zum Tode verurteilt. Die Hinrichtung wurde verzögert, da Bathilde ein Gnadengesuch an Napoleon gerichtet hat, das vom russischen Regierungsgesandten in Paris vorgetragen werden soll und auf das noch gewartet wird. Dem Gesuch wird aber nicht nachgegeben werden. Bathilde spielt für uns auf

Zeit – aber ich fürchte, dass es bereits zu spät ist, um irgendetwas zu unternehmen.«

Grey berechnete bereits die Routen und Gezeiten. »Ich kann bis zum Morgengrauen in Frankreich sein«, überlegte er. »Und bis morgen Abend in Vincennes.«

»Da könnte er bereits tot sein«, gab Banks zu bedenken. »Er ist vielleicht sogar jetzt schon tot.«

»Ich verstehe«, sagte Grey.

Willys trat vor. »Da es keine Sekunde zu verlieren gilt oder keine mehr übrig ist, einen anderen Offizier mit der Situation vertraut zu machen, würden Sie mir, Sir Edward, die Erlaubnis geben, Grey zu begleiten?«

»Das würde ich nicht«, erwiderte Banks.

»Allein werde ich schneller sein«, wandte Grey ein. »Aber danke, Aaron.« Willys schüttelte ihm die Hand.

Banks stand über seinen Schreibtisch gebeugt da und schrieb etwas. »Dies sind Befehle, die alle Angestellten der Marine dazu anhalten und anweisen, dem von Ihnen angegebenen Kurs zu folgen, was Ihren umgehenden Transport an die französische Küste angeht. Unsere reizende *HMS Yellowjacket* liegt am Fluss; sie wurde in Amerika gebaut – in Baltimore –, ein Klipper; extrem schnell. Nehmen Sie sie für die Überfahrt. Möge Gott Ihnen Geschwindigkeit verleihen, Tom. Und lassen Sie mich das hinzufügen – verstehen Sie das als expliziten mündlichen Befehl –, falls sich das Rettungsvorhaben des Herzogs als unmöglich erweisen sollte, lassen Sie sich nicht bei dem Versuch töten, ihn trotzdem zu retten.«

Grey nickte und nahm die schriftlichen Befehle von Banks entgegen, die er ihm hinhielt. Mit »Sie entschuldigen mich, Gentlemen«, verabschiedete er sich und verließ schnell den Raum.

26

Natürlich gab es keine Möglichkeit, die britische Ärmelkanalflotte vorab über *Yellowjackets* Mission zu unterrichten. Und um irgendeine Chance zu haben, Grey noch vor dem Sonnenaufgang an einem Strand in der Normandie absetzen zu können, blieb *Yellowjacket* keine Zeit mehr, um dichter am Wind zu segeln oder ihren Verpflichtungen nachzukommen, falls gefordert. Ein abnehmender, fahler Mond stand am Himmel – genug, um bei dessen Licht erkannt zu werden; aber zu wenig, um das Winkeralphabet lesen zu können. Deshalb stimmte der Kapitän der *Yellowjacket* – ein junger Kommandant namens Boyle – zu, eine schnelle, schmugglergleiche Überfahrt daraus zu machen. Boyle würde mit *Yellowjackets* Höchstgeschwindigkeit durch die Blockade segeln, Grey am Ufer absetzen und sich auf dem Rückweg entschuldigen. Vorausgesetzt, sein Klipper wurde nicht zuerst von einem übereifrigen Warnschuss zersplittert.

»Eine Schande, dass wir keine schwarzen Segel gehisst haben, wie dieser Kerl auf dem Rückweg von Kreta. Sie wissen schon, der Bursche, der dem Typen mit dem Stierkopf ein Ende bereitet hat.« Boyle sprach leise; er und Grey standen Schulter an Schulter auf dem Achterdeck, an der luvseitigen Reling. Boyle hatte gerade einen Teil des Großsegels reffen lassen, denn dieses stach in dem schwachen Mondlicht viel zu verdammt weiß heraus.

»Theseus«, sagte Grey.

»Ja«, bestätigte Boyle, »das war der Kerl.« Einen Augenblick später fuhr er fort: »Und wer war der andere, der Stiertyp, der in dem Labyrinth gefangen war und das schönste Mädchen Athens aufgefressen hat?«

»Der Minotaurus«, antwortete Grey.

»Genau«, sagte Boyle. »Wenn sie ihn nicht in diesem scheiß Irrgarten gefangen gehalten hätten, wäre er vielleicht weniger brutal zu ihnen gewesen. Einen nautischen Strich weiter nach Backbord.« Die letzte Bemerkung war an den Steuermann gerichtet.

»*An Deck!*«, ertönte ein leiser Ruf aus der Takelage. »*Zwei Segel auf Steuerbord in Sicht.*«

»Das wird die Flotte sein«, bemerkte Boyle und blinzelte nach rechts. »Keith: noch einen Strich nach Backbord.«

»Aye, aye, Sir«, antwortete der Steuermann, korrigierte das Steuerrad ein wenig und ließ dann die Hände wieder auf den Radspeichen ruhen.

»*An Deck! Zwei Segel auf Backbord in Sicht.*«

»Machen Sie jetzt vorsichtig, Keith.« Dann zu Grey: »Das wird der Rest der Flotte sein. Halten ihre Positionen recht gut, hm?«

»Hm«, wiederholte Grey. *Yellowjacket* hatte eine gute

Geschwindigkeit erreicht, und nun würde es – mit der Flotte bereits in Sicht – nicht mehr lange dauern, bis die französische Küste in Sicht käme. Boyle ließ seinen eigenen Steuermann und die Mannschaft hinten auf dem Achterdeck bereits warten, bereit, um die Barkasse hinunterzulassen und Grey an Land zu rudern. Grey war ganz in Schwarz gekleidet: Halbstiefel, feuchtigkeitsabweisende Hosen aus geteertem Segeltuch und eine bis zum Kragen zugeknöpfte Jacke. Außerdem trug er einen geteerten Umhängebeutel – Essen und Werkzeuge – über dem Rücken; die Girandoni, ebenfalls in geteertem Segeltuch eingewickelt, und sein Schwert hatte er sich ebenso umgeschlungen, und alles wurde mit einem Gürtel gleich unterhalb seines Brustkorbs festgeschnallt.

»*An Deck! Fregatte direkt voraus!*«

In Sekundenschnelle hatte Boyle das Fernrohr ans Auge gehoben; suchte die tintenblaue Nacht vor ihm ab. Er brauchte einen Moment, um das fragliche Schiff zu entdecken: ein britisches Schiff fünfter Klasse fuhr als Teil der Blockadelinie auf Patrouille nach Westen.

»Hart steuerbord, Keith«, befahl Boyle ruhig. »Alle Mann an die luvseitige Reling, und gebieten Sie Stillschweigen an Deck.« Der Befehl wurde weitergegeben – der Bootsmann unterließ diesmal das traditionelle Gebrüll.

Schon bald würde der Tag anbrechen, das Mondlicht lichtete sich langsam und wurde zu einem strandseitigen Dunst, der über dem Wasser schwebte. Es war zwar nicht viel, um sich darin zu verstecken, aber immer noch genug, damit die Mannschaft Hoffnung hegte. Nützlicher war es da vielleicht, dass Boyle sie auf die Luvseite der nächsten Blockadeschiffe lotste, damit die Segel vor dem Hintergrund weißer Schaumkronen besser getarnt wären.

»*Land! Backbord!*«, ertönte ein annähernd leiser Ruf.

»*Halt dein scheiß Maul, du dumme Landratte*«, antwortete eine andere Stimme aus der Takelage.

Vom Kopf des Vormasts aus drang das Geräusch von Gerangel nach unten.

»Bringen Sie diese Idioten zum Schweigen«, flüsterte Boyle, über die Reling des Achterdecks gebeugt, dem Bootsmann zu, der nach vorne eilte.

»*Ruhe!*«, zischte der Bootsmann. »*Ruhe da oben auf dem Vormast, ihr höllischen Bastarde!*«

»Fünf Striche weiter nach Backbord«, flüsterte Boyle dem Steuermann ruhig zu. Die Fregatte, die direkt voraus gewesen war, lag nun einen Pistolenschuss entfernt hinter ihnen auf Backbord, doch die *Yellowjacket* vergrößerte bereits den Abstand zwischen ihnen. Die zwei Segel auf der Steuerbord-Luvseite kamen jedoch immer näher. Wenn sie noch keinen Gewehrschuss entfernt waren, würden sie es bald sein.

Wie Jason und seine Argonauten – Grey schüttelte den Kopf: Boyle brachte ihn schon dazu, griechisch zu denken, wie die Argonauten, die schnell zwischen den Symplegaden hindurchsegelten und versuchten, nicht zwischen den aufeinander zutreibenden Felsen am Munde des Bosporus zerquetscht zu werden – hier waren sie inmitten einer Blockadelinie aus Schiffen, allerdings ihrer eigenen Flotte –, denen es ein sehr Leichtes wäre, sie mit einem Schuss in den Hades zu befördern. Cyanische Felsen. Skylla und Charbydis. Ein Nadelöhr und ein Kamel aus Baltimore.

»Noch mal fünf nach Backbord, Keith«, wisperte Boyle.

Aber jetzt waren sie durch, die Fregatte hinten auf der Leeseite, die anderen auf der Luvseite und die Küste Frankreichs wieder direkt voraus. Grey atmete langsam aus. Nun, das hätten sie geschafft. Das geringste der Probleme, die in den nächsten vierundzwanzig Stunden auf ihn zukommen würden.

»Wenn Sie irgendetwas erledigen müssen, bevor wir die Segel hieven und das Boot hinunterlassen – dann ist jetzt der Moment dafür«, flüsterte Boyle.

Grey nickte. »Ich danke Ihnen – ich bin bereit, auf Ihr Wort.«

Boyle nickte. Vor und über ihnen ertönte erneut das Geräusch von Gerangel in der Takelage.

»Verdammte Zwangsrekruten, die *Yellowjacket* ist vollgestopft mit Knastbrüdern und Vollidioten«, machte Boyle seinem Ärger leise Luft, und der Bootsmann zischte erneut, dass sie ihre dummen Mäuler halten sollten.

Dann das leise, dumpfe Geräusch einer Faust, die hart zuschlug, und der Schrei eines Mannes, der aus der Takelage stürzte, und sein sehr viel lauterer, dumpfer Aufprall auf dem Deck.

Ein paar Männer rannten von der Steuerbordreling herüber, um nach dem heruntergefallenen Matrosen zu sehen; ob er tot war. Der Rest des Bootes schien den Atem anzuhalten.

Dann ein lauter, donnernder Knall, eine aufblitzende Flamme in der Ferne und eine neun Pfund schwere Kanonenkugel, die zwei Löcher in das Großsegel und das Vorsegel riss.

»Hart Backbord«, befahl Boyle ruhig. »Volle Kraft voraus. Fangen Sie den Wind hinten auf dem Achterdeck ein, Mr Keith.«

»Sollte da nich' erst 'n Warnschuss kommen?«, fragte ein Mann von der Reling aus.

»Das war der Warnschuss, du blinder Sack«, antwortete ein anderer.

»Captain Boyle«, ergriff Grey das Wort, »Sie segeln auf Dieppe zu? Wenn wir noch viel weiter fahren, werde ich nicht mehr an Land gehen können.«

Ein weiterer Schuss kam angedonnert; er schlug ein und ließ weiße Gischt zehn Yards hinter der Heckreling hochspritzen.

»Das stimmt, Mr Grey. Wenn wir das Geschwader hinter uns gelassen haben, werden wir wieder aufkreuzen.«

Grey verengte die Augen zu Schlitzen und trat näher an Boyle heran. Er sprach sehr leise, um vor der Mannschaft nicht den Eindruck eines Streits zu erwecken.

»Das wird ewig dauern, Sir.«

»Das könnte sein«, gab Boyle ihm recht.

»Ich muss noch vor der Morgendämmerung an Land kommen.«

»Das wird vielleicht nicht möglich sein.«

»Es ist *zwingend erforderlich*.«

Noch ein Kanonenschuss. Grey sah nicht, wo er einschlug.

»Nicht so erforderlich, wie mein Schiff über Wasser zu halten, sollte ich meinen.«

»Wie nahe können Sie an das Land heran, Sir?«, fragte Grey.

Boyle sah ihn an und schüttelte den Kopf. »Sie können nicht ernsthaft beabsichtigen zu schwimmen, Mr Grey?«

»Wie nahe?«

»Vielleicht zwei Meilen. Anderthalb. Nicht näher.«

»Anderthalb Meilen wird ausreichen, Sir.«

Boyle starrte Grey an – und fragte sich zweifelsohne, ob er das Thema der Meerestemperatur ansprechen sollte.

»Dann soll es so sein«, beschloss Boyle. »Mr Keith. Zwei Striche landwärts.« Zu Grey: »Ich könnte versuchen, dichter am Wind zu segeln und zu kapitulieren – aber ich würde kein Boot herunterlassen, bevor ich mir sicher bin, dass nicht darauf geschossen würde.«

»Ich verstehe, Sir. Ich werde schwimmen. Kann ich immer noch mit unserem Rendezvous übermorgen Abend mit Ihnen rechnen?«

»Das können Sie«, bestätigte Boyle. »Sobald ich die Flotte über meine Befehle informiert habe, werden sie mich weniger entschlossen versenken, glaube ich.«

»Sehr gut«, sagte Grey. Er nahm den Beutel von seinem Rücken und holte rasch alles heraus, was problemlos zurückgelassen werden konnte. Er legte das meiste des Proviants, der Ersatzkleidung und, widerstrebend, ebenfalls die Munition, die zusätzlichen Instrumente und die Girandoni selbst auf einen Stapel.

»Wenn ich Ihnen das anvertrauen könnte, Sir?«, bat Grey Boyle. Boyle nickte und rief nach seinem Steward. In der Zwischenzeit versiegelte Grey den Beutel abermals und warf ihn sich wieder über den Rücken. Er schnallte ihn fest, kontrollierte, dass auch sein Schwert noch festgeschnallt war, und ging dann nach vorne zum Mittelschiff der *Yellowjacket*.

Drei Minuten später kam ein Schiffsjunge auf Grey zu. Gerade als er den Mund aufmachte, donnerte ein weiterer Schuss aus den langläufigen Buggeschützen der sie verfolgenden Fregatte. Sie schlugen auf beiden Seiten der *Yellowjacket* ein. Nur ein paar Yards davon entfernt, ins Schwarze zu treffen.

»Wir sind bei anderthalb Meilen angelangt, Sir.« Gleichzeitig begann die *Yellowjacket* beizudrehen und ihre Kapitulation zu signalisieren.

»Danke«, erwiderte Grey und öffnete die Eingangspforte.

»Gott möge mit Ihnen sein, Sir«, sagte der Junge.

»Danke«, wiederholte Grey. Er sprang ins Wasser, wobei er circa anderthalb Meter tief eintauchte. Es war so kalt, dass ihm die Luft wegblieb, doch er kam schnell wieder an die Oberfläche und begann sofort, kräftig auf den Strand zuzukraulen.

27

Geteerte Kleidung wies vielleicht Wind und Sprühregen ab, stellte sich jedoch als äußerst nutzlos heraus, wenn man ins Wasser eintauchen musste. Als sich Grey aus der Brandung zog, zitterte er so stark, dass er seine Hände kaum gebrauchen konnte, die schwer damit beschäftigt waren, seinen Beutel aufzuknoten und ein Feuereisen herauszuholen. Er sammelte ein wenig totes Seegras und ein paar Stücke Treibholz auf, das am oberen Ende des Strandes an der Wasserkante lag, und machte ein Feuer. Dies würde vielleicht ungewollte Aufmerksamkeit erregen, aber zur Hölle damit – wenn er sich nicht aufwärmte und trocknete, wäre das Einzige, was im Verborgenen bleiben würde, seine Leiche. Sowieso war im Osten bereits das erste Tageslicht auszumachen, deshalb würde der Schein des Feuers seine Anwesenheit nicht mehr so deutlich ankündigen wie noch eine Stunde zuvor.

Es dauerte geschlagene zwei Minuten, bis das Feuer lebhaft prasselte. So nahe am Feuer, dass er beinahe darin stand, zog er seine Kleidung aus und trocknete sich und diese. Das dauerte vielleicht eine halbe Stunde, und danach fühlte er sich fast wieder wie ein Mensch. Er aß ein paar Bissen feuchten Cheddar und begann dann seinen langen Weg landeinwärts.

Der Steinstrand ging langsam in Gestrüpp und dann in normannisches Buschwerk über: Felder und Weiden waren durch kleine Waldbestände voneinander getrennt. Wenn die Zeit nicht so viel Eile geboten hätte, hätte Grey sich an die mäandernde Baumlinie halten können – stattdessen setzte er alles daran, nicht wie ein englischer Kommandosoldat, sondern eher wie ein Landstreicher auszusehen, der über die Felder zog. Um nicht den Anschein eines Bösewichts zu erwecken, drehte er also seine Jacke mit der Teerseite nach innen, damit das schmutzige Baumwollweiß anstatt des schurkenhaften Schwarz außen war. Hier und da grasten trotz der frühen Stunde schon Tiere, sodass die Weiden mit den braun-weißen Farbtupfern der Schafe und normannischen Kühe gesprenkelt waren (laut Genevièves kurzer Lektion über französische Milchbauernhöfe produzierten Guernsey-, Jersey- und Alderney-Rinder zwar nicht die beste, aber doch gute Butter – dafür war ihr Fleisch viel besser). Während er einen Wald aus Büschen durchquerte, suchte er sich einen dicken Wanderstock, den er ein- oder zweimal benutzte, um Schäferhunde abzuwehren. Obwohl keiner von ihnen wirklich auf einen Kampf aus zu sein schien. Vermutlich, weil sogar die Großväter ihrer Großväter sich niemals gegen einen echten Wolf hatten verteidigen müssen. Französische Hütehunde waren sanft geworden. Sehr sanft sogar, beobachtete er, als er einen hinter den Ohren kraulte und dieser daraufhin ein kleines Stück neben ihm hertrottete, bis ein weit entfernter Pfiff eines unsichtbaren Schäfers ihn wieder zurückrief.

Nachdem er über den nächsten Hügel war, durchquerte Grey die Waldgrenze zu einem Calvados-Obstgarten. Wenn Grey an Zeichen geglaubt hätte, hätte er dieses als ein gutes gedeutet, beschloss er. Sein Vater hatte einen Obstgarten besessen, und Grey hatte viele glückliche Stunden unter Apfelbäumen verbracht. Ein paar davon in der Normandie zu finden, hätte ihn nicht überraschen sollen; der Norden Frankreichs war zwar lausig, was Cider-Obstgärten anging, aber das tat nichts zur Sache. Er überlegte, dass die Bäume vermutlich Weißen Winterkalvill hervorbrachten – den seltsamen, pummeligen Apfel, den Normannen am liebsten haben und den Grey immer gemocht hatte. Schade, dass er außerhalb der Saison hier war. Auf der anderen Seite des Obstgartens fand er schließlich eine Straße und kam nun schneller voran.

Doch sogar eine gute Straße brachte ihn nicht so schnell vorwärts, wie er hätte sein müssen; erst nach einer weiteren Stunde Fußweg fand er, wonach er gesucht hatte – einen Stall hinter einem Pub. Er ging nach hinten. Ein halbes Dutzend Pferde waren darin untergebracht, aber ein Stallbursche war nirgends zu sehen. Entweder war der ein Langschläfer oder er arbeitete gerade anderswo – vielleicht war er aber auch gleichzeitig der Koch des Gasthauses. Grey schüttelte den Kopf. Er hatte keine Zeit zu warten, und nach einer kurzen Inspektion wählte er das Pferd aus, das am meisten danach aussah, als könnte es einen schnellen Geländeritt meistern. Da er einen weiten Bogen um Paris machte, würden es ungefähr hundert Meilen nach Vincennes sein, und Grey musste bis zum Einbruch der Dunkelheit dort sein. Ein kräftiger, blondbrauner Bretone mit weißer Blesse sah für den Zweck geeignet aus. Vielleicht nicht das schnellste oder klügste Pferd, aber es hatte etwas an sich, das Grey gefiel. Kaltblütigkeit vielleicht, und das war genau das, was die Situation erforderte. Grey entschied sich für einen großzügigen Preis – angesichts der Kaufumstände –, zählte das Silber aus seinem Geldbeutel ab, ließ es auf dem Pferdefutter liegen, sattelte auf und trabte auf die Straße zurück. Dort beschleunigte er dann zum Galopp.

Er ritt den ganzen Tag und blieb auf der Hauptstraße, bis er die äußersten Stadtränder von Paris erreichte, dann wandte er sich nach Westen in den Wald und machte sich auf den kurvenreichen Weg zum Château de Vincennes. Captain Boyle der *Yellowjacket* war so nett gewesen, für Grey präzise astronomische Wegweiser zu dem Château zu berechnen. Sobald die Sterne herauskämen, würde ihm das Navigieren also leichter fallen, aber solange Grey eine Uhr hatte, war der Sonnenstand beinahe genauso hilfreich.

Trotzdem kam es ihm vor, als wären die Sterne wie im Handumdrehen erschienen. Nach einem halben Dutzend Zwischenstopps – ungefähr alle zwanzig Meilen –, um sein Pferd gegen ein neues auszuwechseln, und obwohl alle recht schnell gewesen waren, war es beinahe schon völlig dunkel, als die grauen Turmspitzen von Vincennes über den Baumwipfeln auftauchten. Grey band das letzte

Pferd fest (er hatte es Roland genannt. Aber warum? Den richtigen Namen des Pferdes kannte er nicht, aber schließlich musste man ein Pferd irgendwie nennen, und Grey hatte beschlossen, dass es wie ein Roland aussah); in ausreichender Entfernung, damit kein Wachhund seine Fährte erschnüffeln konnte. Grey ließ ihn mit einem Stück Zucker zurück, das er am Nachmittag zusammen mit einem späten Mittagessen gekauft hatte. In der schwindenden Abenddämmerung drehte Grey seine Jacke wieder auf die schwarze Seite und nahm alles aus seinem Beutel heraus, was er nicht dazu benutzen würde, um nach Vincennes hinein- und wieder herauszukommen. Dann schlich er sich langsam an die Festung heran.

Sie hieß zwar Château de Vincennes, war aber keines dieser großen, anmutigen Gebäude, die einem bei dem Wort »Château« in den Sinn kamen: von Adeligen in Auftrag gegebene Renaissance- oder Barockbauten. Die ältesten Teile waren im frühen 12. Jahrhundert erbaut worden, während der Kreuzzüge. Zeitgleich mit dem Tower von London und ungefähr die gleiche Atmosphäre ausstrahlend. Das Château de Vincennes war hauptsächlich für seinen beinahe sechzig Meter hohen Gefängnisturm berühmt – einer der höchsten Türme Europas; einer der wenigen seiner Höhe, die nicht Teil einer Kathedrale waren. Es war ein düsterer, schicksalhafter Ort. Henry V. – wenn es nach Grey ging, der größte König Englands – war hier gestorben. Hätte er überlebt, wäre Paris nun die schönste Stadt im Vereinigten Königreich. Aber was soll's. Stürmt noch einmal.

Die Festung insgesamt war enorm: ein Quadrat von zweihundert auf zweihundert Yards, umgeben von einem fünfzehn Meter tiefen, trockengelegten Burggraben. In ihrem Burghof befand sich eine seltsame Ansammlung von Gebäuden – Baracken neben Kreuzgängen und palastartigen Wohnräumen, sowie ein exaktes Double der Sainte-Chapelle auf der Île de la Cité. Doch der Teil der Anlage, an dem Grey interessiert war – der Gefängnisturm –, war vom Rest abgetrennt; er stand alleine am westlichen Ende, auf einer Art Steininsel, umgeben von seinem eigenen, ebenso trockengelegten Burggraben, achtzehn Meter tief und achtundzwanzig Meter breit. Der einzige Eingang war ein Tor am Ende einer hohen, schmalen Brücke, von der Breite eines einzelnen Mannes, die sich über den separaten Burghof des eigentlichen Châteaus erstreckte. Die Insel – der Burghügel, auf dem der Turm und seine Enceinte standen – erhob sich in einem Fünfundvierzig-Grad-Winkel aus dem Burggraben; das ebenerdige Fundament des Turms – heißt, achtzehn Meter über dem Grund des Burggrabens – bestand aus glattem Stein. Diese schräge Steinmauer verband sich nahtlos mit den Außenmauern des Turms; weitere fünfzehn Meter mit Zinnen und einem Wachturm an jeder Ecke. Und darin wiederum stand der Mammut-Turm selbst und thronte über der Landschaft wie der Koloss von Rhodos. Aber zweimal so groß. Und natürlich hatte er nicht wie der Koloss von Rhodos die Form eines Mannes. Sondern die einer Turmfigur. Ein titanischer Turm am Rande eines titanischen Schachbretts. Grey hatte die Dimensionen während der Überfahrt auf der *Yellowjacket* studiert, aber die waren der Sache nicht gerecht geworden. Seine Ausmaße konnten nur erfasst werden, wenn man wirklich davorstand.

Und doch – es war nicht die erste Festung, in die Grey eingebrochen war, und es würde, hoffte er, auch nicht die letzte sein. Außerdem ähnelte eine Zitadelle sehr den anderen. Man musste Mauern erklimmen, Türen öffnen und sich vor Männern verstecken oder sie außer Gefecht setzen. Nur die Einzelheiten variierten.

Auf dem Weg von Sir Edwards Büro zu Buttle's – von wo Grey seine Arbeitskleidung und die viel beklagte Girandoni geholt hatte – hatte Grey einen Zwischenstopp im unterirdischen Büro des Quartiermeisters des Marinegeheimdienstes eingelegt. Er hatte nach dem Leinenbeutel und den Gegenständen gefragt, mit denen er ihn füllen wollte: dem Feuereisen, einem langen Seil, einigen Enterhaken und so weiter. Der Quartiermeister – ein junger Marinemann, der für die Ausbildung bei William Watson an Land gegangen und nie mehr zur See zurückgekehrt war – hatte gemutmaßt, dass der Luftmechanismus der Girandoni statt einer Kugel vermutlich genauso gut einen Haken und ein Seil abschießen könnte, aber es war keine Zeit mehr für weitere Überlegungen geblieben. Wie sich herausstellte, hatte es letztendlich keinen Unterschied gemacht. Stattdessen hatte er Grey nämlich mit einer kleinen Armbrust ausgestattet, die das für ihn erledigen würde. Grey holte sie heraus, zusammen mit dem Haken und dem Seil, das er sich schräg über den Rücken warf.

Mit einem letzten Blick auf die Gegenstände, die er zurückließ – sollte er sich die Mühe machen, sie zu vergraben? Das erschien ihm wie eine Zeitverschwendung, schließlich konnte er das Pferd nicht mit vergraben –, reckte er das Kinn und ging auf den Rand des Burggrabens zu.

Und dort wartete er. Seine Hoffnungen, hineinzugelangen, hingen von einem langsamen Klettermanöver ab. Das langsame Klettermanöver hing von der Platzierung seines Enterhakens ab. Die Platzierung seines Enterhakens – und dass dieser auch an seinem Platz blieb – hing davon ab, dass niemand erfuhr, dass er da war. Und dafür musste er wissen, wo sich die Gefängniswärter befanden. Da es ein *Gefängnis* war und keine militärische Festung mehr wie zu früheren Zeiten, war die Aufgabe der Wächter eher zu verhindern, dass jemand ausbrach, und nicht, dass jemand einbrach. Das würde die Sache etwas erleichtern. Außerdem war es hilfreich, dass das Gebäude nicht mit Fackeln beleuchtet war, sondern die Wachen Kerzen mit sich herumtrugen. Grey konnte ihre Lichter durch die Zinnen und Bogengänge langsam umherwandern sehen.

Grey wartete. Einen Haken und ein Seil über eine Kluft von achtundzwanzig Metern zu schießen, erfordert enorme Kraft. Glücklicherweise hatte die Marine für den Zweck, Taue zwischen Schiffen hin- und herzubefördern, eine Armbrust konstruiert, die das schaffen konnte. Dabei handelte es sich um eine Armbrustpistole, die für Schiffe geeignet, aber gleichzeitig klein genug für Greys Teerbeutel war. Die Schwierigkeit lag im Spannen. Um genug Kraft zu entwickeln, damit der Haken und das Seil abgeschossen werden konnten, war der hölzerne »Bogen« der Armbrust durch eine Karrenfeder aus Eisen ersetzt worden. Diese konnte von Hand gespannt werden, erforderte aber den Gebrauch einer Winde; das Aufziehen dauerte mehrere Minuten.

Grey wartete eine knappe Stunde, bis er zu seiner Zufriedenheit herausgefunden hatte, dass die Wachen viertelstündliche Runden drehten und sich ansonsten vermutlich in einen Wachraum irgendwo im Inneren der Enceinte zurückzogen. Sobald das Kerzenlicht mit der, wie er glaubte, Zehnuhrpatrouille verschwunden war, machte sich Grey an die Arbeit.

Seine Armbrust war geladen; das eine Ende des Seils hatte er an einem Baum festgebunden und an das andere den Enterhaken, wobei der Haken in die aufgezogene Karrenfeder eingehängt war. Grey kniete am Rande des Burggrabens, zielte auf die Stelle über der Spitze der Enceinte mit den Zinnen, sprach ein Gebet und gab den Schuss ab.

Der Knall der nach vorne schnellenden Feder war beinahe so laut wie ein Gewehrschuss, und der Rückstoß kostete Grey fast sein Gleichgewicht. Ein ganzes Leben lang schienen der Haken und das Seil durch die Luft zu fliegen. Aber es hatte geklappt – beides war über dem Wehrgang gelandet. Grey konnte gerade so das Klirren von Metall auf Stein hören und bloß hoffen, dass die Wachen weit genug weg oder so unaufmerksam waren, dass sie es nicht mitbekamen. Er zog an dem Seil und spürte den Widerstand. Er zog nochmals – diesmal fester – daran, um zu testen, ob es auch gut verankert war. Da das Seil leicht durchhing, straffte er es, indem er es fester um den Ankerbaum wickelte. Und dann gab es keine weitere Entschuldigung mehr für eine Verzögerung. Er legte sich auf den Rücken unter das Seil, griff danach und schlang seine Füße oben darüber – überkreuzte sie an den Knöcheln, so gut er konnte. Er zog sich hoch, um zu kontrollieren, dass das Seil sein Gewicht auch wirklich trug; gab ihm ein paar Sekunden, um sich zu lösen, falls es das tun sollte. Und zog sich dann, eine Hand vor die andere setzend und mit dem Kopf voraus, über den Rand.

Von einem Moment auf den anderen baumelte er achtzehn Meter hoch in der Luft, wobei er sich selbst daran erinnerte, dass er das schon unzählige Male in den Takelagen von Schiffen gemacht hatte. Und diesmal gab es keine Meereswogen, um die er sich Sorgen machen musste. Ein Kinderspiel also.

Eine Hand vor die andere setzend zog er sich auf die Festung zu. Das Seil hatte eine beträchtliche Steigung, da die Mauer fünfzehn Meter höher lag als der Rand des Buggrabens, doch dies machte das Vorankommen überraschenderweise einfacher, da Greys Kopf dadurch über dem Rest seines Körpers blieb und seine Desorientierung minimierte.

Er hatte schon mehr als zwei Drittel der Strecke zurückgelegt, als er plötzlich Stimmen unter sich hörte. Aus irgendeinem trockengelegten Wasserkanal, der einst den Burggraben befüllt hatte, waren zwei Männer herausgetreten und überquerten ohne große Eile den mit Gras bewachsenen Grund. Sie wählten eine passende Stelle aus, nahmen ihre Spaten von den Schultern und fingen an, ein Grab auszuheben, während sie lautstark über die Schaufelgeräusche hinweg redeten. Anscheinend war es sehr viel leichter, Gräber in Pariser Boden auszuheben als in österreichischem, der schrecklich felsig war. Sie mussten bei der Armee gewesen sein. Vielleicht waren sie es immer noch.

Grey konnte sie bloß einen Augenblick lang von oben beobachten; das Blut stieg ihm in den Kopf. Über den Geräuschen ihres Schaufelns und Geplappers würden sie ihn nicht hören. Und Grey hatte da so ein Gefühl in der Magengrube, dass er wusste, für wen dieses Grab ausgehoben wurde. Er hoffte nur, dass es im Voraus geschaufelt wurde, noch bevor es gebraucht wurde; die französische Armee zeigte ihren Gefangenen gerne ihre Gräber, bevor sie sie erschoss. Das war eine ihrer Exzentrizitäten.

Nach weiteren fünf Minuten gelangte er oben am Turm an. Er umfasste den rauen Stein und zog sich ungelenk darüber. Dann richtete er sich auf und stand auf dem Wehrgang, blickte mit der Hand über der Schulter am Griff seines Schwerts nach rechts und links, falls ein Wachmann entschieden haben sollte, das Muster seiner Wachrundgänge zu ändern. Aber da war niemand, und Grey erlaubte sich eine Minute, um wieder zu Atem zu kommen, bevor er an den inneren Rand des Wehrgangs vortrat.

Er blickte hinunter auf den Innenhof. Er war leer. Von der anderen Seite her, wo sich die Wachen vermutlich zwischen ihren Rundgängen versammelten, konnte er ganz schwach Stimmen vernehmen. Wahrscheinlich in dem Torhäuschen, wo die Einmannbrücke durch die östliche Mauer der Enceinte führte und dort im Inneren genauso eng wieder herauskam, ungefähr sechs Meter über dem Erdboden des Innenhofs. Zumindest das hatte in der Admiralitätsakte gestanden. Grey hatte nicht die Absicht, das nachzuprüfen. Die Westseite des kolossalen Turms – seine Rückseite – war unbewacht, und das reichte ihm.

Zuerst verbrachte er fünf Minuten damit, die Armbrust wieder aufzuziehen und neu zu laden. Während er an der Winde drehte und die Feder erneut spannte, sah er hinauf zur Spitze des Turms. Er hatte keine Möglichkeit herauszufinden, wo Louis gefangen gehalten wurde, aber er nahm an, dass er sich in den »Wohn«-Zellen ganz oben befand. Glücklicherweise hatte die Admiralität außergewöhnlich detaillierte Pläne von Vincennes, weil der große englische Architekt Sir John Vanbrugh – noch bevor er zum Ritter geschlagen wurde; bevor er Blenheim Palace entworfen hatte – für kurze Zeit in Paris gelebt, für die Aufklärung missioniert und es geschafft hatte, (ausgerechnet) wegen Spionage gefangen genommen zu werden. Die Franzosen warfen ihn in den Turm von Vincennes, doch schließlich drangen Details der Inhumanität des Gefängnisses nach England durch, und der Sonnenkönig wurde überredet, ihn in die anscheinend angenehmere Bastille überzusiedeln. Vanbrughs Kenntnis des Gebäudes war auf dem Stand von vor hundert Jahren, Grey nahm jedoch an, dass sich Vincennes seit dieser Zeit nicht stark verändert hatte. Der Turm war fünfhundert Jahre alt, und obwohl sein Äußeres vernarbt war wie das Gesicht eines Pockenpatienten, konnte man nur von wenigen Festungen behaupten, den Bombardements und Belagerungen eines halben Jahrtausends besser getrotzt zu haben. Tatsächlich war die Revolution auf Vincennes genau wie auf die Bastille zumarschiert. Die Bastille war zu Schutt und Asche zerfallen, doch der Turm von Vincennes stand noch immer.

Je mehr die Franzosen einen Mann isolieren wollten, hatte Vanbrugh bezeugt, desto weiter oben hielten sie ihn gefangen. Dies ergab Sinn für Grey, aber sein Ziel wäre so oder so die Spitze des Turms gewesen, weil Vanbrughs Pläne außer der nicht passierbaren Brücke keinen anderen Weg hinein zeigten. An der Turmspitze befanden sich allerdings ein paar kleinere Türmchen und Übergangsbrückchen, die zur Abwehr von Angriffen genutzt werden konnten; oder dafür, Gefangenen Angst einzujagen. Diese hatte Grey ins Auge gefasst. Er kurbelte jedes Quäntchen Spannung, das er aufbringen konnte, in die Armbrust. Der Quartiermeister hatte behauptet, dass sie mit einem Haken und einem Seil eine Reichweite von hundert Yards hätte, von einem Schiff zum anderen. Theoretisch wäre das ausreichend. Grey mochte vielleicht seine Zweifel daran haben, doch nun war es um einiges zu spät, um diesen nachzugeben.

Als die Armbrust endlich aufgezogen und die im Dunkeln liegende westliche Hälfte des Festungshofs zu Greys

Zufriedenheit verlassen war, rutschte er eine Leiter hinunter und ging langsam auf das Fundament des Turms zu. Um genauer zielen zu können, wollte er so weit er konnte zurücktreten und den Eintrittswinkel so gering wie möglich halten. Doch das Ziel würde keine Rolle spielen, wenn die Distanz zu groß war. Also musste er gleichzeitig so nahe davorstehen, wie es noch praktisch möglich war zu treffen. Er versuchte gerade, sich auf den perfekten Mittelweg festzulegen, als das knirschende Geräusch von Schritten entlang der Nordseite des Turms ihn wie versteinert innehalten ließen. Mit dem Kies unter seinen Füßen wagte Grey es nicht, für Deckung zur Wand zu laufen oder sich auf den Boden zu werfen. Seine beste Chance bestand darin, auf die Dunkelheit und seine schwarze Kleidung zu vertrauen.

Ein Franzose – ein Gefängniswärter in einer Art zerlumpter Uniform – kam um die Ecke des Turms, ungefähr zwanzig Yards links von Grey. Er trug eine Laterne und schnaufte schwer, torkelte leicht und sah generell so aus, als hätte er eine kräftezehrende durchzechte Nacht hinter sich. Zuerst ging er weiter Richtung Westen, wo Grey eine im Burggraben eingelassene Latrine vermutete. Grey fragte sich, ob die Totengräber wohl darunter standen. Die betrunkene Wache erreichte das untere Ende der Leiter, die Grey benutzt hatte, um von der Enceinte-Wand hinunterzuklettern. Als der Wachmann sah, wie hoch er die Leiter hinaufsteigen musste, schnaubte er verächtlich und drehte sich wieder in Greys Richtung um. Er ließ den Henkel der Laterne in seine Armbeuge gleiten und fing an, seine Hose aufzuknöpfen. Der faule Hurensohn würde sich gegen die Turmwand erleichtern. Grey blieben nur Sekunden, um etwas zu unternehmen.

Der Mann erstarrte. Er hatte einen Blick auf Grey erhascht, die Konturen eines Schattens in der Nacht. Da hielt er auch schon die Laterne hoch. Diese erleuchtete Greys Gesicht.

»*Arrêtez-vous!*«, rief der Mann, und Grey feuerte die Armbrust in sein Gesicht ab. Das daraus entstehende Geräusch klang, als hätte Grey mit einem Hammer auf einen Kürbis eingeschlagen.

Der Mann war tot; die Laterne lag zerbrochen auf dem Boden. Grey hatte keine Ahnung, was seine Kameraden gehört hatten: das Zerbrechen der Laterne oder den Schrei des Mannes oder seinen Tod. Allerdings war er sich sicher, dass er keine Minuten mehr hatte, um die Armbrust erneut zu spannen.

Seine Überzeugung wurde nur Sekunden später vom Geräusch von Stimmen und eiligen Schritten bestätigt. Sie klangen jedoch nicht alarmiert. Nur neugierig. Doch der Alarm würde kommen. Grey stand im Schach und der einzige Zug, der ihm noch übrigblieb, war einer, von dem er inständig gehofft hatte, ihn vermeiden zu können.

So schnell er konnte, schlüpfte er aus seinen Stiefeln und Strümpfen und warf sie so weit wie möglich vom Turm weg in die Finsternis. Die Armbrust, das Seil und der Beutel folgten. Alles außer seinem Schwert. Er hatte keine Zeit mehr für ein Gebet, das länger war als »Gott möge mit mir sein«, als er die letzten paar Yards zum Fundament des Turms zurücklegte und sofort zu klettern anfing; einzig und allein das kläglich schwache Mondlicht zeigte seinen Händen und Füßen, wo sie sich für sicheren Halt in fünfhundert Jahre alten Schlachtnarben abstützen konnten.

Wie viele Stunden hatte er damit verbracht, auf hoher See und unter dem Feuer des Feindes auf Webleinen und durch Takelagen zu klettern? Dieses Klettermanöver konnte auch nicht schwieriger sein, sagte er sich selbst, allerdings ohne Überzeugung. Und damit machte er sich auf nach oben.

Er kam nur langsam voran. Linke Hand, linker Fuß; rechte Hand, rechter Fuß. Den besten Halt fand er in Einschusslöchern, die während der Revolution herausgesprengt worden waren. Die älteren – aus den Hugenottenkriegen, nahm Grey an; vielleicht dem Hundertjährigen Krieg – waren stärker verwittert und glatter, obwohl die alten Bombardements gute Arbeit geleistet hatten, Mörtel herauszuschlagen. Dies sorgte an manchen Stellen, wo der inzwischen verschwundene Putz zwischen den riesigen Steinen einst dicker als ein Fingerbreit gewesen war, beinahe für einen leiterartigen Aufstieg.

Er war schon gut sechs Meter über dem Boden, als der Leichnam des toten Wächters entdeckt wurde. Sechs Meter, ungefähr ein Zehntel der ganzen Strecke. Natürlich konnte er nicht sehen, was unter ihm passierte, aber er hörte ziemlich viel alarmiertes Geschrei und Chaos. Er fragte sich, ob seine Füße wohl Spuren im Kies hinterlassen hatten. Wahrscheinlich nicht, und so, wie die aufgeregten Wachen unter ihm herumliefen, hätten sie die sowieso bereits verwischt.

Zwölf Meter, und seine Arme fingen langsam an zu brennen. Dies war ungefähr die Höhe eines Hauptmars auf einer Fregatte; aber er war nicht in der Form, in der er sein sollte. Er überlegte, wie viele Männer in der Festung stationiert waren. Hier war keine Garnison einquartiert, also könnten es bloß die Wachen sein. Vielleicht waren aber immer noch ein paar der Dragoner irgendwo zugegen. Das wäre beunruhigender.

Auf einem Viertel der Höhe bis zur Spitze wurde der Turm von einem kleinen Mauervorsprung umringt. Grey konnte sich kaum daran erinnern, sich jemals mehr über etwas gefreut zu haben als die Entdeckung, dass er einen Augenblick darauf stehen und sich ausruhen konnte. Er nahm tiefe, leise Atemzüge. Da das Blut in seinen Ohren pochte, konnte er nichts unter sich hören. Als das Pochen nachließ, wurden die Stimmen der Wächter, immer noch unter ihm, wieder deutlicher. Sie sprachen jetzt leiser und klangen eher verwirrt als chaotisch.

Grey kletterte weiter. Über sich konnte er einen weiteren Vorsprung ausmachen, der den Turm bei der Hälfte umringte. Außerdem konnte er erkennen, dass er davor noch aus dem Schatten herausklettern und von dem fahlen Mondlicht angeleuchtet würde, wenn sich nicht nochmals die Wolken davorschoben. Würde dies das Klettern erleichtern oder erschweren? Er würde zwar besser sehen, wo er sich festhalten konnte, allerdings würden ihn die Gefängniswärter ebenfalls besser sehen können.

Auf einer Höhe von achtzehn Metern erlaubte ihm ein Ring aus Schießscharten, für ein paar Yards unter der Benutzung anderer Muskeln weiterzuklettern, eine willkommene Erleichterung. Greys Gesicht glühte vor Hitze, und er verharrte einen Moment, um seine Wangen kurz nacheinander an den kalten Stein zu legen. Spannt eure Sehnen, ruft das Blut herbei; auf, Englische von Adel! Er war beinahe auf halber Höhe bis zur Spitze angelangt.

Inzwischen wurde seine Gestalt vom Mondlicht erhellt, weswegen er sich nur langsam nach oben bewegte, Hand über Hand, Fuß über Fuß. Jetzt ruhte er sich auf dem Vorsprung auf halber Höhe aus und versuchte nicht zu husten, aus Angst, er könnte wegen einem Hustenanfall rückwärts über den Rand fallen. Stürmt noch einmal! Siebenundzwanzig Meter. Dreißig.

Wie lange kletterte er schon? Zehn Minuten? Zwanzig? Eine Stunde? Das wusste bloß Gott.

Siebenunddreißig Meter. Punkte tanzten vor seinen Augen. Zweiundvierzig Meter, und er merkte langsam, dass er gleich die Spitze erreichen würde. Jemand hatte ihm einmal gesagt, dass man am besten Gedichte rezitierte, wenn man sich in einer Extremsituation befand. Etwas aus *Hamlet* war ihm im Kopf herumgespukt: »[Er ist] im Himmel. Schickt ihn, um nachzusehn. Wenn Euer Bote ihn da nicht findet, so sucht ihn selbst an dem andern Ort.«

Aber er brauchte etwas mit einem unbeschwerteren Rhythmus. Hand über Hand, Fuß über Fuß.

Lebwohl und adieu, ihr lieb spanischen Damen,
Lebwohl und adieu, ihr spanischen Frau'n,
Befohln ist's, nach England zurück nun zu segeln,
Wir hoffen, in Kürze euch wiederzuschau'n.

Lasst jedermann leeren nun ein' vollen Humpen.
Lasst jedermann trinken nun aus vollem Glas,
Lasst's trinken und schwenken und Trauer ertränken.
Auf's Wohl, ihr Matrosen, auf dass ihr habt Spaß.

Steinsplitter explodierten über ihm, nahe seiner rechten Hand. Reflexartig zog er sie zurück und verlor beinahe den Halt, wodurch er fast herunterfiel. Unter ihm war Geschrei zu hören. Er war entdeckt worden. Die Wachen versuchten, ihn herunterzuschießen und brüllten einander um mehr Schießpulver an; brüllten nach einem Gewehr; nach den Schlüsseln – den Schlüsseln zum Dach. »Hoch zum Dach«, rief einer.

Wie lange brauchte ein Mann, um sechzig Meter Treppen hinaufzurennen?

Wie lange brauchte ein Mann, um neun Meter blanke Steinfassade hinaufzuklettern?

Das würde er jetzt herausfinden.

Schneller jetzt, schneller. Mit Schmackes. Rasch, rasch. Zieh dich hoch, Mann – zieh um deiner Heimat willen – um Englands willen – um deines Lebens willen.

Sechs Meter noch. Dann drei. Er spürte seine Fingerspitzen nicht mehr, genau wie seine nackten Zehen; er konnte sich einzig und allein mit ihnen festkrallen und hoffen, dass sie nicht abrutschen würden. Noch anderthalb Meter. Die Zinnen waren nun schon fast greifbar. Eine Hand hatte er darauf. Dann beide. Nun zog er sich durch den Schlitz der Schießscharte auf den Wehrgang. Die Ellbogen hindurch. Den Oberkörper. Er stolperte nach vorne auf das Dach. Rollte sich auf den Rücken. Sog gierig Luft in seine Lungen.

Über seinem Kopf klimperte ein Schlüssel in einem Schloss, und eine Tür sprang auf. Grey schaute, falsch herum liegend, nach hinten, als ein französischer Wachmann den Lauf seiner Muskete senkte, bis er in einer Linie mit Greys Gesicht war.

Grey rollte sich auf den Bauch.

»Sie sind festgenommen«, sagte der Franzose auf Französisch.

Grey sagte das Vulgärste, was ihm gerade einfiel, auf Englisch, und kam langsam auf die Beine.

»Sie sind festgenommen«, wiederholte der Franzose; diesmal mit mehr Nachdruck.

»Ihre Pulverpfanne ist offen«, bemerkte Grey. Der Franzose sah auf sein Steinschloss. Beim Hochrennen auf das Dach hatte er versehentlich die Batterie an der Wand aufgeschlagen. Die Muskete war nutzlos.

Er ließ sie fallen und griff nach seinem Schwert. Grey hatte sein Schwert bereits gezogen und legte es an den Hals des Mannes.

»Wo ist der Herzog von Enghien?«, fragte er.

»In – ich glaube, in der Befragungszelle.«

»Wo ist die?«

»Im Wohnraum des Königs.«

»Und wo ist der?«

»Genau unter uns. Nur ein Geschoss weiter unten.«

»Halten Sie Ihre Schlüssel hoch.«

»Ich habe keine Schlüssel.«

Greys Schwert lag immer noch an der Kehle des Mannes; er ritzte einen oberflächlichen Schnitt hinein.

»Ich habe gehört, wie Sie die Tür aufgesperrt haben, Herr Wächter. Sie haben zwei Sekunden – eine –«

Der Mann fummelte an seinem Gürtel herum und hielt seine Schlüssel hoch.

»Welcher öffnet die Tür zur Befragungszelle?«

»Dieser hier«, sagte die Wache, wählte einen aus und hielt ihn hoch.

»Danke.« Grey war froh, dass er den Mann nicht über die Turmkante hatte halten müssen, um ihn zu überreden. Er hatte keine Zeit. »Umdrehen«, befahl er. Die Wache drehte sich um. Grey nahm ihm den Schlüsselring aus der Hand. Er hatte ebenso wenig Zeit, den Mann zu fesseln, also ließ Grey den Griff seines Schwertes auf den Hinterkopf des Mannes herniedersausen. Dieser sackte in sich zusammen. Grey hoffte, dass er nur bewusstlos und nicht tot war, hatte aber weder die Energie noch die Lust, das zu überprüfen.

Auf jeden Fall: Der Mann hatte die Tür offen gelassen, was Grey einige Umstände ersparte. Sie führte von einem der Ecktürmchen zu einer Wendeltreppe. Grey nahm an, dass die Treppe bis ganz nach unten führte oder zumindest bis zum Erdgeschoss. So oder so, die Wachen, die unten geblieben waren und von dort aus auf ihn geschossen hatten, kamen jetzt heraufgerannt. Zumindest klang es so. Das Echo von schweren Stiefeln auf Stein hallte auch von weit her wider.

Auf dem nächsten Treppenabsatz gab es eine schwere Holztür, geschnitzte Eiche, die zu ihren besten Zeiten vermutlich einmal sehr schön gewesen war. Mindestens drei Könige waren hinter ihr gestorben (nahm Grey an; jedenfalls waren sie irgendwo in dem Turm gestorben). Grey steckte den Schlüssel ins Schloss und drehte ihn sanft um, so leise er konnte. Das Schloss glitt geschmeidig zurück. Dies war eindeutig ein Teil der Festung, der gut in Stand gehalten wurde.

Was Grey auf der anderen Seite der Tür zu Gesicht bekam, ließ ihn sich beinahe übergeben. Louis hing an den Handgelenken von einer langen Kette, die wiederum über eine Art Fleischerhaken an der Decke hing. Vor langer Zeit war daran vermutlich ein Kronleuchter befestigt gewesen. Louis' Zehen streiften gerade so den Boden, sein restlicher Körper war blutig geschlagen. Ein Mann stand zwischen Louis und der Tür, mit dem Rücken zu Grey und die Fäuste in Rohleder gewickelt. Er prügelte auf Louis ein, wie ein Metzger auf ein zähes Stück Fleisch einschlug.

Grey kämpfte die bitter aufsteigende Galle zurück und verschloss die Tür hinter sich; zusätzlich schob er den eichenen Türriegel davor.

»Ah, Mr Caffery.« Grey drehte sich um. Es war Théodore, in Reiterstiefeln, dragonergrünen Reithosen und einem kragenlosen weißen Unterhemd, das mit Louis'

Blut vollgesogen war. Das Blut verlieh seiner ansonsten aschfahlen Haut etwas Farbe. Sein Gesicht war immer noch eingefallen und wächsern, so wie es in Rotterdam ausgesehen hatte. Aber offensichtlich war Théodore ein starker Mann, der den Großteil seiner Kraft schon wieder zurückerlangt hatte. Es war immer noch weniger als einen Monat her, dass Geneviève ihn erschossen hatte. Alles in allem wäre faustisch vielleicht das passendste Adjektiv gewesen.

Grey ließ den Verschluss seines Umhängegurtes aufschnappen, zog das Schwert heraus und ließ den Gurt zu Boden fallen. »Eigentlich heiße ich Grey – Thomas Grey. Und ich werde Sie jetzt töten.«

»Ich verstehe Ihren Impuls, Mr Grey«, gab Théodore zurück, »da Ihre Hure damit gescheitert ist, mich für Sie zu erledigen. Aber Sie töten doch sicherlich keinen unbewaffneten Mann.«

Es klopfte laut an der Tür, und ein atemloser Ruf drang hindurch. »Major Théodore: Wir suchen nach einem Eindringling.«

»Ob ich einen unbewaffneten Mann töten würde?«, fragte Grey. »Einen Mann? Nein. Aber Sie waren eindeutig nie ein Mensch.«

»Ts-ts«, tadelte Théodore. »So überheblich. Nun gut. Hier ist mein Hals. Los, durchtrennen Sie ihn.«

Erbost funkelte Grey Théodore an. »Wo ist Ihr Schwert?«

»Dort«, antwortete Théodore und deutete mit dem Kinn nach links zu einem Mahagonitisch an der Wand, auf dem eine Jacke, ein Hemd, ein Tschako und ein Schwert lagen.

»Schicken Sie die Männer draußen weg.«

»Zuerst hole ich mir mein Schwert«, verlangte Théodore.

»Dann holen Sie's«, erwiderte Grey.

»Ihre Großzügigkeit rührt mich, Sir«, höhnte Théodore, ging hinüber zu dem Tisch und zog einen Säbel aus der Scheide. Als Antwort für die Wachen rief er zur Tür hinüber: »Euer Eindringling ist hier. Aber die Tür ist verriegelt.« Nun wandte sich Théodore lächelnd Grey zu. *»En garde?«*

Die Männer draußen fingen an, gegen die Tür zu treten. Grey war allerdings nicht besorgt. Der Balken, der als Türriegel diente, würde eine Zeit lang halten.

»Wissen Sie«, sagte Grey, »ich finde nicht, dass ich ein blutrünstiger Mann bin, aber ich koste den Gedanken, Sie zu töten, wirklich aus.«

»Es berührt mich, dass Sie das so innig bewegt«, spottete Théodore. »Für mich werden Sie allerdings nur einer von vielen und bald vergessen sein.«

Bei dem Wort »vergessen« machte er einen Satz nach vorne. Grey parierte den Schlag zu seiner Linken und stach nach rechts zurück. Théodore fing den Stich ab und schlitzte nach oben, auf Greys Kinn zu. Grey lehnte sich zurück und musste ein paar Schritte nach hinten machen, um sein Gleichgewicht wiederzufinden. Théodore ergriff die Initiative und sprang erneut nach vorne, warf sich auf eine Seite, dann auf die andere und zwang Grey dadurch, an die Wand zurückzuweichen. Schließlich musste Grey Théodores Klinge mit der flachen Seite seines eigenen Schwertes wegschlagen und nach links wegtänzeln, um nicht in die Ecke gedrängt zu werden. Théodore feixte: »Ihr Schwertspiel, Mr Grey, ist zu sehr wie Ihr Schachspiel. Zu aggressiv und gedankenlos, Sie denken nur einen anstatt fünf Züge voraus.«

Du solltest mich einmal herausfordern, bevor ich einen wahrhaftigen Berg erklommen habe, sagte Grey sich selbst. Er war allerdings zu sehr außer Atem, um es laut auszusprechen. Théodore machte zum dritten Mal einen Satz nach vorne, den Säbel vor sich wie ein Florett beim Fechten, und vollführte direkt vor Greys Brust kurze Hiebe nach vor und zurück. Grey parierte Hieb für Hieb, und nachdem er ein paar Schritte zurückgewichen war, blieb er unbeweglich stehen. Daraufhin vollführten die zwei Männer einen wilden, blitzschnellen Hieb- und Stichabtausch, Angriff und Verteidigung zugleich, bevor Théodore wieder die Oberhand erlangte und einen Gegenschlag nach Greys Rippen dazu nutzte, um ihn aus der Balance zu bringen und dazu zu zwingen, in eine weitere Defensivposition zurückzuspringen.

Théodore preschte erneut nach vorne. Grey machte einen Satz auf ihn zu, und ihre zwei Klingen schlitterten der Länge nach aneinander ab, bis sie bei den Griffen klirrend aufeinandertrafen. Die beiden Männer standen nun nahe beieinander, Schulter an Schulter. Grey stieß mit dem Kopf zu und brach Théodore damit die Nase. Nun war Théodore auf dem Rückzug, und Grey schmunzelte.

Théodore schnäuzte ein wenig Blut und wischte sich das Gesicht am Oberarm ab. Er blickte über die Schulter auf Louis, schnaubte in Greys Richtung und schnitt mit seinem Säbel einen Schlitz in Louis' Oberschenkel. Louis, der scheinbar bewusstlos gewesen war – wurde schlagartig wach und stöhnte durch zusammengebissene Zähne auf.

»Berührt! Berührt! Ich geb es zu«, sagte Théodore auf Englisch mit übertrieben theatralischer Stimme.

Greys Blick verdüsterte sich, und er griff an, wobei er seinen Ärger und seine Abscheu in einer schnellen Abfolge von frontalen Stichen konzentrierte; Théodore wich zurück, trat zur Seite und ließ Grey mit seinem Ausfallschritt ins Leere laufen. Grey vollführte eine halbe Drehung und blieb gleichzeitig offen stehen, um Théodore zurückzuschlagen. Théodore folgte der Drehung und schlitzte Greys Schulter tief auf. Grey zuckte zusammen.

»Ja«, rief Théodore voller Häme, »Ihr Spiel ist schwach und Ihr Endspiel amateurhaft.« Er spuckte rot auf den Boden aus.

»Sir, Sie überschätzen *ernstlich*, wie sehr ein Affront gegen meine Schachspielkünste mich zu beleidigen vermag.« Théodore spuckte Blut nach ihm. Grey fuhr fort: »Gleichzeitig würde ich aber behaupten, dass Sie den Wert einer unerwarteten Attacke unterschätzen, um einen Gegner aus dem Gleichgewicht zu bringen.«

Louis hatte die Kette, mit der seine Hände gefesselt waren, aus dem Fleischerhaken befreit, von dem er gebaumelt hatte, und stakte jetzt von hinten lauernd auf

Théodore zu. Er überkreuzte die Hände, warf die Kette schwungvoll um Théodores Hals und würgte ihn. Théodore schnappte nach Luft und schlug um sich, Grey hätte ihn von seinem Leid erlösen können, aber er fühlte kein Mitleid mit dem Mann – nicht das geringste – und wollte Louis nicht um seine wohlverdiente Rache bringen. Es dauerte ungefähr zwei Minuten, bis Théodore tot war. Grey nutzte die Zeit, um die Schlüssel für Louis' Handschellen zu finden. Sie lagen zusammen mit Théodores Kleidung auf dem Tisch.

Er kniete sich hin, um die Schlösser an Louis' Handgelenken aufzuschließen.

»Wie schön, Sie wiederzusehen, Thomas«, meldete sich Louis schließlich zu Wort. »Sie sind zu einem günstigen Zeitpunkt aufgetaucht.«

»Dasselbe könnte ich von Ihnen sagen.« Grey stand auf und half Louis auf die Beine.

»Dort scheinen ein paar meiner Landsmänner gegen die Tür zu hämmern.«

Grey hatte das Gehämmer an der Tür beinahe aus seiner Wahrnehmung verbannt. Der schwere Eichenbalken war immer noch in guter Verfassung, doch die zwei Metallhalterungen, die ihn hielten, verbogen sich langsam.

»Ja«, bestätigte Grey. Er atmete tief ein und ließ die Luft langsam entweichen. »Geben Sie mir nur kurz einen Moment, um mich zu erholen.«

»Ich würde behaupten, Grey, dass es noch einen anderen Weg nach draußen gibt.«

»Ach ja?«

»Die Wohnräume des Königs haben immer einen Fluchtweg.«

»Spekulieren Sie, oder wissen Sie das?«

»Ich habe hier früher als Kind gespielt. Sie vergessen, dass ich ein Prinz von Geblüt bin.«

»Sie haben früher in einem Gefängnis gespielt?«

»Na ja, nicht, wenn es besetzt war. Wir haben aber oft die Messe in der Sainte-Chapelle besucht.«

Grey nickte. »Nun ja, Gott sei's gedankt. Sollen wir gehen?«

»Einen Augenblick noch. Und ich brauche Schuhe.«

»Ja, ich tatsächlich auch«, besann sich Grey und schaute auf seine nackten Füße. »Sollen wir Gerade oder Ungerade um die von Théodore spielen?«

»Schon in Ordnung, ich glaube, meine müssen hier irgendwo sein ... mit dem Rest meiner Sachen ... Ah, ja.« Louis öffnete eine Truhe und nahm ein Paar Reiterstiefel zusammen mit einem Mantel heraus. »Ich hatte nicht viel Zeit, mich in Straßburg einzukleiden. Sonst hätte ich etwas Praktischeres mitgebracht.« Unter Schwierigkeiten zog er sich die Stiefel über. Ihre relative Sauberkeit stand in krassem Kontrast zu seiner Kniehose und dem Baumwollhemd voller Blut. Grey schnitt eine Grimasse und zog dem toten Théodore die Stiefel aus, während Louis seine Jacke überstreifte.

»Wissen Sie«, bemerkte er, »Ihr König James I. hatte einen Fluchttunnel so wie diesen hier. Aber als die Assassinen ihn überfallen haben, hat er ihm nichts genützt. Wissen Sie warum?«

»James I. ist an einem Schlaganfall gestorben, oder?«

»Ach ja, ich meinte James I. von Schottland.«

»Und warum hat sein Tunnel nicht funktioniert?«

»Weil er durch einen Kellerraum verlief, den er – bloß ein paar Wochen zuvor – zu einem Handballfeld umgebaut hatte. Seine Männer haben den Durchgang zugemauert, um zu verhindern, dass die Bälle hinunterkullern.«

Grey sah ihn an. »Kommen Sie jetzt.«

»Bei meiner Ehre«, sagte Louis.

»Handball«, kommentierte Grey und schüttelte den Kopf. »Ein gefährliches Spiel.«

Louis lächelte und stöhnte dann. Er hatte sich gerade sein Schwert umgeschnallt und eine Hand in seine Jackentasche gesteckt.

»Diese Bastarde«, sagte er, »haben meine Pfeife zerbrochen. Schon wieder!« Er hielt ein paar Tonstücke in der offenen Hand.

»Louis, in Gottes Namen«, sagte Grey.

»Sie haben recht«, stimmte Louis zu. »Kommen Sie.«

Er winkte Grey zum Schlafzimmer. Es war karg eingerichtet; bloß ein Bett und ein Nachttopf. Egal, welch königliche Berufung es einmal gehabt haben mochte, diese war gänzlich ausgelöscht worden. Grey glaubte zwar nicht, dass die Gefängniswärter die Tür des Wohnraums bald aufbrechen würden, aber zur Sicherheit machte er die Schlafzimmertür als zweite Verteidigungslinie ebenfalls zu, verschloss und verbarrikadierte sie.

»Hier«, sagte Louis und deutete auf ein Blindfenster. »Drücken Sie.«

»Warum haben Sie das nicht schon früher benutzt?«

»Das ist das erste Mal, dass ich unbewacht bin, seit sie mich geschnappt haben. Ich wurde zum Tode verurteilt, verstehen Sie, und das schien Théodore beträchtlichen Druck gemacht zu haben, schnell zu arbeiten. Wollte die Namen meiner Männer, die immer noch in Frankreich sind. Tatsächlich waren die einzigen Gelegenheiten, in denen ich einmal nicht in seiner Gesellschaft war, die, als Josephine versucht hat, mich zu überreden, auf die Seite des Korsen überzulaufen.«

»Josephine? Napoleons Josephine?«

»Genau die. Ich kenne sie schon seit unserer Kindheit. Unsere Mütter standen sich nahe. Drücken Sie! Drücken Sie!« Die zwei Männer gaben alles, um eine Wand zu bewegen, die Grey völlig unverrückbar erschien.

Grey drehte sich um und stemmte sich mit dem Rücken dagegen. Théodores Stiefel waren ihm zu groß, und er hatte keinen richtigen Halt.

Und dann begann die Wand zu rutschen. Geradeaus nach hinten; nicht an einer Angel. Sobald sie einmal in Bewegung war, war es nicht mehr so schwer, sie weiterzuschieben. Nachdem sie sie knapp sechzig Zentimeter zurückgeschoben hatten, rastete sie ein. Zu ihrer Rechten war nun ein Gang sichtbar, der in die massive Turmmauer eingelassen war.

»Geben Sie mir die«, sagte Louis, auf eine Fackel in einem Wandleuchter deutend, dann beugte er sich kurz nach vorne und hustete Blut. Grey holte jeweils eine Fackel für sie beide heraus.

»Lassen Sie mich am besten vorausgehen«, schlug Grey vor. Louis sah nicht so aus, als ob er sich aus eigener Kraft noch sehr viel länger auf den Beinen würde halten können, und der Durchgang war zu eng, als dass Grey ihm hätte entlanghelfen können. Wenn er vorausging, konnte sich Louis zumindest auf ihm abstützen.

Louis nickte zustimmend, und Grey trat an ihm vorbei in den Gang in der Wand. Er war sehr steil: Eine Treppe führte nach unten, die gerade breit genug für Greys Schultern war. *Gerade so* breit genug. Man hätte auf beiden Seiten kaum eine Spielkarte zwischen sie und die Wand stecken können. »Vorsichtig«, mahnte Louis, »am Ende geht's steil runter.« Grey hielt die Fackel weiter nach vorne, um zu sehen, was er meinte. Ungefähr drei Meter weiter vorne endete der Tunnel in einer Mauer, über einem Loch. Grey ging auf das Loch zu und schaute hinunter. Da ging es ungefähr anderthalb Meter tief nach unten, und auf halber Höhe ragte eine Steinstufe aus der gegenüberliegenden Wandseite hervor. Natürlich, wurde Grey klar, es war kein Platz für eine Kurve – der Gang machte einen Knick in sich selbst. Grey stieg die Öffnung hinunter und streckte dann den Arm nach oben aus, um Louis hinunterzuhelfen. Sich unter der letzten Stufe des oberen Geschosses hinwegduckend stieg Grey die schmale Treppe weiter hinab und fühlte sich in etwa so wie eine Kugel, die eine Kugelbahn hinunterrollte. Hinten am Ende ging es wieder nach unten und in die entgegengesetzte Richtung zurück. Hin und her, hin und her, durch feuchte, abgestandene Luft, die drohte, die Fackeln zu ersticken. Der Abstieg schien endlos zu sein. Und sehr viel weiter nach unten, als bloß zum Fundament des Turms zu führen. Grey nahm an, dass sie dieses durch die Steininsel nach unten hin durchquerten. Tatsächlich hatten sich die Wände verändert – die Steine waren jetzt größer und gröber gehauen. Und der Gang führte immer noch weiter, immer tiefer und tiefer.

»Wo kommt der denn raus?«, fragte Grey, als er Louis noch ein Stockwerk weiter nach unten half. Es war schwer, Farben bei Fackellicht zu beurteilen, doch Louis war eindeutig bleich wie der Tod. Ein seltsamer Widerhall von Théodore an den Docks von Rotterdam.

»Im Wald«, antwortete Louis. Seine Stimme war kratzig, Grey fragte sich, wann er das letzte Mal etwas getrunken hatte. »Im Westen.«

»Gut«, bemerkte Grey. »Ich habe einige Sachen dort zurückgelassen. Wasser, Essen. Ein Pferd.«

»Wunderbar«, entgegnete Louis.

Noch zwei Geschosse nach unten, und dann, an der Stelle, an der Grey ein weiteres Loch erwartete, hörten die Stufen an einem Plateau auf und machten eine scharfe Rechtskurve. Grey folgte der Biegung und betrat einen winzigen, grob aus dem Stein gehauenen Raum, und zwar nicht aus Gemäuer, sondern aus Felsgestein. Eine schmale Sitzbank – nicht tiefer als eine Miserikordie – war auf beiden Seiten in die Wand gemeißelt worden.

»Lassen Sie uns eine Minute verschnaufen«, beschloss Grey und setzte sich auf die linke Bank. Louis setzte sich ihm gegenüber.

Einen Augenblick lang sahen sie sich schweigend an.

»Um Gottes willen, Mann, hören Sie auf, mich wie eine Glucke anzusehen. Mir geht's gut.«

Grey nickte.

»Unter diesen Umständen sollten Sie mich mit einem Ausdruck ansehen, der besagt: ›Wie bemerkenswert er sich auf den Beinen hält; ich bin tief beeindruckt.‹«

Grey schnaubte. »So versiert im Ausdruck ist mein Gesicht nicht.«

»Nein, natürlich nicht«, sagte Louis. »Sie sind Engländer. Es ist ein Wunder, dass Sie überhaupt zu irgendeinem Gesichtsausdruck fähig sind. Gehen wir.« Er bedeutete Grey mit einer Geste aufzustehen, schien aber selbst noch nicht die Kraft dazu zu haben.

»Vielleicht gehen Sie ab nun lieber voraus. Ich nehme an, dass es von jetzt an nach oben geht, und vielleicht muss ich Sie auffangen, falls Sie wie die Kruste einer Crème brûlée einbrechen.«

»Sie werden vorausgehen müssen, um die Luke ganz am Ende zu öffnen. Gott allein weiß, wie viele Jahre Erdboden sich darauf abgelagert haben – ich bin seit mindestens zwanzig Jahren nicht mehr hinaufgegangen, und ich wüsste nicht, wer es sonst hätte tun sollen. Nicht, seitdem Louis Joseph gestorben und Louis Charles erwachsen ist.«

»Dann hoffen wir bloß, dass es nicht zu schwer ist, um sie anzuheben«, gab Grey zu bedenken, dem alle Knochen wehtaten.

»Nein, die Luke öffnet sich nach unten, damit die Erde nach innen fällt.«

»Gut durchdacht«, kommentierte Grey.

»Ja«, stimmte Louis ihm zu.

»Nun gut«, sagte Grey. »Sollen wir gehen?«

»Einen Moment noch«, erwiderte Louis. »Es ist bloß, dass ich nicht weiß, wie viel weiter ich es noch schaffe.«

»Unsinn«, antwortete Grey. Louis brachte ihn mit einer Geste zum Schweigen.

»Ich habe etwas erfahren, das zurück nach London muss, mit mir oder ohne mich. Als Josephine mich besucht hat, hat sie mir ein neues Herzogtum angeboten, in einer neuen französischen Aristokratie. Ich bin ein Prinz von Geblüt, verstehen Sie, ein Bourbon, und das würde das Alte mit dem Neuen vereinigen. Legitimität für Boneys Hof.«

»Wir haben Gemunkel darüber gehört. Dass die Republik ein Kaiserreich werden soll.«

Louis nickte. »Ich habe ihr gegenüber abgelehnt, natürlich. Aber das Angebot, verstehen Sie, das Angebot war ziemlich großzügig. In dem neuen Kaiserreich wäre ich der Herzog von Enghien, des Kurlandes, von Livland und Estland. Der Herzog des Baltikums.«

Grey lehnte sich nach vorne. »Des Baltikums? Sie meinen …« Seine Gedanken überschlugen sich.

»Napoleon plant, nach Osten zu ziehen«, fasste Louis zusammen.

»Wegen des Holzes«, dämmerte es Grey. »Bonaparte braucht russisches Holz. Wir haben eine Nachricht zu dieser Angelegenheit abgefangen … Leclerc hat sie dechiffriert. Darin steht, dass die Wälder im Mittelmeerraum nicht das produzieren, was Paris erwartet hat.«

»Alexander muss das wissen. Mein lieber Cousin, der Zar.«

»Ich kann mir nicht vorstellen, dass er das glauben wird, wenn das nicht aus erster Hand von Ihnen kommt.«

Louis schüttelte den Kopf. »Wenn Sie ihm die Nachricht überbringen, sagen Sie ihm, ich hätte Sie darum gebeten, dass er auf Charlotte aufpasst.«

»Charlotte?«

»Meine Frau.«

Grey ließ langsam den Atem entweichen.

»Louis«, setzte Grey an. »Ich hatte keine Ahnung ... Ich war mir sicher – ich meine, mir wurde gesagt, Sie wären Junggeselle.«

»Ja«, gab Louis zu. »Niemand weiß davon, außer Alexander und dem Priester, der uns getraut hat. Niemand. Charlotte ist die Nichte des Kardinals von Rohan. Sie hat eine religiöse Gesinnung angenommen und lebt, vor den Augen von Alexanders Hof, ein klösterliches Leben im Winterpalast. Falls ich einen Erben hervorbringen sollte, verstehen Sie ... na ja, dann wäre es besser, wenn Napoleon nichts davon wüsste. Sagen Sie Alexander, dass ihr Name mein Siegel- und Schlüsselwort ist. Duchesse Charlotte Louise Dorothée d'Enghien, *natale de* Rohan.«

Grey nickte.

»Gut, Louis. Aber das werden Sie ihm selbst sagen.«

»Das hoffe ich«, entgegnete Louis. »Aber lassen Sie uns gehen.« Er kam auf die Beine. »Nach Ihnen.«

Grey nickte erneut, stand auf und ging den Tunnel hinunter. Keine Stufen mehr, nur ein gleichmäßiger Anstieg, der sie auf die Höhe des Erdbodens brachte.

Sie gingen lange weiter. Grey hatte sich nicht damit aufgehalten, seine Schritte zu zählen, aber er hatte das Gefühl, dass sie über eine halbe Meile zurückgelegt haben mussten. Die Fackeln hatten nur noch wenig Luft zum Weiterbrennen und wurden immer schwächer. Sie warfen sehr wenig Licht voraus, weshalb das Ende des Tunnels abrupt in Sicht kam.

»Hier«, sagte Grey und reichte Louis seine Fackel nach hinten, damit er sie ihm hielt. Grey sah zu der Falltür in der Decke hinauf. Sie wurde von einem halben Dutzend Querbalken gehalten, die sich unter dem auf ihnen lastenden Gewicht der Erde über die Jahre verbogen hatten. Sie würden ganz schön unter Spannung stehen, doch es war beabsichtigt, sie wegzuschlagen, wie die Pflöcke, mit denen ein Schiff in einer Werft hochgehalten wurde. Dies ließ die Aussicht, diese herauszubekommen, weniger gewagt erscheinen. Grey hoffte bloß, dass sie keine Erdlawine zurückhielten.

Mit seinem Schwertgriff machte er sich an die Arbeit und schlug den ersten Balken heraus. Das Holz war weich und teilweise an beiden Enden morsch, wo es oben in den Steinmauern gesteckt hatte. Es gab sehr leicht nach. Nach dem ersten machte sich Grey an den letzten Balken, um sich von den Rändern aus nach innen vorzuarbeiten. Er schlug den zweiten heraus. Den dritten. Den vierten. Die mittleren Balken bogen sich jetzt sehr deutlich durch.

Grey schlug den fünften heraus, woraufhin der sechste in der Mitte durchbrach. Grey sprang zurück, die Luke flog auf, und eine einzige gigantische Wolke aus Dreck hing halb durch die Öffnung herunter. Grey stellte sich eine Schwertlänge entfernt weg und stach danach; da rutsche sie schon herunter, und darauf folgte ein Schwall frischer Luft.

»Gut gemacht«, lobte Louis, als beide Männer ihre Lungen gierig füllten. Grey steckte sein Schwert zurück in die Scheide auf seinem Rücken, stieg auf den Haufen aus Dreck und sah hinauf. Er konnte Äste über sich sehen, die sich leicht vor dem Hintergrund der Sterne bewegten.

»Kommen Sie«, drängte Grey, stellte sich mit dem Rücken an die Wand und bot Louis seine ineinander verschränkten Finger dar. Er beförderte Louis hinaus und kletterte ihm nach. Wieder auf festem Boden – anstatt weit darüber oder darunter – gönnte er sich einen langen Moment auf seinem Hosenboden, um die Mär der Erlösung auszukosten. Nach ein paar tiefen Atemzügen stand er auf, lehnte sich an einen Baum und gewann seine Haltung zurück. Sie waren mehrere hundert Yards außerhalb des Burggrabens – ungefähr in der gleichen Entfernung, wo er seinen Beutel ausgeleert und das Pferd angebunden hatte, aber vielleicht eine Viertelmeile weiter südlich.

»Da entlang«, stellte er fest, riet aber eigentlich nur auf gut Glück. Die zwei Männer gingen schweigend nebeneinanderher, ohne zu wissen, ob sie es geschafft hatten oder verfolgt wurden. Wenn ihnen unten in dem Tunnel jemand gefolgt war, konnte Grey zumindest sagen, dass ihre Verfolger weit genug hinter ihnen waren, sodass er keinen Mucks von ihnen gehört hatte. Wenn sie allerdings Greys Spuren zurück durch den Burggraben, zu seinem Ausgangspunkt gefolgt waren …

Louis streckte eine Hand aus, um Grey aufzuhalten, und zeigte nach links. Bloß vier oder fünf Schritte von ihnen entfernt stocherten zwei Dragoner in den Haufen von Sachen, die Grey aus seinem Beutel geworfen hatte. Gerade als Louis sie sah, bemerkte sie eines der Pferde – entweder das der Dragoner oder Greys Pferd – und wieherte.

Ein Klirren ertönte, als alle vier Männer gleichzeitig ihre Schwerter zogen und sich aufeinander stürzten. Genauso schnell waren sie auch schon innerhalb der nützlichen Reichweite ihrer Schwerter, schlugen mit den Griffen nacheinander, kreuzten die Waffen, traten mit den Beinen und rangen einander zu Boden. Zwei Paare aus Männern, im Kampf um Leben und Tod, rollten einige Augenblicke über die Wurzeln und Blätter des Waldes von Vincennes. Greys Unterarm bekam einen Schlag ab, der eigentlich seinem Schädel gegolten hatte, und er beantwortet diesen mit einem Haken, den er im Gesicht des Dragoners versenkte; er rollte den Mann auf den Rücken und prügelte ihn dann mit seinem Schwertknauf zu Tode.

Dreißig Zentimeter entfernt lag Louis unter dem anderen Dragoner – Louis fand mit dem Fuß Halt, und er schleuderte den Mann über seinen Kopf nach hinten. Der Dragoner, Louis und Grey kamen alle im selben Moment wieder auf die Beine. Anstatt sich wieder in die Auseinandersetzung zu stürzen, ging der Dragoner zwei Schritte zurück, tastete seinen Gürtel ab, fand eine Pistole und schoss Louis in den Bauch. Louis taumelte zurück und fiel; Grey erstach den Dragoner, überzeugte sich davon, dass er tot war, und eilte sofort an Louis' Seite, in dem Versuch, die Blutung zu stoppen.

»Grey«, sagte Louis nachsichtig. »Grey, hören Sie auf, hören Sie auf. Es hat keinen Sinn. Das war der finale Schlag.«

»Das sieht nur wie eine Fleischwunde aus, das wird schon wieder.«

Louis lachte. »Das ist keine Fleischwunde, fürchte ich.« Er hatte recht. Grey konnte Galle riechen. »Hier geht es um mehr, Thomas. Sie werden den Schuss gehört haben. Es bleibt keine Zeit. Überbringen Sie Alexander meine Nachricht; sagen Sie ihm, dass Bonaparte ein Auge auf Russland geworfen hat. Sagen Sie ihm, er soll sich um Charlotte kümmern.«

»Das werde ich«, beteuerte Grey. Er hatte eine Hand auf Louis' Schulter gelegt. Sie war ganz kalt.

»Und, wenn Sie bitte meiner Mutter ausrichten würden ... na ja, richten Sie ihr aus, dass ich eines guten Todes gestorben bin und nichts bereue. Nehmen Sie die hier.« Er drückte Grey die Teile seiner zerbrochenen Tonpfeife in die Hand. »Und jetzt bringen Sie mir die Karabiner dieser Bastarde. Sie werden den Schuss gehört haben. Ich werde die Aufmerksamkeit weiterhin hierher lenken, während Sie verschwinden.«

Grey zögerte. Louis fuhr ihn an: »*Sofort*, verdammt

noch mal, Sie einfältiger Idiot, oder wollen Sie, dass das hier …« Zwischen zusammengebissenen Zähnen sog er scharf die Luft ein. »Dieser ganze Spaß hier umsonst war?« Er schnaubte, und Grey tat, worum er ihn gebeten hatte und platzierte die Gewehre der Dragoner, ihr Schießpulver und ihre Munition neben Louis' Ellbogen. Louis streckte Grey zum Abschied die Hand entgegen. »Hier wären wir wieder«, sagte er. »Bei Paris werden wir uns zwar nicht wiedersehen, fürchte ich. Dafür aber bei Philippi.«

Grey nahm Louis' Hand. »Aye, bei Philippi.«

»Erinnern Sie sich an ihren Namen?«

»Charlotte Louise Dorothée d'Enghien. De Rohan.«

»Gut. Und jetzt gehen Sie.« Grey nickte und drehte sich um. Das Pferd, das er gestohlen hatte – Roland –, war gleich in der Nähe angebunden. Als Grey in den Sattel kletterte, hörte er, wie Louis die Steinschlösser spannte.

Als er davonritt, fiel der erste Schuss.

28

Cher Thomas,
die Dankbarkeit, die ich Ihnen für Ihre Dienste und die Freundschaft zu meinem Sohn, meinem liebsten Louis, schulde, erfüllt mich zutiefst, auch wenn ich sie jetzt nicht so ausdrücken kann, wie sie ausgedrückt werden sollte, wo mir das Herz doch immer noch so voll ist – so schwer. Mir zu schreiben, mir von der Qualität seiner letzten Tage und Stunden zu berichten, war nett von Ihnen. Sobald ich wieder getröstet werden kann, wird mir das Wissen, dass ich damals gedanklich und Sie persönlich bei ihm waren, ein großer Trost sein. Sie schreiben, dass sein Tod nicht umsonst gewesen sein wird, und ich bete dafür, dass Sie recht behalten werden.
Kommen Sie mich in fröhlicheren Zeiten besuchen.
Bis dahin, Ihre
Bathilde

*

In London wurde endlich das letzte Teil eines Puzzles, das ein halbes Jahr zuvor mit der bizarren Perfidität eines Blockadebrechers begonnen worden war, an seinen Platz gelegt. Ein baltisches Herzogtum; baltisches Holz; Napoleons Marine, seine Armee und seine Pläne für ein Kaiserreich. Die Vernehmungen von Grey waren ausufernd und wurden – nachdem Sir Edward einmal zufrieden war – vom Admiralitätsausschuss, dann von der Armee im Horse-Guards-Gebäude und schließlich von den Angestellten einiger besorgter Minister durchgeführt, die alle fleißig betonten, von welchem Ausmaß Greys Versagen war, den Herzog von Enghien nicht lebend zurückgebracht zu haben. Von Louis Antoines Frau berichtete Grey nur Sir Edward und Willys und vertraute ihnen die Verantwortung an, Louis' komplette Nachricht und den Schlüssel dazu Zar Alexander zu überbringen. Grey hatte aus Respekt für Louis darum gebeten, die Nachricht selbst überbringen zu dürfen; dies würde ihm außerdem erlauben, persönlich nach Charlotte zu sehen. Sir Edward stimmte zu, dass es so am besten wäre, jedoch wurde ihm nachdrücklich von den verantwortlichen Ministern und Diplomaten verdeutlicht, dass dies außer Frage stand. Erst als Grey damit drohte, einen Ausflug zum Winterpalast zu machen, wurde ihm erlaubt, einen privaten Brief an Charlotte beizufügen. In diesem berichtete er ihr detailliert von Louis' Bemühungen, sie zu beschützen, und von seinem eigenen Verantwortungsgefühl in dieser Sache; er stellte sich ihr zur Verfügung und entschuldigte sich dafür, Louis nicht in Sicherheit gebracht haben zu können.

Durch Sir Edward erhielt Grey die Nachricht des Botschafters, Lord Granville Leveson-Gower, dass der Brief zugestellt werden würde. Grey kannte Lord Granville (wie er aus Gründen, die Grey nicht ganz klar waren, genannt wurde); er kannte ihn gut genug, um eine Abneigung gegen ihn zu haben, und zwar eine beträchtliche – genauso, wie er gegen jeden anderen Mann eine Abneigung hatte, dessen einzige Errungenschaft es war, gleichzeitig ein Schwerenöter und ein Langweiler zu sein. Er hätte eine Antwort von einer ehrenhafteren Person vorgezogen, aber da die meisten Dandys des diplomatischen Korps Sir Edward weiterhin instinktiv fürchteten, war Grey einigermaßen zuversichtlich, dass der Brief sein Ziel erreichen würde.

Grey war daran gewöhnt, von den finalen Schritten seiner Arbeit ausgeschlossen zu sein – von da an, wo sie die politische Ebene erreichte. Normalerweise machte ihm das nicht wirklich etwas aus, aber diesmal ließ es ihn mit einem seltsamen Gefühl der Leere zurück. Als ob er seine Arbeit in Frankreich unfertig zurückgelassen hätte, und in England ebenso. Willys hatte ihm das angesehen und munterte ihn ein- oder zweimal auf, dahingehend, dass sich Greys Entdeckung des französischen Bedarfs an Holz und der Pläne für das Baltikum vermutlich als die wichtigste Arbeit seines Lebens erweisen würde. Wo England zuerst alleine dagestanden und einer französischen Invasion entgegengeblickt hatte, würde jetzt eine neue Koalition gegen Bonaparte gebildet werden, um einem Jahrzehnt französischer Kriegsführung ein entschlossenes und nachdrückliches Ende zu setzen. Noch war kein Abkommen unterzeichnet worden, doch der junge Zar hatte den Engländern und dem Kontinent gegenüber bereits deutlich gemacht, dass die Ermordung des Herzogs von Enghien nicht ohne Erwiderung bleiben würde. Vom Heiligen Römischen Kaiser wurde erwartet, dass er sich wie der Zar verhalten würde, und die öffentliche Stimmung stand deutlich auf dessen Seite, wenngleich die Öffentlichkeit nur wenige der Fakten kannte. Geschichten über Louis Antoines Tod hatten sich wie Karnickel in ganz Europa ausgebreitet und einige fantasievolle Ansätze hinzugewonnen. Laut der beliebtesten Version waren Louis und Napoleon in dieselbe Frau verliebt. Während Napoleon dieser den Hof machte, bekam er allerdings einen epileptischen Anfall und fiel in Ohnmacht. Louis stieß genau in diesem Augenblick dazu, um sich selbst in der Verführung der Dame zu versuchen, und fand den Tyrannen Frankreichs schutzlos vor, doch Louis lehnte es ab, ihm den Todesstoß zu versetzen, da seine Ehre ihm das verbot. Napoleon, dem seine Würde als Mann dadurch abhandengekommen war, hatte Louis aus Rache entführt.

Das Ende der Geschichte war allerdings ziemlich wahrheitsgetreu, soweit Grey dies bestätigen konnte. Louis hatte lange genug überlebt, um in den Burggraben der Festung von Vincennes zurückgeschleift zu werden, wo er neben das frisch ausgehobene Grab gestellt und erschossen wurde. Seine letzten Worte (die nicht einwandfrei zu der beliebten Verführungs-Epilepsie-Geschichte zu passen schienen) waren, dass er stolz und freiheraus zugab, mit den Engländern und gegen die Regierung der Revolution gekämpft zu haben. Er bedauerte nichts, merkte aber an, dass seine Zeit im deutschen Exil seine Liebe zum Sport gesättigt hätte: Vor allem die Jagd wäre herrlich gewesen.

In kürzester Zeit war er zu einem beliebten Volkshelden geworden. Nun ging das Gerücht um, Schwedens König Gustav IV. hätte Louis' Hund adoptiert. Sogar Geneviève Leclerc war umgestimmt worden. Sie gab jetzt aus freien Stücken zu, dass Napoleon ein Feind des Liberalismus sei, den es zu besiegen galt, wenn die Revolution jemals Erfolg haben wollte.

Wirklich wichtig war allerdings dies: Der Zar – vielleicht auch der Heilige Römische Kaiser und Gustav von Schweden – war davon überzeugt, dass Napoleon nicht beabsichtigte, den Frieden zu respektieren. Nachdem man ein Jahr lang jeden Tag darauf gewartet hatte, dass eine französische Flotte einen Landekopf bei Dover bildete, würden Napoleons Invasionsstreitkräfte – seine »Englandarmee« – nach Osten gelenkt werden, da der Osten eine Frankreicharmee um sich zu scharen begann. England hatte den Kopf aus der Schlinge ziehen können. Und das war zu großen Teilen Thomas Grey zu verdanken. Das sagte ihm zumindest Willys. Doch Grey konnte sich selbst nicht erlauben, dem zuzustimmen.

Sie standen gerade im Innenhof des alten Admiralitätsgebäudes. Willys wartete auf Sir Edward, und Grey wartete generell. Er hatte einen Termin, zu dem zu kommen er keine Eile hatte und von dem er nicht einmal sicher war, ob er ihn einhalten würde.

»Irgendwelche Fortschritte mit dem Stein?«, fragte Willys nach langem Schweigen.

»Welchem Stein?«, gab Grey zurück.

»Dem Stein von Rosetta«, antwortete Willys. Grey sah ihn säuerlich an.

»Kennen Sie den Wald von Tronçais?«, fragte Sir Edward Banks, der aus dem Admiralitätsgebäude gekommen war und jetzt auf seine Kutsche zuging. Wenn er in Eile war, was er generell immer war, zog Banks es vor, zu seiner Kutsche im Stall zu gehen, statt darauf zu warten, dass sie vorgefahren wurde. Grey und Willys fielen neben ihn in seinen Stechschritt ein. »Ich frage Sie, Grey«, fügte er hinzu.

»Der Wald von Tronçais? Er liegt in der Auvergne, glaube ich. Ziemlich groß. Und ziemlich hochgelegen, auf einem Plateau des Zentralmassivs.«

»Richtig«, bestätigte Banks. »Aber er ist kein natürlicher Wald, Grey – er wurde geplant und gepflanzt. Von Jean-Baptiste Colbert, einem der Minister des Sonnenkönigs. Seine Idee war, dass er der französischen Marine auf ewig große Eichen garantieren würde. Das war 1670. Colbert ließ Tausende von Eichen anpflanzen, auf höchst wissenschaftliche Art und Weise, in regelmäßigen Abständen platziert und mit sorgfältig eingestreuter kleinerer Flora dazwischen, um sicherzustellen, dass die Eichen gerade und makellos emporwachsen würden.«

Banks' Kutsche war herausgerollt, um ihn auf halbem

Weg zu treffen; er kletterte an Bord, und Willys folgte ihm.

Grey fragte das Offensichtliche: »Und was ist mit ihnen geschehen, Sir? Mit diesem Übermaß guter französischer Bäume?«

»Sie stehen immer noch dort«, antwortete Banks. »Ich habe gerade erst einen Brief von einem Botaniker von der Royal Society bekommen. Er schätzt, dass sie in nicht weniger als vierzig Jahren ausgewachsen und bereit zum Abholzen sein werden. Lassen Sie uns also alle unser Bestes geben, damit der Krieg bis dahin gewonnen ist.«

Banks saß in der Kutsche, hatte die Tür aber noch nicht geschlossen. Er sah zu Grey hinunter.

»In den letzten Monaten haben Sie uns einen beträchtlichen Schritt in diese Richtung – auf den Sieg zu – gebracht, Tom. Kein Mann hätte mehr tun können. Ich stehe in Ihrer Schuld.« Dieser seltene Moment der Sentimentalität wurde rasch von Banks beendet, indem er mit seinem Stock (kein Gehstock; er benutzte ihn nie, um sich beim Gehen darauf abzustützen, Grey vermutete aber, dass er gelegentlich als Knüppel herhalten musste) auf das Kutschendach klopfte, woraufhin die Karosse sofort davonrollte.

Grey ging weiter zu den Ställen, wo sein Pferd Casca auf ihn wartete. Er wurde schon bald auf dem neuen Londoner Anwesen von Joseph Leclerc erwartet – wo Leclerc nun seine langsame, aber vielversprechende Genesung in einer komfortableren Umgebung fortsetzte. Die Gastgeberin wäre natürlich Mademoiselle Leclerc, die allen zu danken wünschte, die mit der Überführung ihres Vaters zu tun hatten. Sir Edward und Willys würden auch zu Gast sein; genau wie eine bestimmte Anzahl von Regierungsfunktionären, mit denen Grey flüchtig bekannt war. Vielleicht war es die Aussicht auf diese *soirée intime*, die Grey verdrießlich stimmte. Vielleicht war es aber auch das Nachsinnen über die Flucht der Leclercs aus Frankreich: auf ihre eigene Art eine Verkettung von Fehlschlägen. Vielleicht war es die unvermeidbare Unterhaltung über Louis, die Grey nicht zu ertragen bereit war. Oder vielleicht war Grey wegen einer Zwiespältigkeit Geneviève gegenüber verdrießlich gestimmt. Oder vielleicht auch wegen der Zwiespältigkeit, die er in ihr auf ihn bezogen spürte, jetzt, wo sie die neueste Attraktion der Londoner Gesellschaft war, von jedem Gastgeber und jeder Gastgeberin begehrt. Aber natürlich schuldete sie ihm nichts (sagte er sich selbst immer wieder).

Grey hatte geplant, auf einen Whisky, ein Bad und wegen angemessener Kleidung zu Buttle's zu reiten, bevor er sich nach Klein-Versailles aufmachte, oder zum Froschfresserhaus oder wie auch immer die Leclercs ihr neues Zuhause nannten. Allerdings bemerkte er, dass er an Buttle's vorbeiritt, weiter an den Leclercs vorbei, aus der Stadt und aufs Land hinaus, Richtung Osten, auf Sheerness zu, auf der Straße nach Canterbury. Auf sein eigenes Zuhause zu.

Nach vielleicht zwei Drittel des Weges von London nach Marsh Downs tränkte er Casca bei einem Stall – nicht, weil das Pferd eine Pause gebraucht hätte, sondern

Grey. Er gab dem Stallknecht ein Sixpence-Stück, um Casca mit einem Abendessen zu verpflegen, und ging dann die Straße zu einem Pub namens The Try Pot hoch.

Im Inneren waren ungefähr ein Dutzend Matrosen und Walfänger – es war allerdings keine Spelunke, sondern ein anständiges Gasthaus, und alle sangen mit kräftigen Stimmen zusammen mit dem Eigentümer, Mr Hubble, der nun zu ›Roast Beef of Old England‹ überleitete. Seine Tochter, die junge Witwe Mrs Boothe, stand hinter der Bar, schenkte vier Grog aus und sah so selbstbeherrscht und unscheinbar aus, wie Grey sie in Erinnerung hatte. Er lehnte sich auf ihren Tresen, und als sie zu ihm herüberkam, erkannte sie ihn sofort wieder.

»Ach, Mr Grey, Sir, was kann ich für Sie tun?«

»Grog, würde ich sagen«, antwortete er und deutete auf ihre Arbeit. Sie lächelte und füllte ein Glas für ihn. Er legte Geld auf die Bar, aber sie winkte ab.

»Oh, unter keinen Umständen, Mr Grey; keine Bezahlung.«

Grey lächelte, nickte und trank. Er leerte das Glas und bat um ein weiteres. Mrs Boothe brachte es ihm, die Matrosen stimmten ein donnerndes ›Spanische Damen‹ an, und Grey musste beinahe schreien, um sich Gehör zu verschaffen.

»Wie geht es Ihren Kindern, Mrs Boothe?«, fragte er und nahm einen Schluck von seinem zweiten Rum mit Wasser.

»Sehr gut, danke Ihnen, Mr Grey. Tatsächlich sind sie gerade oben und schlafen – wenn sie heute Abend nicht beschlossen haben, zu meutern.«

»Ich bin überrascht, dass sie bei dem ganzen Lärm hier schlafen können«, stellte Grey über das Gegröle hinweg fest und dachte an Nächte auf hoher See, während derer alle vor dem Mast bis zum frühen Morgengrauen gesungen und gestampft hatten. Das hatte ihn natürlich auch nie wach gehalten, aber er war auch daran gewöhnt.

»Oh nein, Sir«, antwortete Mrs Boothe, »sie können trotz allem schlafen. Sie sind brave Mädchen.«

Grey nickte und trank seinen Rum. Nach ein paar weiteren Schlucken fing er Angela Boothes Blick auf. Sie füllte sein Glas erneut, und er fragte: »Mrs Boothe, spielen Sie eigentlich Schach?«

Ende

Historische Anmerkungen

Es gibt eine berühmte Anekdote über Benjamin Franklin – er soll während seiner Zeit als Botschafter in Paris, während der amerikanischen Revolution, aber vor der französischen, eine Partie Schach mit einem Franzosen gespielt und anstatt den König des Franzosen schachmatt zu setzen, die Spielfigur vom Brett genommen haben. Der Franzose soll gesagt haben: »In Frankreich schlagen wir Könige nicht so«, und Franklin antwortete daraufhin: »Wir in Amerika aber schon.« Das Interessante daran ist, dass es nicht bloß eine Geschichte, sondern eine wahre Begebenheit ist und Thomas Jefferson sie in seinem Tagebuch festgehalten hat. Noch interessanter daran ist, dass der Franzose in der Geschichte niemand anderes als Bathilde d'Orléans war, die Herzogin von Bourbon und Mutter von Louis Antoine. Und damit ist die Geschichte noch nicht zu Ende – Bathilde fragte einen der Spielbeobachter, der »die Schachpartie schweigend verfolgt hatte«, warum er nichts auf Franklins geistreichen Kommentar zu erwidern hätte. Die Erklärung des Spielbeobachters, eines Grafen Falkenstein, war, dass er »von Beruf König«

wäre: Tatsächlich, erklärt Jefferson, war dies »damals der Kaiser Joseph II. in Paris, inkognito.« Dies ist derselbe Heilige Römische Kaiser Joseph, auf den in den frühen Kapiteln dieses Buches eingegangen wird: der Onkel und Vorgänger des Gastgebers des Schachturniers, Kaiser Franz II. Manchmal, wenn wirklich gutes Schach geboten wird, muss ein Herrscher eben seine Verkleidung als Zuschauer hervorholen.

Hier muss angemerkt werden, dass Franklin ein sehr guter Schachspieler war und dass Jefferson über Bathilde gesagt hat, dass »sie als Schachspielerin von ungefähr seiner Stärke des Öfteren gegeneinander spielten«. Die Anmerkungen über ihre Schönheit entsprechen ebenfalls den Tatsachen.

Allerdings fürchte ich, dass das Frankfurter Schachturnier erfunden ist. Aber Philidors totale Dominanz im Schach und das Vakuum, das nach seinem Tode entstand, seine Partien mit George Atwood in Parsloe's Coffee-House und Johann Baptist Allgaiers Auftauchen als sein schlussendlicher Nachfolger sind Tatsachen. Allgaier ging dann dazu über, den Kindern von Kaiser Franz Schach beizubringen, und es wird als wahrscheinlich angesehen, dass Allgaier in dem »Schachtürken« versteckt war und ihn kontrollierte, als dieser 1809 Napoleon besiegte. Die Berechnungen, auf die sich Atwood zu der Anzahl an möglichen Spielen nach x Zügen bezieht, wurden von dem amerikanischen Mathematiker George Shannon durchgeführt, der allerdings erst im 20. und nicht im 19. Jahrhundert gelebt hat.

Die Bedeutung des Holzes für die Franzosen, die Engländer und alle anderen, die mit in die Napoleonischen Kriege verstrickt waren, ist ebenso eine Tatsache, genau wie die Angelegenheit von amerikanischem versus baltischem Holz. Kurz nach den Ereignissen des Romans erhöhte das Parlament die Zollabgaben auf baltische Holzimporte um zweihundertfünfundsiebzig Prozent, in dem Versuch, englische Schiffsbauer davon zu entwöhnen und sie stattdessen dazu zu bringen, nordamerikanisches Holz zu kaufen. Die spezifischen Ereignisse in der Romanhandlung, die mit der Kontrolle des Handels zusammenhängen, sind jedoch fiktional. Im Gegensatz zur Anpflanzung des Waldes von Tronçais, deren Bäume endlich reif waren, als das Zeitalter der Segelschiffe schon vorüber war. Der Historiker Fernand Braudel merkt an, dass bei dessen Anpflanzung »Colbert an alles außer das Dampfschiff gedacht hatte«. Was das baltische Herzogtum angeht, dies ist ebenfalls erfunden, Tatsache ist jedoch, dass Napoleon es liebte, neue Herzogtümer zu gründen und Leute damit zu bestechen. Das erfundene Herzogtum Livland et al. hätte nördlich an das echte Herzogtum von Warschau gegrenzt, das Napoleon 1809 etablierte.

Die falsche Kapitulation zu Beginn der Geschichte beruht auf keinem spezifischen Vorfall, ist jedoch Einzelfällen von französischen Schiffen nachempfunden, die ihre Farben einholten und sie dann, wenn der Wind sich drehte, tatsächlich oder metaphorisch, wieder hissten, genau wie in Fällen, in denen kapitulierende französische Matrosen Prisenmannschaften ermordeten und ihre Schiffe zurückeroberten. Allerdings war ein solches Verhalten sehr selten und wurde sowohl von französischen Seemännern als auch von englischen universell verurteilt. Ich will nicht den Eindruck erwecken, dass die Franzosen unter Napoleon, wie einige Kriegsteilnehmer, der Tücke zugeneigt waren; das waren sie nicht.

Ein paar weitere Einzelheiten, die es meiner Meinung nach Wert sind, erwähnt zu werden. Den Kampfstil, der als Savate bekannt ist, gab es wirklich. Tatsächlich gibt es ihn immer noch; es ist zwar keine der beliebteren Kampfsportarten, aber es gibt gelegentliche Wettkämpfe. Sock Spiller, der Oberkellner der echten Schach-Höhle Old Slaughter's Coffee-House, war deren echter Oberkellner, berühmt für seinen trockenen Humor und dafür, Leuten ab und zu ein Getränk überzuschütten, was schließlich zu seinem Spitznamen »Punch Spiller« führte. Der Palast von Thurn und Taxis ist ein realer Ort; er wurde während des Zweiten Weltkriegs zerstört, jedoch (wie ich glaube) nach den Originalplänen wieder aufgebaut. Die Mitglieder der Familie Thurn und Taxis waren wirklich durch Erbschaft die Postmeister des Heiligen Römischen Reiches. Das Château de Vincennes ist ebenfalls ein realer Ort und immer noch im Original dort erhalten; die Beschreibung seiner verschiedenen Befestigungsanlagen ist faktisch richtig, und die meisten davon stehen immer noch, obwohl die Nazis ihr Bestes gaben, diese auf ihrem Weg von Paris aus in die Luft zu sprengen. Der Fluchttunnel existiert – soweit ich weiß – nicht wirklich, obwohl er auf einer gewissen Anzahl von echten Vorbildern beruht. Und die Geschichte des durch Handball verursachten Todes von Schottlands König James I. hat sich ebenso zugetragen. Genau wie die Adoption von Louis Antoines Hund durch König Gustav. Der Kapitän Austen, der zu Beginn des Buches erwähnt wird und für die Anti-Invasions-Verteidigung eines Teils der Küste von Kent verantwortlich ist, war ein echter Mann: Captain Francis Austen, der – durch einen glücklichen Zufall – ältere Bruder von Jane Austen. Die, natürlich, breit gesprochen, die Vorläuferin aller modernen Romane und, enger gesprochen, aller Romane über das Leben in England um 1800 und, noch enger gesprochen, letztendlich dieses Romans ist.

Als Letztes – dass Louis Antoine mit dem britischen Geheimdienst zusammengearbeitet hat; dass er in seinem Zuhause in den deutschen Staaten von Napoleons Dragonern entführt wurde; seine mehrfache Verurteilung wegen Hochverrats, dafür, dass er die Waffen gegen das revolutionäre Frankreich gezückt hat, dass er Großbritannien beistand und dieses ihm Beistand geleistet hat; seine Verweigerung, dies zu bestreiten und seine Hinrichtung neben seinem offenen Grab im Burggraben des Château de Vincennes sind alles historische Tatsachen. Der Teil der Geschichte mit den Leclercs und Grey ist nicht echt, aber Louis Antoines Tod war tatsächlich der Auslöser für den Dritten Koalitionskrieg. Die Nachricht seiner Ermordung auf Napoleons Befehl hin machte ihn zu einem beliebten Helden in ganz Europa und ließ es einigen Bonapartisten wie Schuppen von den Augen fallen. Louis Antoines Tod ist das Thema der Unterhaltung in der ersten Szene von ›Krieg und Frieden‹, in Anna Pawlowna Scherers Salon. In Barbara Conrads Übersetzung (mit »die parteiischsten Leute« sind hier die Unterstützer Napoleons, mit »ihm« ist dieser selbst gemeint):

»›Nach der Ermordung des Herzogs haben selbst die parteiischsten Leute aufgehört, in ihm einen Helden zu sehen‹, meinte er dann zu Anna Pawlowna, ›seit der Ermordung des Herzogs gibt es einen Märtyrer mehr im Himmel und einen Helden weniger auf der Erde.‹

Noch ehe Anna Pawlowna und die anderen diese Worte des Vicomte mit einem Lächeln würdigen konnten, brach Pierre aufs neue in das Gespräch ein, und Anna Pawlowna konnte ihn nicht mehr anhalten, obgleich sie ahnte, dass er etwas Ungehöriges sagen würde.

›Die Hinrichtung des Herzogs von Enghien war eine staatspolitische Notwendigkeit; und ich sehe gerade darin Seelengröße, dass Napoleon nicht davor zurückschreckte, die Verantwortung für diese Tat allein auf sich zu nehmen.‹

›*Dieu! Mon Dieu!*‹, flüsterte Anna Pawlowna entsetzt.

›Wie, Monsieur Pierre, Sie finden, dass der Mord Seelengröße zeigt?‹«

Das berühmte Zitat, das Talleyrand zugeschrieben wird, fasst Louis Antoines Hinrichtung folgendermaßen zusammen: »Sie war schlimmer als ein Verbrechen – sie war eine Schandtat.«

Anmerkungen zum Schach

Alle im Buch beschriebenen Schachpartien sind echte Partien von Bedeutung. Greys Partie gegen Sir Arnold wurde eigentlich 1851 von Karl Mayet (weiß) gegen Adolf Anderssen gespielt. Das eine Spiel zwischen Grey und Atwood, das im Detail beschrieben wird, wurde 1911 gespielt; Muhlock (weiß; kein Vorname) vs. Borislav Kostic. Die Partie zwischen Grey und dem Schachgauner wurde 1950 von Heinrich Lohmann und Rudolf Teschner gespielt. Greys Spiel gegen den Pommer wurde 1895 gespielt: Andrey Dadian vs. Doubrava. Greys sehr lange Partie mit Théodore wurde 1905 gespielt, von Alfred Ernhardt Post und Aron Nimzowitsch. Seine Partie gegen Philo Parker wurde von V. M. Mank und Jankowitz gespielt.

Das Meisterschaftsspiel ist die legendäre 6. Partie von Fischer gegen Spassky.

Danksagung

Ungefähr Zehntausend Dinge müssen erledigt werden, bevor das Buch, das von einem Autor geschrieben wird, in den Buchhandlungen erscheint. Viele dieser Dinge geschehen, nachdem der fertige Text, die Danksagung eingeschlossen, final geprüft wurde, was bedeutet, dass ich dies teilweise blind schreibe, ohne vielen Leuten namentlich danken zu können, denen ich werde danken wollen, wenn dieses Buch, lange, nachdem ich dies schreibe, endlich veröffentlicht wird. (»Wie lange?«, könnte man fragen. ›Spiel des Deserteurs‹ ist der zweite Teil nach meinem ersten Buch, ›Jagd nach Vergeltung‹. Dies hier schreibe ich gerade genau eine Woche vor der Veröffentlichung von ›Jagd nach Vergeltung‹.) Zusätzlich zu diesen spezifischen Dankeschöns unten will ich deshalb auch danke an alle bei W. W. Norton und Nortons Partnern sagen, die dieses Buch in seine finale Form gebracht haben (bringen werden).

Nun würde ich gerne im Besonderen allen bei Norton danken, die beschlossen haben, dieses Buch zu veröffentlichen. Sogar für bessere Autoren als mich gibt es keine

Möglichkeit, die Dankbarkeit, die man den Leuten gegenüber spürt, die einen zu einem echten Autor machen, gänzlich zum Ausdruck zu bringen.

Noch konkreter möchte ich meinem Verleger Starling Lawrence danken, der der beste Verleger im ganzen Verlagswesen ist und der tapferste Meister, den ein unbekannter Schriftsteller jemals haben könnte.

Danke an meinen wunderbaren Agenten, Warren Frazier, ohne den ich niemandem danken würde, weil ich mich immer noch nach einem Agenten umsehen und vermutlich versuchen würde, eine meiner Nieren oder mein Knochenmark zu verkaufen.

Danke an die unschätzbar wertvolle Nneoma Amadi-Obi, meine direkte Kontaktfrau bei Norton, die mich von Anfang bis Ende des Veröffentlichungsprozesses an die Hand genommen hat.

Danke an das vorzügliche Projektleiterteam Rebecca Homiski und Don Rifkin und meine Lektorin Amy Robbins, die das Buch nicht nur besser, sondern sich auch nie über meine extrem präsente Neigung zu Rechtschreibfehlern lustig gemacht haben.

Danke auch an das vorzügliche Produktionsteam, das den Text über die Ziellinie für verkaufbare Romane gebracht hat: Produktionsmanagerin Anna Oler; Elisabeth Kerr, die an dem Hörbuch arbeitet; Kyle Radler und Meredith McGinnis, die, glaube ich, die Öffentlichkeitsarbeit und das Marketing betreuen – egal, sie haben bei ›Jagd nach Vergeltung‹ damit zu tun gehabt, also mindestens dafür danke an die beiden!

Danke an alle meine Freunde, die mir mit Ratschlägen und moralischer Unterstützung zur Seite gestanden haben, und besonderen Dank an diejenigen, die ich dazu gezwungen habe, stundenlang mit mir Schach zu spielen. Noch mehr besonderer Dank an diejenigen, die mich haben gewinnen lassen.

Dankeschön an meine Mutter und meinen Vater, dafür, dass sie immer wunderbare Eltern waren und dass sie dieses Buch gelesen und korrigiert haben, bevor ich es meinem Agenten zugeschickt habe. Keine Ahnung, wo ich ohne sie wäre.

Zuletzt würde ich gerne meinem Bruder danken, der das Buch als Erster gelesen und korrigiert hat, mir unschätzbare Ratschläge dazu erteilt hat und dem ich zuletzt danke, weil ich ihm das letzte Mal zuerst gedankt habe und ich nicht will, dass diese paar Leute, die diese Danksagung hier tatsächlich lesen, denken, sie wären zu sekundär für mein früheres Werk.